BASTEI
LÜBBE

Dennis Etchison

BLUT UND KÜSSE

13 Geschichten
aus dem Reich
der schwarzen Phantasie

Ins Deutsche übertragen
von Inge Holm

BASTEI
LÜBBE

BASTEI-LÜBBE-TASCHENBUCH
Allgemeine Reihe
Band 13 292

Erste Auflage: Dezember 1990

Deutsche Lizenzausgabe 1990
Bastei-Verlag Gustav H. Lübbe GmbH & Co., Bergisch Gladbach
Originaltitel: The Blood Kiss
Lektorat: Edgar Bracht
Titelfoto: Marti Ripoll / Norma Agency, Barcelona
Umschlaggestaltung: Quadro Grafik, Bensberg
Satz: VID Verlags- und Industriedrucke GmbH & Co. KG,
Villingen-Schwenningen
Druck und Verarbeitung:
Brodard & Taupin, La Flèche, Frankreich
Printed in France
ISBN 3-404-13292-0

Der Preis dieses Bandes versteht sich einschließlich der gesetzlichen Mehrwertsteuer.

Inhalt

* zusammen mit Mark Johnson
** zusammen mit CC Palaski

Für CC Palaski

Die Nacht des Auges

Der Pasadena Freeway schlängelte sich ermüdend lang um den Rand der Nacht. In jener Julinacht fuhr er sicher und ruhig, soweit das in einer großen Stadt wie Los Angeles möglich war.

Er legte die müden, aber zufriedenen Hände um das Steuer des alten Fords und bog den Kopf zurück, wobei er unwillkürlich nach einer Kopfstütze suchte, wie die in dem Nadelstreifen-Camaro, der gerade an ihm vorbeigerauscht war. Sein Nacken, durch das konzentrierte Fahren völlig verkrampft, sehnte sich nach einem Polster, genauso wie sein Rücken nach einem Bett verlangte, wie seine Finger, deren Gelenke bei jeder Bewegung krachten – ein Geräusch, das man durch das taube Fleisch eher spürte als hörte –, sich jetzt nach Unmengen warmen Wassers sehnten. Er hatte seine Finger zuvor mit Bimsstein und Farbverdünnern gesäubert.

Hinter seinem Sitz stapelten sich vierzehn aufgezogene Leinwände, die in jeder Kurve wie trockene Blätter in Bewegung gerieten und miteinander tuschelten; Scheidewände, die Manson von der langen Nacht trennten, die hinter seinem Rücken im endlosen Kielwasser unverdünnten Umbers, gebrannten Umbers und dunklem Elfenbein versank.

Sein Nacken schmerzte, als er Gas gab und durch die Kurve hinter der Avenue 52 raste. Der Wagen vor ihm ließ im letzten Augenblick die roten Schlußlichter aufleuchten. Frau am Steuer? In einer Kurve muß man beschleunigen, nicht bremsen. Auch etwas, was Camalla weder getan hatte noch jemals tun würde; höchstwahrscheinlich würde sie auch nicht darauf achten, wenn er ihr das Steuer überließe. In einem begründeten aber vorübergehenden Anfall von Zynismus fragte er den Herrgott, oder wer auch immer zuhören mochte, warum er Camalla überhaupt geheiratet hatte. Warum lebten sie nicht einfach nur zusammen, spielten Mann und Frau und dehnten dieses Spiel so lange aus, bis all die kleinen Unverträglichkeiten mit ihren nervenzerreißenden Wonnen ans Tageslicht krochen – so, wie es bei den anderen gewesen war. Warum sollte er Cam noch tiefer in den Alptraum hineinziehen, wie Jane oder Melissa oder die Frau mit der durchscheinenden Haut, der das Haar bis auf die Hüfte fiel; die in höchsten Tönen über eine Skala jenseits der Farbenlehre sprach, wann immer er sich über die Unterschiede zwischen Malerei und dem Anfertigen eines Bildes ausließ? – Er wußte nicht einmal mehr ihren Namen. Aber heute nacht gab es keine Vorträge, sie verstummten angesichts der Werke der letzten zwölfeinhalb Stunden. Reden ist billig, dachte er, eines Mannes Leben lang; und ein Bild, das sich geradewegs einen Weg durchs Halblicht bahnt, lebt nicht lang. Gerade lang genug, um die Wahrheit zu unterdrücken und in bezug auf den Rest zu lügen.

Die Lichter der Autos auf der Gegenspur schossen wie aufblitzende Maschinengewehrgarben durch die Leitplanken, und er zwang sich, nicht hinzuschauen, während der Freeway sich erst nach links und dann scharf nach rechts schlängelte. Dabei entdeckte er, daß ein schwarzsilberner Wagen auf der Nebenspur mit ihm Schritt hielt.

Egal. Er behielt den Fuß auf seinem Gaspedal, fuhr bis zum Rand der Spur und nahm die Kurven wie sie kamen, ohne nachzudenken. Wie sie schon tausend Nächte lang auf dem Weg vom Studio gekommen waren.

Am Himmel erstrahlten die Sterne, und eine leichte, kühle Brise wehte über den verlassenen nördlichen Freeway, glitt durch die Seitenschlitze ins Auto und wirbelte um seine Knöchel. An seiner Seite fuhr immer noch der gleiche Wagen. Seine Vorderräder befanden sich etwas hinter denen des Fords. Deshalb war es Manson, der weder den Kopf weiter nach rechts drehen noch das Tempo verlangsamen wollte, unmöglich zu erkennen, wer am Steuer saß.

Die Abfahrt zur Avenue 60 wischte vorbei. Manson würde bald zu Hause sein.

Er hatte einen langen Tag und eine zeitlose Nacht hinter sich, und in seinem Kopf arbeitete es noch, aber der Rest von ihm war müde bis ins Mark. Er wollte, er wäre zu Hause – auf der Stelle.

Die Avenue 64 kam in Sicht.

Ein Schild kündigte an, *1 mile*. Er atmete aus, spreizte die verkrampften Finger und steuerte den Wagen mit den Daumen.

Dann nahm er den Fuß vom Gaspedal und verlangsamte die Geschwindigkeit, nur um sicher zu gehen; nicht wegen der Geschwindigkeitsbegrenzung, die die Highway Patrol an diesem schmalen, unsicheren Abschnitt vorschrieb. Das hatte er noch nie gemacht.

Währenddessen sagte ihm der Teil seines Verstandes, der sich mit solchen Dingen beschäftigte, daß das andere Auto nicht mehr da war.

Denn auf dem Freeway war nur noch das Motorengeräusch seines Fords zu hören.

Er drehte den Kopf ein paar Zentimeter. Nicht, weil es ihn wirklich interessiert hätte; aber verdammt . . .

Der andere Wagen war noch da.

Den Blick zurück auf die Straße; noch etwa einen halben Kilometer zu fahren. Schmale Spuren, gefährliche Kurven, vor sehr langer Zeit gebaut . . .

Auf dem Freeway war kein anderes Fahrgeräusch zu hören.

Dennoch war der andere Wagen dort draußen.

Was zur Hölle war hier eigentlich los?

Er beugte sich zurück, um einen Blick auf das Gesicht des Fahrers zu werfen. Wahrscheinlich fuhr er einen dieser frisierten Wagen, die spät nachts noch die Straßen unsicher machten. Der Bursche wollte ein Wettrennen. War es das?

Er warf einen Blick hinüber.

Das schwarzsilberne Auto hatte gleichgezogen.

Er konnte jetzt fast das im Schatten liegende Gesicht hinter der Windschutzscheibe erkennen.

Manson blickte auf die Straße, dann zum Wagen.

Der dunkle Wagen schwenkte unerwartet vor ihm ein. Die linken Reifen zogen über die Linie, dann wurde der Wagen wieder langsamer. Manson schaute hoch. Das ging zu weit. Entnervt drückte er auf die Hupe.

Er konnte einen kurzen Blick auf den Fahrer erhaschen und wünschte sich augenblicklich, er hätte es nicht getan. *Dieses Gesicht* . . .! Der Mann winkte.

Er versuchte, ihm etwas mitzuteilen.

Manson blickte auf den Freeway, dann zum Wagen.

Seine Hände verkrampften sich. Er spürte, daß das Steuerrad ausbrechen wollte, nd sah, daß er von der Spur abkam.

AVENUE 64. Als sie unter dem erleuchteten Schild hindurchfuhren, strich das Licht über die Windschutzscheiben und illuminierte auch den Fahrer des anderen Wagens vollständig.

Der Mann hob den Arm, wodurch er einen Schatten über die Scheibe warf.

Er versuchte wieder, ihm etwas mitzuteilen.

Das Licht verschwand.

Aber zu spät. Manson hatte das Gesicht gesehen. *Es war . . .*

Als es dann geschah, fühlte Manson sich seltsam, als hätte er keine Kontrolle mehr über die Dinge.

Der schwarzsilberne Wagen bremste scharf. Manson konnte die Geschwindigkeit noch rechtzeitig verlangsamen. Aber die rechte Vorderbremse war nicht mehr die jüngste und wählte diese Nacht und diesen Augenblick, um ihren Geist aufzugeben.

Die rechte Seite des Fords brach aus, und der Wagen beschrieb einen Kreis. Der Fahrer der schwarzen Limousine schien zu zögern. Dann flog der Ford der Leitplanke und den winkenden Bäumen entgegen.

Manson schaute wie hypnotisiert zu.

Er hatte den Mann gesehen.

Es war zu spät.

Das Gesicht des Mannes.

Hinter ihm hob der Mann zum dritten und letzten Male die Hand.

Aber Manson hatte es schon gesehen. *Es sah aus wie ein . . . ein . . .*

Der Fahrer des dunklen Wagens gab Gas und verschwand in der Dunkelheit.

Während der Ford dem Vergessen entgegeneilte.

Dann stand die Zeit still, lief ab, hielt an.

Eine Möwe flog über den Deich.

Manson lauschte.

Stimmen stiegen zu ihm hoch. Er wartete auf den Doktor und Cam, die ihm sagen würden, ob er das Sanatorium heute noch verlassen konnte. Die Stimmen erreichten ihn schichtweise; zuerst hörte er Kinderstimmen und die brandenden Wellen; dann schnappte er ein paar Worte von seiner Frau und Dr. Hallendorf auf, die von einem vorbeifahrenden Auto übertönt wurden; einer dieser Seevögel flog lauthals kreischend über Manson hinweg.

»Aber ich sagte Ihnen doch, daß er . . .«

»Und was ist, wenn . . .?«

»Vergessen Sie's. Nein danke . . . vergessen . . .«

Manson drückte einen Knopf, und die Speichen seines Rollstuhls blitzten und summten, und das Gefährt rollte vorwärts. Vor dem Mauerrand blieb er stehen.

Knirschende Sohlen schabten über steinerne Stufen.

Zuerst tauchten die Köpfe hinter der Mauer auf, dann folgte der Rest.

»Hallo, Liebling. Ich . . . wir wußten nicht, daß du immer noch draußen bist. Ich hoffe, du hast dich nicht erkältet.«

»Nun, wie geht es dem, eh, Rembrandt unserer Villa am Meer heute morgen?« meinte Dr. Hallendorf.

»Versuchen Sie's mit Van Gogh, Doktor. Das paßt meiner Meinung nach besser zu seinem Temperament.«

»Ja, aber der Kerl war verrückt. Kein sehr schmeichelhafter Vergleich.«

»War er das?« Camalla strich sich mit ihren langen,

dünnen Fingern eine widerspenstige Strähne aus dem unbewegten Gesicht. »Ich habe seine Bilder immer geliebt. Du siehst gut aus, Liebster. Peter hatte recht mit der Salzluft. Hast du Lust auf eine kleine Reise mit dem . . .?«

Auf einen Blick des Doktors hin verstummte Mrs. Manson.

Der Mediziner trat näher.

»Nun, kein schlechter Tag heute, nicht wahr? Er wäre noch schöner, wenn diese verdammten Wolken verschwinden würden.«

Seine Frau und der Doktor umrundeten den Stuhl.

Manson starrte weiter auf den Strand. Weiter draußen baute ein Mann mit seinen beiden Kindern eine Sandburg. Eine schwache, feuchte Brise wehte über den Deich; Manson schien keine Notiz davon zu nehmen, daß der Wind seine Frisur durcheinandergebracht hatte und sein Haar jetzt wie Flammen vom Kopf abstehen ließ.

»Mrs. Manson, ich denke, die Stunde der Wahrheit ist gekommen. Ihr Gatte hat eine . . .« Der Doktor, der vorgab, eine Entscheidung zu treffen, legte eine dramatische Pause ein. ». . . eine ans Wunderbare grenzende Genesung hinter sich. Ja, ich denke, das können wir getrost behaupten.«

Der Doktor reckte sich stolz. Manson blickte auf ihn und seine rosigen Wangen. Dann starrte er wieder aufs Meer hinaus.

Mrs. Mansons Nervosität war fast spürbar. Fast. Ein ganz ungewohnter Zug an ihr.

»Da ist noch etwas«, sagte sie, »ich habe es wohl im Auto vergessen. Oder vielleicht im Haus?« Sie lächelte entschuldigend, strich ihr Sommerkleid glatt und fuhr sich besänftigend über die Gänsehaut auf ihren Armen. »Nur eine Sekunde. Sie entschuldigen mich?« Dann verschwand sie mit der ihr eigenen Ungelenkheit.

Der Mann am Strand hatte es aufgegeben, eine Sandburg

zu bauen. Er grub jetzt mit sichtbarer Ernsthaftigkeit im feuchten Sand. Es dauerte nicht lange, bis sich seine beiden Kinder zu ihm gesellten.

Der Doktor verfiel umgehend in einen verschwörerischen Ton.

»Manson, ich möchte Ihnen etwas sagen. Ich weiß nicht, wie Sie es fertiggebracht haben – ich habe keine Ahnung –, aber es sieht so aus, als hätten Sie es geschafft. Ich brauche Ihnen nicht sagen, wie schlimm es nach dem Unfall um Sie stand. Praktisch jeder Knochen in Ihrem Körper war gebrochen. Ich möchte nicht verdrießlich erscheinen, aber wissen Sie, daß die, eh, daß die – die Sanitäter – Sie in den ersten Minuten für tot hielten?«

Die Brise fuhr durch die silbrig glänzenden Räder des Rollstuhls und erzeugte einen schwachen Pfeifton.

»Natürlich habe ich Ihrer Frau nicht alle Einzelheiten geschildert. Übrigens eine liebenswerte, junge Frau.«

Er strahlte.

»Ich will damit nicht sagen, daß es leicht sein wird. Das nicht. So weit müßten Sie mich kennen.« Manson kannte ihn nicht, aber der Doktor fuhr fort: »Ich bin froh, daß ich Ihnen die Neuigkeit überbringen konnte.«

Er hielt inne. Aus der leichten Brise war ein frischer Wind geworden, der mit seinen Rockaufschlägen spielte, die um Brust und Hals flatterten. »Mein Junge, ich denke, es ist an der Zeit, wieder nach Hause zu gehen. *Wirklich* nach Hause.«

Pause.

»Ihre Frau sagte mir, sie hätte Ihr altes Zimmer in der Abtei San Encino gemietet, wo Sie Ihre Flitterwochen verbrachten. Dort werden Sie wieder zu Kräften kommen – wie Sie es hier schon auf bemerkenswerte Weise getan haben. Und wieder malen. Freut mich zu sehen, daß Sie bereits damit angefangen haben. Ich weiß nicht, wie ich es

Ihnen sagen soll. Ich bin weiß Gott kein Kunstkritiker. Aber, äh, da gibt es etwas, was ich gerne wissen möchte. Über die Skizzen, die Sie hier gemacht haben.«

Der Doktor ging zur Mauer und legte die Hände auf das kalte Geländer.

Nachdenklich fuhr er fort: »Was sollen diese – diese schwarzen Wirbel in den Zeichnungen darstellen?«

Manson stellte fest, daß es dem Mann am Strand mit Hilfe seiner beiden Kinder gelungen war, ein Loch zu graben, in dem man stehen konnte.

»Mich erinnern sie an Messer«, fügte Dr. Hallendorf hinzu. Seine Stimme wurde leiser. »Habe ich recht?«

Plötzlich hörte man Schritte.

Cam war wieder zurück. Sie sah von einem zum anderen. Dann sagte sie: »Hallo. Ich bin wieder da.«

Der Doktor schenkte ihr ein gütiges Lächeln.

»Haben Sie es ihm schon gesagt, Doktor?« fragte sie.

Als sie allein waren, sagte Cam: »Verdammt, Will, was ist los?« Sie ließ das Buch in den Schoß fallen. »Du führst also Tagebuch. Gut für dich. Wenn du das kannst, warum kannst du dann, in Gottes Namen, nicht mit mir sprechen?«

Manson betrachtete den gelb eingebundenen Band auf seinen Knien.

»Oh, ich weiß, was du denkst. Daß ich deine kostbaren, tiefsinnigen, dunklen Seiten nicht genügend zu würdigen weiß. Du denkst: ›Sie ist so hohlköpfig. Sie *versteht* mich nicht.‹« Das drittletzte Wort stieß sie wie einen Fluch aus. »Warum versuchst du zur Abwechslung nicht, etwas zu geben? Wenigstens einmal in deinem Leben! Ich weiß Bescheid. Ich weiß, daß deine Stimmbänder in Ordnung sind. Und ich weiß noch mehr, mein Lieber. Ich habe es nämlich gelesen.« Sie wartete. Manson ließ den Blick über den Strand streifen. »Ich weiß, was du über mich geschrieben hast. Weißt du eigentlich, was für einen schmutzigen, *wirklich obszönen* Verstand du hast?«

Der Mann war jetzt aufrecht stehend bis zum Hals im Sand vergraben.

»Ich hätte es wissen müssen, daß du bis ans Ende deines Lebens ein Egoist bleiben würdest. Der Doktor hat gesagt, daß die alte Umgebung dir gut tun würde. Das ist es. *Dir* gut tun.« Gleich würde sie anfangen zu weinen. »Oh, ich kenne dich. Du wirst kaum, daß wir dort sind, mit deiner Arbeit weitermachen. Du und deine verdammten Bilder. Ich habe das Bild, das du begonnen hast, gesehen. Du bist ja schon ganz ungeduldig.«

Sie blinzelte und biß sich auf die Lippen.

»Erzähl mir nur nicht, diese verrückten, schwarzen Zeichen hätten etwas zu bedeuten.« Sie wirbelte herum. »Anscheinend hältst du dich jetzt für Vincent oder für weiß Gott wen. Oh, ich habe diese Biographie auch gelesen. Ich kann nämlich lesen, weißt du.«

Manson fühlte, wie sich etwas in seinem Inneren regte. Er schaute sie an und wiederholte im Geiste ihre ständigen Phrasen.

Plötzlich veränderte sich der Klang ihrer Stimme. »Keine Angst, Mister.« Den Ton kannte er. Jetzt kam der letzte Appell. »Ich werde dich bei dem Versuch, die verdammten Bewegungen auf die verdammten Leinwände zu übertragen, nicht stören. Ich verschwinde nämlich, sobald wir angekommen sind. Du brauchst noch nicht einmal eine Nacht mit mir zu verbringen.«

Mansons Hände krampften sich um die Armlehnen. Er klammerte sie an das Wort *Bewegungen.* Er dachte angestrengt darüber nach und versuchte verzweifelt, sich daran zu erinnern, was es für ihn bedeutete. Er kniff die Augen zusammen und starrte an ihr vorbei aufs Meer.

Sie nahm es als ein Zeichen.

»Das werde ich tun, wenn du es möchtest, Will.«

Die Kinder rannten ans Wasser. Der Mann, den sie hilflos im Sand zurückgelassen hatten, rief ihnen etwas nach, aber sie waren zu beschäftigt. Sie hatten einen angeschwemmten Stock gefunden. Anfangs drangen die Schreie noch über den Deich, aber bald schon wurden sie von den Wellen erstickt. Eine Schar durchdringend kreischender Möwen kreiste am Horizont und verlor langsam an Höhe.

»O Gott! Es war so schwer. Vor allem natürlich für dich. Ich hätte es wissen müssen.«

Die Kinder schauten nach ihrem Vater. Sie hoben den Stock auf.

»Ich möchte dir helfen, Will.«

Sie kniete vor ihm.

»Ich kann es versuchen. Da gibt es nur ein paar Dinge, die ich nicht begreife.«

Sie legte die Hand aufs Buch.

»Einiges von dem, was du geschrieben hast. Das ganze Gerede über deine Seele. Was meinst du damit?« Sie beobachtete ihn aufmerksam.

Er starrte auf den Strand hinaus.

»Was meinst du mit, äh, nach dem Unfall wärst du für eine Weile außerhalb deines Körpers gewesen? Du schreibst so, als würdest du es glauben.«

Er beobachtete die Kinder und den Stock. Und die kreisenden Möwen. Er sah ihren Bewegungen zu.

»Vielleicht wäre es besser, wenn du mit Dr. Hallendorf darüber sprechen würdest. Meinst du nicht auch? Noch besser wäre ein Psychiater. Bitte versteh mich nicht falsch.«

Er sah ihren Bewegungen zu.

»Will, bitte sag es mir. Wie ernst ist es dir damit?«

Die Antwort auf eine andere, unausgesprochene Frage nahm in einem Teil seines Gehirns Gestalt an.

Ihre Stimme war gespannt wie eine Geigensaite kurz vor dem Zerreißen.

»Ich möchte es wissen, Will. Ich muß es wissen. Was ist in dieser Nacht passiert?«

Manson atmete schwer. Er wußte nicht warum. Noch nicht. Er klammerte sich an den Rollstuhl. Sein Herz hämmerte.

»Ich muß es wissen!«

Er sah die beiden Kinder, den Jungen und das Mädchen, zurücklaufen. Sah, wie sie miteinander flüsterten und lachten. Sah, wie der Mann den Kopf schüttelte und die Lippen bewegte.

»Sag es mir! Will! Sag es mir!«

Der Junge hob den Stock. Etwas Scharfes, Metallisches leuchtete auf. Der Junge schwang den Stock.

»Bitte!«

Als der Stock niederfiel, stoben die Möwen auseinander und flatterten durch die Luft. Ein Schatten glitt über den Sand.

Erschrocken versuchte Manson aufzustehen.

Das Buch glitt vom Schoß und fiel auf den Deich hinunter. Der Wind blätterte die Seiten bis zur letzten Eintragung um. Dort stand:

13. Oktober.

Letzte Nacht bin ich schreiend aufgewacht.

Ich wußte, daß die Welt mir gehörte.

Es war eines von diesen Dingen, die man manchmal auf der Straße liegen sieht; tot und formlos, etwas, das so oft überfahren worden war, daß es jede Ähnlichkeit mit einem lebenden Geschöpf verloren hatte. Es war eines von diesen Dingen, an denen du auf deinem Weg von irgendeinem Ort zu irgendeinem anderen vorbeifährst, und erst wenn du sie passiert hast, fällt dir auf, daß du seltsamerweise Gas gegeben hast, und plötzlich möchtest du so schnell wie möglich ans Ziel gelangen und zu Hause sein, bevor diese Vorstellung dich derart überwältigt, daß du unfähig bist, dich von ihr zu lösen.

»Was ist los?«

Die Frage erübrigte sich, da die Überreste des Wracks in Sicht kamen.

Sie gingen langsam in die Kurve. Dort stießen sie auf die Transporter und die Autos mit den roten Schlußlichtern, die sich zu beiden Seiten des Freeways stauten.

Der Zusammenstoß hatte zwei Wagen in doppelt so viele Teile geschnitten. Glasscherben lagen wie Schnee über dem Asphalt verstreut. Metallstücke lagen auf einem Haufen, zerknittert, als wären sie bloß aus Stanniol.

»Uh. Laß uns nicht hinschauen.«

Sie rasten vorbei. Doch nachdem sie das Blutbad hinter sich gelassen hatten, verfolgte sie das Bild des toten Mannes am Fahrdamm. Wahrscheinlich erging es jedem so, der an der blutigen Szene vorbeigefahren war.

Als Manson sich unbehaglich in seinem Sitz aufrichtete, fiel sein Blick in den Rückspiegel. Dabei stellte er fest, daß sie verfolgt wurden. Er sah einen schwarzsilbernen Wagen seitlich näherkommen und gleichziehen.

Sie bemerkte die Veränderung in seinem Blick.

»Du siehst müde aus. Nach was hältst du Ausschau?« Sie schaute in den Spiegel. »Nach dem Wagen hinter uns? Ist schon etwas seltsam, nicht wahr?« Sie schüttelte sich. Es würde bald dunkel werden. Die Fahrt von Santa Barbara hatte länger gedauert als erwartet. Sie schien kein Ende zu nehmen. »Ich habe ihn vor ein paar Meilen schon einmal gesehen. Sieht aus wie einer von denen, die du als Schwarze Maria oder so ähnlich bezeichnest. Ich habe so ein Auto noch nie gesehen. Und du?«

Er hatte.

Manson kurbelte das Seitenfenster herunter. Frische Luft wirbelte durch Cams Wagen. Sie drehte den Kopf, um etwas zu sagen, ließ es dann aber bleiben. Er ließ sich den Wind ins Gesicht blasen und senkte die Lider. Aus den Augenwinkeln heraus sah er Bäume und Sträucher vorbeihuschen.

Sie passierten die Avenue 52.

»Es ist nicht mehr weit. Bald bist du zu Hause.«

Ja, dachte Manson. Sein ganzer Körper schmerzte. Nicht, weil er gearbeitet hatte. Er ächzte unter der Last monatelangen Wartens. Manson dachte daran, was für eine Erleichterung es dieses Mal sein würde.

Nach einer halben Minute drehte er den Kopf nach hinten. Zuerst hörte er nur den Wind, der schließlich abflaute und durch unvermittelte Stille ersetzt wurde.

Aber es war nicht irgendeine, sondern *die* Stille.

Er brauchte gar nicht hinzusehen, um zu wissen, daß der andere Wagen gleichgezogen hatte.

Er fragte sich, wie viele Leute heute gerufen worden waren.

AVENUE 60.

»Scheint so, als führen wir nach Hause. Ich meine, es ist die gleiche Abbiegung wie zur Abtei, oder? Es ist schon so lange her. Ich kann mich kaum noch erinnern. Damals bist du immer gefahren.«

Dann war sie wieder still. Er spürte, daß er beobachtet wurde.

Er warf einen Blick auf den anderen Wagen.

»Was will dieser Mann? Versucht er uns vom Freeway zu drängen? So was Hinterhältiges.«

Manson sah, wie seine Hand sich hinter der Scheibe bewegte; eine freundliche Geste, vor der er sich niemals wieder fürchten würde. Ihm fiel der *Fliegende Holländer* ein.

Er versuchte sich zu erinnern, um was es dabei ging, und fragte sich, welcher Wagen für diese Figur angemessen wäre.

Warte. Manson war noch nicht bereit. Fast, aber noch nicht ganz. Da war noch etwas, das er lange Zeit verdrängt hatte.

Er sah das verunstaltete Gesicht des Fahrers, in dem es ein bestimmtes Detail gab, das ihn beunruhigte, da er es nie hatte benennen können: das Auge, das dieses Gesicht in eine häßliche Fratze verwandelte, das deformierte Auge. *Es war wie ein . . . ein.* Er suchte nach Worten, um zu beschreiben, was nicht zu beschreiben war. Er dachte all die Dinge, an die es ihn erinnerte. Ein . . . *ein* . . . Das war's. Es erinnerte ihn an ein *totes schwarzes Krähenauge.* Was hatte das zu bedeuten? Egal. In Wirklichkeit mochte es nichts zu bedeuten haben – gleich einem Traumbild, an das man sich erst spät oder gar nicht erinnerte. Er wußte nicht, was es bedeutete; nicht in der formalen Bedeutung des Wortes Wissen. Dennoch verlangte ihn danach zu wissen. Doch die Zeit war abgelaufen. Er gab auf. Es gab dieses Auge, aber keine Zeit mehr. Es blieb nicht mehr Zeit.

»Was macht er da?!«

Er versucht, uns ein Zeichen zu geben, du Idiotin, dachte Manson. Müßig fragte er sich, ob dieses Mal auch ihre Zeit gekommen sei.

»Sieh ihn dir an! Schau raus . . .«

Hälts Maul. Jetzt würden alle Fragen ein Ende haben.

Er hätte ihr sagen können, sie solle das Steuer herumreißen. Ja, das hätte er sagen können. Aber er wußte, daß sie nicht in der Lage war, richtig in die Kurve zu gehen. Das hatte sie noch nie gekonnt.

Doch das war jetzt egal.

Sie plapperte vor sich hin.

Als das Auto auf die Leitplanke aus Stahl und Beton zuhielt, öffnete er die vom Wind trockenen Lippen.

»Mein Gott«, sagte er. »Du scheinst es wirklich nicht zu begreifen.« Er wurde mit jeder Sekunde ruhiger. »Wir haben keine Zeit mehr.« Wie lange war es her? »Es ist zu spät. *Für alles.*«

Sie begann zu schreien.

Wähle 666

Er erwachte vom Geräusch einer Kettensäge.

Vor dem Fenster wurden Bäume gefällt, deren Äste und Zweige wie abgerissene Fingernägel über das Glas kratzten. Er hörte das Hupen verärgerter Autofahrer hinter den geparkten Lastwagen, die das Geäst und Laub abtransportieren sollten. Er krallte die Finger in die Matratze und wartete darauf, daß der Tumult aufhörte. Aber er hörte nicht auf.

Mit dem Träumen war es vorbei.

Er wollte gerade aufstehen, als es klingelte.

Zuerst dachte er, das Geräusch käme von draußen; der Ton erinnerte ihn an den Klang einer Stahlschneide. Aber während weitere Bäume fielen und es im Zimmer heller wurde, sah er, wie das Telefon auf dem Tisch zitterte.

Er zögerte und betrachtete den Hörer; die Linien und Kurven, die so gut in seine Hand paßten.

Aber das Spiel machte keinen Spaß mehr. Er war es leid, zum Narren gehalten zu werden. Manchmal hatte er morgens ein paar Augenblicke lang das Gefühl, sie niemals getroffen und nichts verloren zu haben. Mittlerweile war er wirklich wach.

Er erinnerte sich an ihre Stimme, die in den letzten Wochen noch schneidender und herrischer geworden war. Erinnerte sich an all die Entschuldigungen, Forderungen, Angebote, die gemacht und wieder zurückgezogen wurden – Tag und Nacht, bis er sich kaum noch überwinden konnte, den Hörer abzunehmen. Schließlich hatte sie sich zivilisiert gegeben und einen geschäftsmäßigen Ton angeschlagen, von gelegentlichen ironischen Lachern unterbrochen; ein alter Trick, ihren Zynismus als Humor zu verkaufen. Es hatte ihn Jahre gekostet, zu erkennen, daß hinter ihrem Lachen nichts als nackte Berechnung stand. Gestern nacht hatte er ihr zugehört, und plötzlich war ihm klar geworden, daß er nur noch den Klang und die Melodie ihrer Worte wahrnahm, und er hatte den Entschluß gefällt, ihre Stimme nicht mehr vernehmen zu wollen. Er hatte den Hörer auf die Gabel fallen lassen, ohne zu wissen, ob er jemals wieder in der Lage sein würde, ihn aufzunehmen.

Das Telefon läutete.

Und läutete.

Er badete in den Sonnenstrahlen, die durch das jetzt ungeschützte Schlafzimmerfenster fielen, und fühlte nichts.

Die Lastwagen fuhren an.

Nach einer Weile zog er sich an und ging zur Arbeit.

Er bat die Dame an der Rezeption, alle eingehenden Anrufe zurückzuhalten, und versuchte sich beim Überfliegen der Morgenpost auf andere Gedanken zu bringen. Da gab es Magazine und Rundschreiben von Leuten, die von seiner

Arbeit mehr Ahnung hatten als er. Jede Menge Papier zum Durchblättern und Ablegen. Es gab Rechnungen, es gab Rückfragen. Letztere legte er auf einen wachsenden Stapel, der unter dem Licht der Neonröhren schwankte und den Schreibtisch unter einer Lawine aus Nachrichten und ungeöffneten Briefumschlägen zu begraben drohte. Gegen elf Uhr wirkte sich sein immenser Kaffeekonsum aus. Seine Haut rötete sich und begann zu jucken. Als er das Büro verließ, um ein frühes Mittagessen einzunehmen, nahm niemand davon Notiz.

Auf halbem Weg hielt er vor einem Elektronikgeschäft an, um sich nach einem Anrufbeantworter zu erkundigen. Er wählte das erstbeste Modell, ohne den Karton zu öffnen. Nachdem er es bezahlt und hinausgetragen hatte, fühlte er sich enorm erleichtert.

Der Bürgersteig hatte sich mit Leben gefüllt. Ungeduldige Käufer, Buchhalterinnen und Sekretärinnen auf der Suche nach dem perfekten Salatbüfett eilten achtlos an ihm vorbei und plapperten über freiwillige Sozialleistungen und Urlaub. Er wich ihnen, die Neuerwerbung wie ein Schild vor sich haltend, so gut es ging aus und überquerte die Straße, um in den Park zu gelangen.

Es war ein strahlendschöner Tag. Der Himmel über den ihrer Zweige beraubten Palmen leuchtete wie Aluminium. Er entdeckte einen einsamen Pfad und folgte ihm um den See; vorbei an Bänken, die mit Schatten besprenkelt waren, Schatten, die sich wie ein Muster glatter Münzen quer über das verschmutzte alte Holz zogen. Hier, mitten im dichten Unterholz, fühlte er sich zum ersten Mal geborgen; selbst die Verkehrsgeräusche schienen weit weg zu sein. Durch die dunkle Höhle aus Mispel-, Hibiskus- und Oleanderlaub sah er, wie ein Mann die Angel seines Sohns mit einem Köder versah. Der Angelhaken blitzte im Sonnenlicht, bevor er von einem sich windenden Wurm verdeckt wurde.

Ein Teenager rollte mit seinem Skateboard das zementierte Ufer entlang, während unter der silbernen Wasseroberfläche kleine Fische miteinander tollten. Hinter ihm raschelten Blätter, brachen Zweige, aber er ignorierte die Geräusche. Hier war er in Sicherheit. Er atmete tief ein und spazierte weiter, zum ersten Mal seit langer Zeit wieder mit sich und der Welt im Einklang.

Der Pfad endete an einer Unterführung, die den Park mit einem Stadtviertel verband, das von einer Sanierung heimgesucht worden war. Die Geschäfte auf der anderen Straßenseite hatte man zu ausländischen Spezialitätenrestaurants umgebaut, die Menüs zum Mitnehmen angeboten. Die Fenster waren mit Zetteln gespickt, auf denen jeden Tag ein neues Mittagessen angepriesen wurde. Aus der Entfernung konnte er die Schrift nicht entziffern, doch wahrscheinlich war es einen Versuch wert. Mitten im Häuserblock gab es sogar ein Kino; ein betagter Deco-Palast, in dem jetzt schwachsinnige B-Filme liefen: *Alle Sitze $ 1.50 / Es ist kühl im Kino!* Er fragte sich, ob jemand ihn vermissen würde, wenn er heute nicht mehr ins Büro zurückkehrte.

Gerade als er in die Unterführung gehen wollte, hörte er ein Telefon klingeln.

Er zog die Schultern ein und drehte sich erschrocken um. Am Eingang der Unterführung hing ein Münzfernsprecher, der über und über mit Graffitis bedeckt war, so daß er fast gänzlich mit der Dunkelheit verschmolz.

Er trat ein paar Schritte zurück.

Es war ihm schon öfters passiert, daß er an öffentlichen Fernsprechern vorbeigekommen war, die plötzlich, ohne ersichtlichen Grund, zu läuten begannen. Wahrscheinlich hatte sich jemand verwählt, oder eine falsche Verbindung war hergestellt worden; keine Ahnung. Aber es hatte ihn neugierig gemacht.

Jetzt läutete es wieder; ein mißtönendes, metallisches

Geräusch, das von den Wänden der Unterführung zu einem Kreischen verstärkt wurde.

Warum nicht? dachte er. Was hatte er schon zu verlieren?

Der warme Plastikhörer schmiegte sich in seine Hand.

»Hallo?« sagte er.

Die Stimme am anderen Ende der Leitung flüsterte eine Nummer.

»Was?«

Die Stimme sagte etwas, das sich wie eine lange Ziffernreihe anhörte, dann ein Wort und noch eine Zahl. Es klang wie eine Adresse.

»Ich glaube, Sie sind falsch verbunden.«

»Wer sind Sie?«

»Wer sind *Sie*?« antwortete er.

Klick.

Er hielt den Hörer auf Armeslänge von sich.

Jetzt drang nur noch das Freizeichen aus dem schwarzen Hörer.

Er hängte auf.

Ich hätte nicht antworten sollen, dachte er. Es ging mich nichts an. Die Stimme hatte wütend geklungen . . .

Er bewegte sich rückwärts durch den Tunnel. Das Telefon wurde kleiner und kleiner; er hatte das Gefühl, durch das verkehrte Ende eines Teleskops zu schauen.

Dann teilte sich das Laub. Am Ende des Pfades tauchte eine Gestalt auf, Zweige zerbrachen unter ihren Füßen. Das Unterholz schloß sich wieder. Ein Mann rannte zum Telefon, blieb atemlos stehen und schaute auf die Uhr.

Ein paar Sekunden später läutete das Telefon abermals.

Der Mann reagierte augenblicklich.

»Hallo. Ich bin im Augenblick nicht zu Hause, aber Sie können eine Nachricht hinterlassen . . .«

Er hielt das Band an und spulte es zurück. Ich sollte den Leuten nicht auf die Nase binden, daß ich nicht zu Hause bin. Sie könnten sonst auf krumme Gedanken kommen.

Er drückte den *Record*-Knopf, nahm das Mikrophon und versuchte es noch einmal.

»Hallo. Ich kann im Augenblick nicht ans Telefon kommen, aber Sie können mir nach dem Piepton eine Nachricht hinterlassen. Danke für den Anruf.«

Piep.

Er spielte das Band noch einmal ab, um sicherzugehen, daß alles aufgezeichnet worden war, dann stellte er den Apparat auf *Antwort*.

Das war's.

Er öffnete ein Bier, stellte den Fernseher an, ging quer durchs Wohnzimmer und machte es sich in seinem großen Sessel bequem.

In den Abendnachrichten gab es den üblichen Sermon über Bomben, Rücktritte, Ermittlungen. Es war immer dasselbe. Die Zustände wurden von Tag zu Tag schlimmer. Während er die Zeitung überflog, stellte er den Ton des Fernsehers mittels Fernbedienung leiser.

Während in der Fernsehreportage über rituelle Verstümmelungen bei den Obdachlosen in den Unterführungen von Glendale und Atwater gesprochen wurde, fiel ihm ein Artikel im oberen Teil der Seite vier ins Auge. In einem anderen Stadtteil war eine Leiche in einem Schlafzimmer gefunden worden, wahrscheinlich das Opfer eines versuchten Einbruchs. Er kannte weder den Namen des Verstorbenen noch hatte sich der Fall in der Nachbarschaft abgespielt; dennoch erregte etwas an der Geschichte seine Aufmerksamkeit.

Er brauchte eine Minute, bis er wußte, was es war.

Die Stimme im Park am anderen Ende der Leitung hatte ihm eine Adresse genannt. Zuerst eine Nummer, wahrscheinlich eine Art Code, dann Straßennamen und Hausnummer.

Dieselbe Adresse war hier in der Zeitung. Da war er sicher.

Er legte die Zeitung beiseite und stellte den Fernseher lauter. Er sprang von Kanal zu Kanal, um mehr Einzelheiten über den Mord zu erfahren.

Was hätte es für einen Sinn, die Polizei anzurufen? Er hatte versehentlich einen Anruf entgegengenommen, mehr nicht. Es bestand weder die Möglichkeit, festzustellen, woher der Anruf gekommen war, noch konnte die Identität des Mannes, der ihn schließlich den Anruf beantwortet hatte, geklärt werden.

Sein Telefon klingelte. Im Laufe des Abends läutete es immer wieder. Jedesmal wußte er schon, ehe der Anrufbeantworter ansprang, wer es war. Er machte sich nicht die Mühe, zuzuhören, was sie ihm zu sagen hatte.

Am nächsten Morgen meldete er sich krank.

Jogger in warmen Trainingsanzügen waren schon auf den Beinen und drehten ihre Runden auf dem Fahrradweg, während er seinen Wagen parkte und zum Park marschierte. Er verlangsamte seinen Schritt und ging ihnen rasch aus dem Weg.

Es war noch früh am Tag, und der Weg war durch das wildwuchernde Laubwerk in der Nacht kühl und feucht geworden. Während er sich der Unterführung näherte, warf er einen Blick zurück, niemand folgte ihm. Er spähte durchs Laub. Der See sah im Morgenlicht seltsam trübe aus. Dann schaute er genauer hin und stellte fest, daß er kein Wasser mehr führte. Man hatte ihn über Nacht trockengelegt. Das zementierte Ufer senkte sich in eine Wassertiefe von nunmehr rund einem Meter hinab. Eine Decke aus glänzendem schwarzem Schlamm, in denen Bierdosen und unbestimmbarer Müll umhertrieben, bedeckte den künstlichen Boden – wie eine offene Wunde den Blicken der Menschen preisgegeben. Er schüttelte sich, drehte sich um und ging weiter.

Dann wartete er wieder, aber niemand näherte sich dem öffentlichen Fernsprecher.

Beim letzten Mal hatte es um elf Uhr dreißig geklingelt. Ein verabredeter Termin? Nicht schlecht. Die hungrige Meute hetzte gewöhnlich erst gegen zwölf zu Tisch. Er versuchte sich an den nervösen Mann zu erinnern, der knapp eine Minute zu spät aufgetaucht war. Arbeitete er in einem dieser gläsernen Bürohäuser in der Nähe? Schwer zu sagen. Der Mann hatte wie hundert andere Männer ausgesehen.

Der Morgen verging ohne besondere Vorkommnisse. Er fand eine Zeitung, setzte sich, von Büschen halb verborgen, hin und tat so, als würde er lesen. Die Jogger waren den Straßenkindern gewichen, die auf dem Seegrund hinauswateten und im Schlamm nach Wertsachen wühlten, bevor die Arbeiter mit ihren Lastwagen erschienen und sie verscheuchten. In der Luft hing süßlicher Fischgestank. Er wartete noch immer.

Um Punkt elf Uhr dreißig läutete das Telefon.

Bevor er aufstehen und den Hörer abnehmen konnte, löste sich eine dunkle Gestalt von der Tunnelwand. Wie lange hatte sieschon dort gestanden? Der Gedanke, daß er nicht allein war, nahm ihm den Atem.

Diesmal war es eine Frau.

Als sie versuchte, den Hörer ans Ohr zu bringen, trat das Weiß ihrer Augen verdächtig stark hervor. Sie trug eine Baumwolljacke und grasfleckige Jeans. In der hinteren

Hosentasche steckte eine zusammengerollte Zeitung. Hatte sie im Park geschlafen? Ein gezacktes Blatt, das sich in einer Strähne ihres ungewaschenen Haares verfangen hatte, trudelte zu Boden, als sie die Hand über die Sprechmuschel hielt und lauschte.

»Ja«, sagte sie.

Dann wiederholte sie die dreistellige Zahl. Es war dieselbe Nummer wie gestern, als er ans Telefon gegangen war. Der Code.

Sie zog die Zeitung aus der Hosentasche, kritzelte etwas mit einem Filzschreiber und riß eine Ecke ab.

Dann hängte sie auf.

Als sie sich langsam entfernte und ihre Schritte immer leiser wurden, näherte er sich dem Telefon.

Er suchte nach Spuren, aber die eingeritzten Zeichen waren so unlesbar wie Hieroglyphen.

Läute, dachte er.

Aber es läutete nicht. Heute gab es auch keinen Grund dafür. Die Nachricht hatte schon beim ersten Mal den richtigen Empfänger erreicht.

Er hieb mit der Faust gegen das Gehäuse.

Es gab einen hohen Ton von sich, und ein Vierteldollar schepperte aus dem Rückgabeschlitz.

Er steckte ihn ein.

Wenigstens etwas.

Er zögerte, dann wandte er sich der Unterführung zu.

Zu spät. Sie war fort, für immer in den überfüllten Straßen verloren. Er spähte in den Tunnel. Die Spiegelungen eines unsichtbaren Verkehrs bestrichen die Seitenwände mit konzentrischen Kreisen.

Was nun? Eigentlich geht es mich nichts an . . .

Er hörte einen Bus auf der anderen Seite vorüberfahren, spürte einen Luftzug und der Abfall im Tunnel – leere

Verpackungen, Papiertüten, Styroporbecher, Magazine – flatterte, so schien es ihm, wie unterseeische Fahnen.

Unter dem klebrigen Müll, der sich zu seinen Füßen sammelte, befand sich eine zusammengerollte Zeitung.

Aus ihrer Hosentasche?

Er hob sie auf.

Es war ein dünnes Boulevardblättchen aus einem Verkaufsautomaten, gespickt mit Anzeigen von Nur-für-Erwachsene-Buchläden, Begleitagenturen und Massagesalons.

Die oberste Ecke der ersten Seite fehlte. In der Nähe des abgerissenen Stückes befand sich die Kleinanzeige eines Telefonsex-Service. Jemand hatte dort mit einem schwarzen Filzstift etwas über das Bild einer nackten Blondine gekritzelt.

Eine dreistellige Nummer.

Dieselbe Nummer hatte ihm gestern die Stimme am Telefon genannt.

Es war dieselbe Nummer, die das Mädchen vor wenigen Minuten wiederholt hatte; dieselbe Nummer, die sie hier aufgeschrieben hatte.

666.

Er warf eine Münze ein und wählte den Sex-Service.

»Phantasie-Gefährten. Welche Nummer Sie auch wünschen, wir haben sie. Haben Sie ein Konto bei uns?«

Er räusperte sich. »Sechs-sechs-sechs.«

»Besitzen Sie eine Kreditkarte?« fragte eine Frau, ohne einen Augenblick innezuhalten.

»Ich möchte nicht mit einem Mädchen sprechen«, sagte er. »Deswegen rufe ich nicht an.«

»Wir bieten eine Reihe verschiedener Dienste an«, antwortete sie. »Was immer Sie . . .«

»Sechs-sechs-sechs. Das ist alles, was ich will.«

»Zuerst brauche ich Ihre Kreditkarten-Nummer.«

»Muß das sein? Sprechen Sie von einem Nebenanschluß aus? Ich wollte nur fragen . . .«

»Wir akzeptieren Visa, Master of American Expreß.«

Widerwillig kramte er seine Brieftasche hervor und nannte ihr Nummer und Ablauftermin.

»Name?«

»Warum?«

»Den Namen der Karte.«

Er gab ihn ihr. »Kann ich jetzt mit . . .«

»Einen Augenblick, bitte.«

Die Verbindung wurde unterbrochen. Er hörte die Musik eines Popsenders.

Was kann das sein? überlegte er. Eine Art von Mord-übers-Telefon? Du rufst an – oder sie rufen dich an –, und sie sagen dir, wen du umbringen sollst. Sie bezahlen dich für deine Dienste. Oder bezahlst du sie? Oder sagst du ihnen, was du möchtest, und sie lassen es für dich erledigen? Durch nervöse Männer? Frauen in Jeans? Verrückt.

Aber die Adresse, die er gestern in der Zeitung gelesen hatte. Es war dieselbe Straße, dieselbe Hausnummer, die er gestern auch am Telefon gehört hatte. Der Anruf hatte jemand anderem gegolten.

Dem Mörder?

Er sah sich um. Niemand da. Die hungrige Meute war noch nicht in den Park eingefallen. Aus der Richtung, in der auch der See lag, dröhnte ein Generator herüber. Es klang wie ein Bagger. Das Geräusch wurde lauter, die Musik war kaum noch zu hören. Er überlegte, ob er aufhängen sollte.

Jetzt verstummte die Musik.

»Hi! Mein Name ist Brandy. Wie soll ich Sie nennen?«

»Mir egal«, antwortete er.

»Warum teilen Sie nicht Ihre Phantasien mit mir? Und dann erzähle ich Ihnen meine.«

»Nein, danke.« Die Situation war absurd. »Sie sind bestimmt ein sehr nettes Mädchen, ja, Brandy, aber . . .«

»O ja, das bin ich! Aber manchmal kann ich sehr, sehr unartig sein. Offen gesagt, es macht mir *Spaß*, ungezogen zu sein. Ich *liebe* es, über Löcher und Neunundsechzig zu reden . . .«

»Und was ist mit sechs-sechs-sechs?« fragte er.

Eine Pause entstand. »Das muß ja ganz was Neues sein. Klingt aufregend.«

»Ist aber nichts Neues«, sagte er. »Sie haben es gestern für einen meiner Freunde gemacht.«

»Ich glaube nicht, daß ich das war. Wie heißt Ihr Freund?«

Er wußte nicht, was er darauf antworten sollte. »Und was ist mit der Frau, mit der Sie vor wenigen Minuten gesprochen haben?«

»Möchten Sie mit einem *Mann* sprechen?« Ihre Stimme sank. »Einen Augenblick, ich verbinde . . .«

»Nein. Ich meine, es ist nicht für mich. Ich meine . . .«

»Möchten Sie nun mit jemandem reden oder nicht?«

»Ich möchte sechs-sechs-sechs sprechen.«

»Haben Sie schon einmal angerufen?« fragte sie mißtrauisch.

»Möglich. Ich möchte etwas über Ihren speziellen Service erfahren. Den ganz speziellen, wenn Sie wissen, was ich meine.«

»Der Spezialservice kann sehr teuer werden.«

»Wie wär's mit ein paar Informationen?«

»Die kosten auch eine Kleinigkeit.«

»Spannen Sie mich nicht auf die Folter. Wieviel schulde ich Ihnen beispielsweise bis jetzt?«

»Fünfunddreißig Dollar. Für zehn Minuten.«

»Okay.« Ich kann die Bezahlung immer noch stoppen, dachte er. Ein Verein wie dieser würde ihn nicht unter

Druck setzen. Oder? »Setzen Sie es mit auf die Rechnung. Fangen Sie an.«

»Die Kosten könnten erheblich sein. Wir müßten eine Kreditprüfung machen. Wie heißt Ihr Freund? Oder war es eine Freundin?«

»Ja. Nein. Ich meine, es ist eigentlich kein richtiger Freund. Schauen Sie, ich möchte nur wissen . . .«

»Es tut mir leid, Sir. Informationen dieser Art kann ich Ihnen nicht geben. Wenn Sie etwas Besonderes wünschen, brauchen Sie eine Empfehlung.«

Klick.

Er stand mit dem Telefonhörer in der Hand da, als das Dröhnen des Generators näher kam. Die Zweige am Wegesrand begannen heftig zu zittern, als sei ein mitleidloses, fürchterliches Ungetüm dabei, sich Bahn zu brechen. Dann fielen die Zweige zu Boden. Ein Lastwagen fraß sich durchs Laub. Augenblicklich brach der klare Himmel durch. Er konnte eine Reihe weiterer Lastwagen mit startbereiten elektrischen Sägen und Laubzerkleinerern im Park ausmachen.

Einen Augenblick lang war er nicht in der Lage, sich zu bewegen. Es gab nur noch den klaren Himmel und die sich senkende Sonne.

Er ließ den Hörer baumeln und durchquerte den Tunnel.

Das Dröhnen folgte ihm. Es war überall. Er preßte seine Hände gegen die Ohren, rannte los und blieb erst wieder stehen, als er an der gegenüberliegenden Straßenseite angekommen war. Ein Mann, in dessen Mund ein Goldzahn aufblitzte, wollte ihm einen Zettel mit Sonderangeboten eines Spezialitätenrestaurants in die Hand drücken. Er zuckte zurück und lief weiter. In seinen Ohren hämmerte es.

Vor dem Kino hatte sich eine Schlange gebildet. Die

Menge versperrte ihm den Weg. Er stolperte, sein Kopf wurde nach hinten gerissen. Er sah die Ankündigung:

Gangsterbräute
Schlächter
Keine Überlebenden
+ Der vierte große Hit

Er fand sein Gleichgewicht wieder, schob sich durch die Menschenmenge und ging die Straße hinunter bis zu der Kreuzung, an der sein Auto stand.

Er fuhr wild durch die Straßen und suchte angestrengt einen Weg aus der Innenstadt. Nach einiger Zeit ließ der Autoverkehr nach, und er fand sich vor einer vertrauten Kreuzung wieder. Er tröstete sich damit, daß er bald zu Hause sein würde. Schließlich gelang es ihm, sein Zittern unter Kontrolle zu bringen.

In einer Straße mußte er einem Möbelwagen ausweichen und sich in eine enge Parklücke zwängen, um ihn vorbeizulassen. Die Arbeiter hatten mitleidlos jeden Baum an der Straße gestutzt; die riesigen Eichen waren zu Zwergen verkümmert, deren Rümpfe und bleichen Glieder sich wie abgetrennte Arme der blendenden Sonne entgegenstreckten. Er stellte den Wagen an seinem angestammten Parkplatz ab, wo er aber nicht sehr sicher aufgehoben war.

Das war der Höhepunkt eines bösen Traumes, in dem er schon seit undenklichen Zeiten gefangen war. Vor ein paar Wochen oder Monaten, nach ihrem letzten Streit, hatte er eine falsche Entscheidung getroffen, und seither lief nichts mehr so, wie es sollte. Wenn er die Entscheidung rückgängig machen und den richtigen Weg einschlagen könnte, würde sein Leben wieder in geordneten Bahnen verlaufen. Doch dann mußte er vergessen, was einst geschehen war.

Aber es war nicht in der Wirklichkeit passiert. Konnte es gar nicht.

Ob es ihr wohl ähnlich erging?

Wenigstens verstand er jetzt, was sie empfand.

Ich werde es wieder in Ordnung bringen, dachte er. Das habe ich schon einmal getan. Ich kann es wieder tun. Sie wartet doch darauf. Ich kann mich nicht länger verstecken. Das weiß ich jetzt.

Ich werde sie anrufen.

Jawohl!

Er trat ins Haus und sah die Bescherung.

Sie hatte nichts zurückgelassen außer einem Tisch und einem Küchenstuhl, einigen leeren Bücherschränken, dem Telefon samt Anrufbeantworter, dem Bett und den Sachen im Badezimmer. Jedes einigermaßen wertvolle Teil hatte sie fortgeschafft. Die Möbel, die er ihr gekauft hatte. Die Stereoanlage, die Platten. Die Bilder an den Wänden. Selbst die Vorhänge, die sie genäht hatte. Alles war ausgeräumt und in den Möbelwagen geladen worden, während er außer Haus gewesen war.

Er setzte sich mitten ins leere Wohnzimmer auf den harten Holzboden und wartete auf irgendeine Reaktion, bis die betäubende Kälte in seiner Brust zu der Stelle gekrochen war, wo sein Herz sitzen mochte.

Diesmal waren keine Mitteilungen für ihn auf dem Band des Anrufbeantworters.

Da er die Abendnachrichten im Fernsehen nicht sehen konnte, wußte er auch nicht, ob das letzte Opfer bereits entdeckt worden war. Die Zeitung lag auf der Veranda, aber er hatte keine Lust, aufzustehen. Was die nächste Zukunft betraf, so brauchte sich der Besucher oder die Besucherin nicht sonderlich zu beeilen. Wenn sie ihn aufspüren wollten, konnten sie seine Adresse über die Kreditkarte ausfindig machen.

Wirklich ein perfekter Plan. Er konnte ihm seine Bewunderung nicht versagen. Erst jetzt wußte er seinen praktischen Nutzen zu schätzen.

Wirklich?

Er griff zum Telefon.

Er kannte nur zwei Namen samt Adressen, die er ihnen geben konnte. Eine davon war ihr jetziger Aufenthaltsort.

Er fragte sich, ob er den Mut hätte, es zu tun.

Aber er hatte die Kleinanzeige nicht hier. Er konnte sich nur noch an die Nummer *666* erinnern.

Er könnte zurückgehen, den Zettel suchen und von dort aus anrufen. Er könnte das Wechselgeld von gestern benutzen, den Vierteldollar, den er immer noch in der Tasche hatte. Nicht schlecht. Und dann würde er im Schutz der Unterführung schlafend oder wachend warten, bis das Telefon klingelte. Dort würde er den Befehl entgegennehmen; den Befehl, der alles um einiges einfacher machen würde.

Und dann würde ihm vielleicht, aber nur vielleicht, endlich jemand sagen können, wen er töten sollte.

Ein hübsches, schattiges Plätzchen

»He, was meinste mit – du hast sie ins Handschuhfach getan?«

Sie wühlte zwischen einer zerdrückten Kleenex-Schachtel, einem Schreibblock, Bleistiften, einem Satz winziger Schraubenschlüssel und grünen und blauen Rabattmarken herum.

»Verdammt«, zischte sie. »Wenn wir sie zu Hause gelassen haben . . .« Sie strich sich über das kurze, sonnenwarme rote Haar und spähte tiefer ins Fach hinein.

»Nimm's leicht, Care. Wahrscheinlich sind sie in deiner Ha . . .«

»In meiner *Handtasche* habe ich schon nachgesehen.«

»Gut.« Der Junge am Steuer wandte seinen Blick von der Straße ab, um den Zigarettenanzünder wieder hineinzuschieben. »Ich denke, du wirst es überleben«, fuhr er ruhig fort und fingerte eine filterlose Zigarette aus der Hemdtasche, »aber bitte diesmal ohne Spuren.«

Widerwillig brachte sie das Handschuhfach in Ordnung.

»Vergiß es, Tad.« Sie streckte die Hand aus, und er ließ die Schachtel hineinfallen.

»He«, fragte sie, die Zigarette zwischen die orangefarbenen Lippen geklemmt, »wie spät ist es?« Sie ignorierte die Uhr am Armaturenbrett, die schon seit Ewigkeiten 8:54 Uhr zeigte.

Er griff nach dem Zigarettenanzünder, der wieder ein Stück weit herausgeschnellt war. Als seine Zigarette brannte, nahm sie seinen Arm, um sich ihre anzuzünden, wobei sie sein Handgelenk verdrehte, damit sie auf die Uhr schauen konnte.

»Oh, es ist noch früh. Noch nicht mal ein Uhr. Wir werden noch vor Einbruch der Dunkelheit im Lager sein.« Für einen kurzen Moment ruhte ihr Arm auf den Metallrahmen der Kabriotür, dann zog sie ihn zurück und legte die Hände in den Schoß, auf die leicht mit Sommersprossen gesprenkelte goldene Bräune ihrer Oberschenkel.

»Ich denke, wir werden am späten Nachmittag dort ankommen.«

Der Highway hatte in den letzten Stunden über einige Steigungen geführt und schien jetzt mit jeder Kurve steiler zu werden. Die gut sichtbaren, blauschwarzen Berge schienen zum Greifen nahe. Aber in Wahrheit waren sie noch in weiter Ferne. Tad steuerte den Wagen über den Kiesrand. Er drückte einen Knopf, und das Verdeck des Kabrios setzte sich in Bewegung.

Das Mädchen setzte zum Sprechen an, ließ es aber bleiben. Mit den fast kindlich anmutenden Fingern der rechten Hand rückte sie ihre Bluse zurecht. Als sie sah, daß er sein kurzärmeliges Hemd auszog, griff sie ohne zu überlegen hinüber, um ihm das T-Shirt über den Bauch zu ziehen, als wäre sie es schon lange gewohnt, sich um solche kleinen Berichtigungen zu kümmern.

Sie reckte sich, um besser in den Rückspiegel sehen zu können, und befingerte ihre Nase. »Ich glaube, ich *pelle* mich schon wieder«, sagte sie grimassierend. Sie holte einen Kamm hervor und kämmte sich das struppige, rote Haar, wobei sie »Oh, Carrie, du bist so *schön*« sang. Dann griff sie über die Rückenlehne nach einer Cremetube und drückte einen weißen Klecks heraus, mit dem sie sich die gerade, leicht sommersprossige Nase einrieb.

»Ich hoffe, daß wir vor Anbruch der Dunkelheit da sind. Ich habe keine Lust, heute nacht hier draußen zu übernachten.« Sie zitterte.

Der Junge brachte ein breites und sonderbares Lächeln zustande.

»*Gut*«, sagte sie herausfordernd. Sie verschloß die Tube, drehte sich um, um sie auf den Rücksitz zu werfen, und hielt mitten in der Bewegung inne, als ihr Blick auf einen weißen Plastikstreifen fiel, der unter der Indianerdecke hervorsah.

»Gut, erfreuen wir uns an der Welt!« rief sie aus und setzte die Sonnenbrille auf.

Gegen drei Uhr stach die Sonne nicht mehr so sengend durch die Bäume. Der Highway hatte sich in eine endlose Folge von Serpentinenkurven verwandelt, die zur Linken von steifen, drohenden Baumarmen gesäumt wurden, deren Fäuste das dichte, dunkle Laub umklammerten. In jeder Kurve ergoß sich eine kühle Brise gleich einem Waldstrom durch den offenen Wagen, und die Haare des Mädchens flatterten wie Motten um ihre Stirn und berührten die Enden ihrer erdbeerfarbenen Wimpern.

Ihre Hand glitt wie ein rosafarbener Fisch unter seinen Arm.

Ohne den Blick von der Straße zu wenden, küßte er sie

auf die Stirn und fragte: »Wieviel Kilometer sind es noch?«

Die Sonnenstrahlen drangen wie Silberfischchen zwischen den Bäumen hervor.

»Wir werden gleich an einem Schild vorbeikommen«, antwortete sie. »Noch dreißig Meilen oder so.«

Er rutschte auf dem Sitz herum. »Warum?«

»Oh.« Sie blinzelte. »Ich dachte, daß es auch für dich ein Abenteuer sein würde.«

Er machte ein ungläubiges Gesicht.

»Ich meine, ich schätze, dann war es also nicht nur so dahergeredet, was du meiner Mutter über das Wochenende gesagt hast, wie sicher es für mich wäre und so.« Die Baumreihe öffnete sich plötzlich und gab den Blick auf das Tal frei, das sie weit unter sich zurückgelassen hatten. Sie seufzte und fuhr fort:

»Ich meine nur, es wäre schön gewesen, wenn du mir gesagt hättest, daß du schon einmal hier gewesen bist. Ich meine, unsere Abmachung lautet doch, daß wir jedes Wochenende etwas Neues miteinander teilen.«

»Was denkst du denn, was wir hier machen?« Er befeuchtete sich die Lippen.

Sie kratzte sich mit den kurzen, glänzenden Fingernägeln am Arm. »Oh, willst du damit sagen . . .« Sie betrachtete Tads sonnengerötete Ohren. »Nun, alles was ich dazu zu sagen habe, ist, daß du zum *ersten Mal* wirklich ausgezeichnet fährst, und das ohne Straßenkarte oder etwas Ähnliches zu benutzen.«

»He, ich dachte, wir wollen uns nicht mehr streiten.«

Sie fuhren weiter.

Tad räusperte sich. »Hör mal. Darf ich dich etwas fragen? Weshalb hast du dir für heute das Lager deines Bruders ausgesucht?«

»Oh, aus keinem besonderen Grund«, antwortete sie. »Ich dachte nur, es wäre ein netter Ausflug, und . . .«

Er umklammerte das Lenkrad. »Und?«

»Nichts.«

Seine Armmuskeln traten hervor.

»Für wie bescheuert hältst du mich eigentlich?«

Er betonte jede Silbe. »Carrie, ich frage dich. Was ist mit dem Lager?«

»Versprichst du mir, nicht zu lachen?«

Er starrte auf die goldenen Flecken, die über die Motorhaube huschten.

»Nun, die Berge haben etwas an sich, das mich immer . . .« Sie spreizte die Hände und studierte die verschwindend wenigen Sommersprossen auf den Handrücken. »Okay, ich werde es dir erklären . . . Vor ein paar Wochen hat Dickie mir in einem seiner Briefe von diesem – diesem *Platz* geschrieben, den er entdeckt hat. Eine alte Mühle, irgendwo in den Wäldern. Er folgte eines Abends dem Fluß und überquerte eine knarrende Holzbrücke . . . Im Inneren der alten Wassermühle entdeckte er Millionen dieser kleinen, glitschigen Eidechsen, wie heißen sie noch gleich . . .?«

»Salamander.«

»Hm. Er steckte ein paar von ihnen in die Tasche, um sie dem Lagerleiter zu zeigen. Und jetzt kommt der Hammer: Als der Kerl sie sah – nun, Dick schreibt, er wäre fast übergeschnappt und hätte ihm seltsame Strafen angedroht; ich kann mich nicht mehr erinnern . . .«

Ein Sportwagen raste vorbei und wirbelte einen Schwall warmer, nach faulendem Laub riechender Luft in ihre Gesichter.

»Carrie . . .«

»Warte, das ist noch nicht alles. Wir wollten ihn gerade anrufen, um mehr über die ganze Geschichte zu erfahren, als . . .« Sie öffnete das Handschuhfach und fischte einen Briefumschlag heraus, den sie wie ein Staubtuch schüttelte. In einer Ecke befand sich das erhaben herausgearbeitete GREENWORTH-FÜR-JUNGEN-Emblem, ». . . als das hier ankam.

›Liebe Eltern‹«, las sie in süffisantem Ton vor. »›Wir möchten Ihnen mit aufrichtiger empfundener Freude mitteilen, daß Ihr Sohn Richard den Sommer hier in Greenworth genießt und ein Gefühl für Werte bekommen hat . . .‹ bla, ›ein tiefes und beständiges Einssein mit der Natur‹ . . . bla bla . . .«

»Und wo steckt das Geheimnis?« Er fuhr sich mit der Zunge über die Lippen.

»Warte, ich lese dir den letzten Abschnitt vor: ›. . . und so befürchte ich, daß in den letzten Wochen die unzähligen Naturwunder der Umgebung die volle Energie und Aufmerksamkeit der Jungen beanspruchen werden. Deshalb hoffen wir, daß Sie sich keine Sorgen machen, wenn Ihr Sohn in diesen letzten goldenen Wochen‹, hört hört, ›gezwungen ist, seine Beziehungen mit der Welt jenseits des Lagers (Briefschreiben etc.) zu vernachlässigen. Bald schon wird er Ihr Heim mit einem neuen Zielbewußtsein betreten . . .‹ und so weiter, gezeichnet ›Ray Newtson, Verantwortlicher Leiter.‹«

»Und?«

»Ist das nicht das verrückteste Ding, das du jemals . . .«

»Ich gebe zu, es klingt hochtrabend.«

»Aber Tad, hast du jemals von einem Sommerlager gehört, bei dem die Kinder ermuntert werden, nicht nach Hause zu schreiben? Warum in aller Welt machen sie das?«

Tad starrte ungerührt geradeaus.

»Es sei denn – ich habe dich gewarnt, die Sache ist verrückt –, es sei denn, dieser Newtson bestraft Dickie damit, daß er ihn nicht nach Hause schreiben läßt.«

»Aber das klingt nach einer reinen Formsache. Wahrscheinlich haben alle Eltern den gleichen Brief bekommen.«

»Meinst du? Und warum ist es dann ein Originalbrief und keine Kopie, he? Ich werde dir noch den Rest erzählen. Also, Mutter fragte die Mutter von Dicks bestem Freund, hier . . .« Sie zog ein Farbfoto aus der Brieftasche, auf dem zwei Jungen zu sehen waren. Derjenige mit den stechenden schwarzen Augen hatte den Arm um den kleineren gelegt. »Jetzt hör gut zu, Süßer. Mrs. McCoid hatte nicht so einen Brief über *ihren* Sohn bekommen. Andy ist übrigens derjenige, der Mutter überredet hat, Dick dieses Jahr auch ins Sommerlager zu schicken, und Mrs. McCoid schwört, daß ihr Sohn sich seit letzten Sommer verändert hat . . .«

Tad gluckste und leckte sich wieder die Lippen.

»Du bist genau wie Mutter. Die bringt auch nichts auf die Reihe. Spürst du denn nicht, daß hier etwas Seltsames vor sich geht?«

Tad fuhr weiter.

»Nur gut, daß wir Mutter überreden konnten, mich gehen zu lassen. Ich weiß zwar noch nicht, wie die einzelnen Teile zusammenpassen, aber es macht Spaß, hinter einem richtigen Geheimnis her zu sein.« Sie befingerte ihre gerötete Nase. »Das soll nicht heißen«, sagte sie und drückte seinen Arm, »daß es mir nicht genausogut gefallen würde, das ganze Wochenende mit meinem Kerl in einer einsamen Hütte zu verbringen.«

LAGER GREENWORTH 25 miles
U.S. GOV'T ATOMKRAFTWERK 17 miles.

»Mensch, ich wußte gar nicht, daß Dick so nahe bei den Turbinen ist – es muß derselbe Fluß sein. Hast du deinen Geigerzähler dabei? He, kennst du kein hübsches, schattiges Plätzchen hier in der Nähe, wo wir picknicken können?«

Tad befeuchtete die Lippen. »Ich habe dir doch schon gesagt, daß ich noch nie hier gewesen bin.«

»Okay, okay, vergiß es.« Sie stellte den Picknickkorb auf den Schoß. »Ich dachte, wir wollten uns nicht mehr streiten.«

Als sie ins Wasser watete, hörte sie ein Singen.

Von ihren Knöcheln lösten sich kreisförmige Wellen und überzogen die ganze Breite der seichten Stelle – einer ruhigen Flußnische –, und jede der kleinen Wellen wirbelte Insekten mit zartbehaarten Gliedern auf, die selbst wieder Kreise aussandten. Sie warf die glänzenden Haare zurück, drehte sich ein ums andere Mal und blinzelte beim Anblick der rotierenden Zweige.

Eine Million winziger Sonnen blitzten durch die Bäume.

Sie stieg auf einen großen Stein und packte ein Stück Schokolade aus, das sie in der Brusttasche verwahrt hatte. Während sie kaute, zählte sie die glatten, besprenkelten Steine, die wie Köpfe durch die Wasseroberfläche brachen. Sie zählte, bis sie beinahe das Gleichgewicht verlor, und schleckte Schokolade von den Fingern. Von dem Rot an ihren Lippen war kaum noch etwas übrig.

Und wieder hörte sie das Singen.

Sie wischte sich die Hände an den Shorts ab, stand auf und bahnte sich einen Weg durch die Zitterpappeln, die das Ufer säumten.

Ein Gesang wie von einem Vogel trieb durch die geschlossene Laubdecke.

Sie entdeckte ihn hinter einer Wand aus moosbewachsenen Zweigen: Mit übereinandergeschlagenen Beinen saß er auf dem spinnenartigen Skelett eines uralten Automobils. Er saß dort, wo einst der Motor gewesen sein mochte, und um ihn herum trieben Rostflocken durch die Luft. Er schien der Urheber des seltsamen Liedes ohne Worte zu sein.

»Hi«, sagte sie.

Vielleicht sang er für die Bäume, oder wie ein Vogel nur für sein eigenes Vergnügen jedenfalls unternahm er keinen Versuch, den Eindringling zu erfreuen.

Sie ging weiter und setzte sich auf die Überreste des Stoßdämpfers. Sie fühlte sich unbehaglich, eingeschüchtert von der Art, wie er sich seiner Umgebung angepaßt hatte; wie ein Tier in seiner Höhle.

»Schau mal.«

Er sah sie an, gebräunt und rostverschmiert. Sie ließ den Blick von dem Streifen aus Maisfasern über den wachsamen schwarzen Augen bis zu den Tennisschuhen wandern, die gegen einen Eimer traten. Der kleine Junge streckte sich und hielt mit Daumen und zwei Fingern eine nasse Kreatur in die Höhe, die sich unter seinem Griff krümmte und mit ihren braunen Beinen in die Luft schlug.

»Oh . . .« Sie sprang auf und verstreute Rußflocken.

»Tun nich beißen, wenn man 'se richtig hält. War fischen.« Der kleine Junge reichte ihr das Ding. »Kannst ihn haben. Hab' noch 'ne Menge davon. Tu 'se ins Wasser, damit 'se nich trocken werden.«

»N-nein danke. Vielen Dank.«

»Hab' noch 'nen Eimer voll.« Sein Blick wanderte unbefangen über ihre festen, braunen Beine und den jungen Körper. »Bis'te ein Mädchen, oder 'ne Frau?«

Er wartete die Antwort nicht ab, sondern nahm das Taschenmesser aus seiner Jeanstasche, öffnete es mit den Zähnen und begann, gedankenverloren damit über die Gummispitze des Tennisschuhes zu kratzen.

»Oh, ich weiß nicht. Ich glaube, ich habe noch nicht darüber nachgedacht.« Das Mädchen betrachtete ihn aufmerksam. »Und wie alt bist du? Sieben?«

Der kleine Junge schüttelte den Kopf. »Nee. Weiß nich. Habe nich viel darüber nachgedacht.« Sein Grinsen entblößte eine zahnlose Vorderfront.

»Jagst du nur diese – diese Dinger?«

»Crawdads.« Er beobachtete die schwankenden Baumfinger. »Spüre kein Alter. Ist hier egal. Fühlst du dich wie ein Mädchen oder eine Dame oder was anderes?«

Sie lächelte und setzte sich wieder hin.

»Brauchst du immer so lange?« fragte der Junge.

Das Mädchen spielte verlegen mit einem zerbrochenen Scheinwerfer. »Was meinst du?«

»Sah aus, als würde keiner mehr kommen.« Die Kreatur in seiner Hand wand sich. Die glänzenden Schuppen des segmentierten Körpers raschelten.

»Sah aus . . .« Sie runzelte die Stirn und begutachtete angelegentlich den abblätternden rosafarbenen Nagellack auf ihren Zehennägeln. »Was meinst du damit?«

»Ich meine, ich verkauf' sie. Hab' in diesem Sommer eine Menge verrückte Dinger aus dem Fluß gefischt. Wissenschaftler sind gekommen und haben mir fünfundzwanzig Cent fürs Stück gegeben.«

»Nun, ich glaube nicht, daß wir heute miteinander ins Geschäft kommen. Ich kann mir alles fangen, was ich brauche. Danke.«

»Aber«, gluckste er, »das hier sind keine gewöhnlichen Dinger. Die ulkigsten von denen sind schwer zu fangen. Du kannst das hier haben.«

Als sie zugreifen wollte, bewegte das Krustentier die Greifzangen wie verrückt hin und her. Ihr Blick wanderte vom kleinen Jungen, der mit einem Zweig im Eimer herumrührte, über die dunklen Bäume am Rande der Lichtung, dann zurück zu dem insektenähnlichen Automobil und blieb schließlich bei dem hummerähnlichen Ding in seiner Hand hängen.

Ihre Finger schlossen sich um das Tier, und sie merkte, was er gemeint hatte; mit einem Ruck warf sie es auf den Boden.

»Es hat nur einen zweiten Kopf statt eines Schwanzes. Keine Angst.«

Das Mädchen berührte das Geschöpf ein-, zweimal ganz sachte, dann nahm sie es in die Hand. Sie erhob sich und trat den Rückzug an.

»Behandle ihn vorsichtig. Er gehört dir und steht jetzt unter deinem besonderen Schutz!« Er kicherte und sprang aus dem Auto.

Das Mädchen trat den Rückweg an. Sie schüttelte den Kopf und bewegte stumm die Lippen. Sie rutschte das Ufer herunter und eilte den Fluß hinunter, indem sie von Stein zu Stein sprang.

In der Lichtung am Rande des Waldes nahm der kleine Junge sein seltsames Lied wieder auf.

Sie sah Tad über die flachen Steine schwanken. Goldenes Sonnenlicht wärmte seinen Rücken.

»He, was glaubst du, was das hier ist?« fragte sie außer Atem. »Ein FKK-Strand?«

Tad betrachtete gerade die schwarzen Elritzen, die um seine breiten Plattfüße wieselten. Als er ihre Stimme hörte, machte er ein Gesicht wie ein Schachspieler, der mitten in seiner Partie gestört wird.

»Oh.« Er zog ein Hemd über die nassen Schultern und schlüpfte unter Carries Gekicher in Unterhose und Shorts. Die Kreatur in ihrer Hand bewegte sich schwach, sie trocknete aus, die knolligen Augenstengelspitzen wurden stumpf. Die Fühler waren, genauso wie die fünf Paar Zangen, schützend an der Unterseite zusammengelegt, wo sie sondierend über die Finger des Mädchens strichen. In seinem jetzigen Zustand konnte Carrie die Kreatur wie ein trockenes, hartes Ding behandeln, das sie, wie das leere

Haus eines Einsiedlerkrebses, der seine Wohnung auf der Suche nach einer neuen verlassen hat, interessiert anschauen und erforschen konnte. Sie zitterte und zwang sich zu einem Lächeln.

»Ich hab' dir was mitgebracht, Tad. Ein Ding. Wie heißt es? Kein Hummer . . .«

Der Junge stand mit zusammengepreßten Lippen da. Er wischte sich die Hände an den Jeans ab und nahm es vorsichtig entgegen.

Er untersuchte es, als wäre er ein Juwelier mit einer unsichtbaren Lupe. »Woher hast du es?«

»Tad«, antwortete sie. »Es ist nicht, wie du . . .«

Er schien sie nicht zu hören. Er beugte sich vor und hielt das Geschöpf kurz in den Wasserlauf. »Woher?«

»He, ist dir schon mal so ein Tier untergekommen? Als ich ein kleines Mädchen war, habe ich mal eine Ziege mit zwei Köpfen gesehen . . . Tad?«

Er zog einen Schlüsselring aus der Tasche und steckte einen Schlüssel in die rechte Schere; dann spreizte er die Klammer, drückte sie dreimal zusammen und wiederholte das Ganze an den anderen Zangen. Dann ließ er es in dem höchstens fünf Zentimeter tiefen Wasser liegen. *Woher?* wollten seine schwarzen Augen wissen.

»Ach, ich habe es im Fluß gefunden. He, hast du schon einmal . . .« Aber es war offensichtlich, daß er das Geschöpf mit einer Art unbewußter, natürlicher Selbstverständlichkeit behandelte. »Oh«, sagte sie blinzelnd. »Nun, *ich* habe noch nie eine Mißgeburt frei herumlaufen sehen. Er sagte, hier gäbe es noch mehr von diesen Dingern.« Sie senkte den Kopf und wartete. »Ich meine, der *Junge* da hinten, der mir beim Fangen geholfen hat.«

Aber Tad war schon auf den Knien. Die beiden Köpfe des Dings stießen gegen den streichelnden Finger, als es erst nach links, dann nach rechts ausweichen wollte. »Ich fürchte, seine Vorderscheren sind verkrüppelt.«

Zum ersten Mal an diesem Tag kam eine kühlende Brise auf, in den Wipfeln raschelte es wie von unzähligen Vögeln.

»He, was ist los?« fragte sie mit heiserer Stimme und sah ihn skeptisch an.

»Warum hast du das gemacht, Care?«

»Aber es ist doch nur ein *Ding*. Ein Flußkrebs. Weshalb?« Sie schaute ihn an wie einen Fremden. »Um Himmels willen. Willst du mir etwa einen Vortrag über das ›Bla-bla-Gefühl des Einssein mit der Natur‹ halten?«

Sie riß kleine Fetzen Rinde von einer Pappel.

»Ich meine, du hast nicht einmal . . . Was ist mit dir los? Dich *interessiert* noch nicht mal, wo ich gewesen bin. Ich hätte mich auch verirrt haben können. Das kommt vor, weißt du. Während der ganzen Fahrt hast du kaum ein Wort mit mir gesprochen.« Sie rieb sich den Arm, um die Gänsehaut loszuwerden. »Irgend etwas ist passiert – und ich weiß nicht, was. Aber ich weiß, daß wir – daß wir nicht mehr miteinander reden. Und ich frage dich, warum? Daß du nicht . . .«

Er erhob sich langsam und betrachtete sie mit glasigen Augen, bereit, durch seine Sinne alles in sich aufzunehmen: die Zeit, den Ort, das Mädchen. Er holte tief Luft und las eine beruhigende Antwort aus ihrem Haar, ihren zitternden Schultern.

Er tauchte die Hand in den Fluß, schüttelte sie und wischte sie an seinem Hemd ab; er ging über den laubbedeckten Grund und legte die kühle Hand auf den Nacken und das Gesicht des Mädchens, und im selben Augenblick preßte sie sich wimmernd an ihn. Erst nach einer Weile verstand er, was sie sagte: ». . . tut mir leid, wenn . . . was immer . . . ich wollte nicht . . . tut mir leid . . .« Als das Weinen verstummte, führten sie einander durch die Überreste des Picknicks zum Wagen. Das Mädchen achtete die ganze Zeit auf die vermodernden Zweige und Blätter unter ihren bloßen Füßen.

Während Tad den Kopf hob, lauschte und schnuppernd die Luft einsog.

Carrie blinzelte beim Erwachen.

Der Geruch von Pinien und Fäulnis hing in der Luft, irgendwo sprudelte Wasser, kakophonisches Vogelgezwitscher drang aus den Bäumen. Sie hätten genausogut noch auf dem Picknickplatz sein können, nur daß das Auto jetzt statt zu starten im Gras zum Stillstand kam.

»Aha.« Der Mann mit den extrem großen Augen und dem dünnen Hals rieb sich die Hände wie ein Oberkellner.

»Oh, Sie müssen . . .« Sie wartete darauf, daß Tad zuerst ausstieg. ». . . Mr. N-Newton sein.«

Er grinste breit. »Newtson«, korrigierte er sie. »Willkommen in Greenworth, junge Dame, willkommen. Sie wollen sich sicher etwas ausruhen und frisch machen?«

»Um die Wahrheit zu sagen, Mr. . . .« Sie runzelte die Stirn, als Tad, ohne ein Wort zu sagen, den Koffer zur langen Holzveranda vor den Kabinen trug. »Wir wollten, eh, meinen Bruder besuchen, Dickie Carlisle. Wir – wir haben vollstes Verständnis dafür, daß Sie ungern Gäste über Nacht bei sich aufnehmen und – nun, wir sind natürlich bereit zu bezahlen. Wir haben unsere eigenen Bettdecken mitgebracht. Wie Sie sehen, begleitet mich mein Verlobter . . .«

»Ja, ja, natürlich.« Mr. Newtson schluckte und befeuchtete die Lippen. »Wenn Sie mir jetzt bitte folgen würden.«

». . . und dann haben wir uns gedacht, warum besuchen wir ihn nicht einfach am Wochenende, es ist so eine wunderschöne Fahrt dorthin.«

»Natürlich, natürlich. Bitte hier entlang.« Mr. Newtson führte sie vom Wagen zu einer Reihe von Bungalows, deren Vorderseiten aus frisch gestrichenem Pinienholz bestanden. Die Farben paßten nicht zusammen.

Wisch.

»Eigentlich sind wir nur gekommen, um meinen Bruder zu sehen. Ich hatte schon Angst, wir würden es nicht mehr vor Anbruch der Dunkelheit schaffen.« Carrie testete das Bett und verzog die Nase wegen des durchdringenden Farbgeruchs.

»Ja, ja, natürlich.« Der Mann in der Türöffnung rieb sich die Hände. »Wir freuen uns, daß Sie kommen konnten.«

»Haben Sie eine Ahnung, wo mein Freund geblieben ist? Gott, er hat sich noch nicht einmal vorgestellt. Ich bin sicher, er wird alles nötige mit Ihnen regeln.«

Newtson fuhr sich mit der Zunge über die Lippen.

»Verstehe. Wir hatten uns schon gefragt, ob Sie noch kommen würden.«

Das Gesicht des Mädchens verwandelte sich in eine papierene Maske. »Oh, hat Mutter Ihnen geschrieben?«

Sie sah ihr winziges Spiegelbild in Newtsons schwarzen Augen. »Natürlich nicht, Liebes.«

»Oh, dann hat Tad uns telefonisch angekündigt.«

Der Mann glitt auf seinen großen, breiten Füßen einen Schritt näher. Als sich der Himmel purpurn färbte, wurde es dunkel im Raum.

Wisch.

»Oder Sie beide kennen sich. Das ist es. Er hat mich reingelegt und so getan, als wäre die Fahrt meine Idee, während sie in Wirklichkeit – dieser Kindskopf.« Sie näherte sich der Tür und schnappte ihre Handtasche. »Äh, er wird gleich hier sein.«

Er lächelte. Er war ihr jetzt so nahe gekommen, daß sie

seinen Atem spürte. In seinen Augen schimmerte die Nacht.

»He, ja, mein Freund wird mir gleich meine Tasche bringen, währenddessen könnten Sie schon einmal meinen Bruder suchen. He, sind wir die ersten Menschen, die in diesen Zimmern wohnen?« Sie drückte sich an ihm vorbei. »Wo ist dieser Kerl, wenn man ihn braucht? *Tad?*«

Sie tappte über die Holzplanken.

»Tad?«

Auf der Lichtung drehte sie sich, die Hände in die Hüften gestemmt, suchend im Kreis.

Die Umrisse des Mannes zeichneten sich dunkel und riesig von der bläulich schimmernden Türöffnung ab. Die Kabinen hinter ihm schienen wie das Bild eines defekten Fernsehers langsam, fast unmerklich zu kippen.

Die leeren Bungalows hallten von ihrer Stimme und dem Rauschen des Wassers wider. Als die Dämmerung sich wie schwerer Samt über die ausgestreckten Finger der Bäume legte, bekam Carrie an den Armen eine Gänsehaut; sie rieb sie warm, aber es half nichts. »Oh, wo steckt er bloß immer, wenn ich ihn brauche? Tad? Würdest du bitte hierher kommen? . . . Ist hier überhaupt jemand?«

Wisch.

»Tad?« Plötzlich füllten sich die Augen des Mädchens mit Tränen. »Liebling, bitte! W-wenn du mich magst, komm zu mir . . .«

Das Mädchen wirkte sehr klein. Newtson begann die Veranda hinabzusteigen.

»TAD!« schrie sie.

Wisch.

Grillen stoben in einer dunklen Wolke davon. Sie drehte sich um und rannte davon.

Mitten zwischen Unterholz und bleichen Pappeln befand

sich eine aus alten Holzstämmen und Tauen gebaute Brücke.

Sie war bereits mitten auf der schwankenden Unterlage, als sie durch die auseinanderklaffenden Bohlen das zeitlos sprudelnde Flußkrebswasser entdeckte.

Jetzt betrat Newtson die Brücke.

Als die Nacht anbrach, verwandelte sich das Flußbett in ein Amphitheater mit Froschgequake, Insektenrascheln, Mückensummen und Grillengezirpe.

Wisch.

Und dann sah sie es. Sie betrat die Szene wie ein Kind, das sich in der Dämmerung urplötzlich vor einem Spukhaus wiederfindet:

eine alte Mühle.

Das riesige Rad knarrte und zog ein silberblaues Band aus Wasser mit sich empor und herum und wieder herab.

Wisch, flüsterte das große Wasserrad und dann, als der Mond wie ein geschälter Apfel aus den Wipfeln stieg, wieder: *Wisch.*

»Nein«, schrie sie, aber Newtson war bereits auf der Brücke. Sie zitterte, denn nun mußte sie sich zwischen dem düsteren Unterholz und der alten Mühle entscheiden.

Ein kleiner Junge hockte wie ein nasser Welpe unter den tropfenden Bohlen. Bei ihrem Eintritt bewegte er sich nicht, denn das knarrende Rad überdeckte jedes andere Geräusch. Im Schutz schartiger Balken suchte sie sich ihren Weg zum Hauptpfosten, der durch splitterige Kerben mit dem Rad an der Außenwand, einem mit Schneckenschleim verschmierten Schiffsmast, verzahnt war.

An den der kleine Junge gefesselt war.

Er wandte ihr das Gesicht zu und grinste zahnlos, während Wasser auf seinen weizenblonden Pony tropfte.

Wisch.

Sie schloß die Augen.

»Was is' los, Sis, kennste mich nich mehr?« sagte er kichernd.

Sie tastete blind nach den aufgeschwemmten Tauen. »Baby, oh, Baby, ist es das, was sie . . .«

Sie hörte auf, ihm übers Haar zu streicheln, zog sich zitternd von ihm zurück, versuchte sich mit schreckgeweiteten Augen durch Schläge aus dem Alptraum zu wecken und biß sich auf die Lippen. »W-Wer bist du?«

Wisch.

Sie sah seine hervorstehenden Augen, das breite, platte Grinsen. Sah, wie seine Zunge über die Lippen fuhr; sah, wie sich der frühreife Adamsapfel beim Schlucken bewegte, und alles schien ihr vertraut, so vertraut. Und sie sah, wie der Boden um sie herum plötzlich zum Leben erwachte wie ein Garten voller Regenwürmer nach dem Regen; sah zu ihren Füßen eine Million winziger, tautropfgroßer Augen wie Juwelen funkeln.

Und sie sah noch etwas anderes und mußte sich übergeben.

Ein Salamander kroch aus dem grinsenden Mund des Jungen.

»Alles in Ordnung – ich helfe meinen Freunden. Ich wußte, daß du nach mir schauen würdest, Sis.«

& wie damals, als ich fünfeinhalb Jahre alt war & Dutchy hustete Blut auf den Rasen viel Blut & vier Fuß langer Bandwurm noch mehr Blut aus Hundchens Kehle & krank frage mich wie man sich mit einem anderen Lebewesen im Inneren fühlt & kann es dir seine Art zu gehen und zu sprechen aufzwingen

»Endlich hat sie den Weg hierher gefunden.« Tad räusperte sich und trat aus dem Schatten.

»Tad!« schrie sie und preßte sich gegen die Wand. »Erzähl mir, was hier los ist! S-sag mir, wie ich ihm helfen kann – nein, warte, das kann nicht mein Bruder sein! Oh, Taddy, halt mich fest, schlag mich, sag mir, daß ich Unsinn rede;

denn das kann nicht wahr sein, das geschieht nicht wirklich mit uns, nicht heute abend. Sag mir, ich hätte den Verstand verloren, aber bitte sag etwas. TU ETWAS! Oh, Taddy, bitte!« Sie schrie, schüttelte wie rasend den Kopf und verfing sich mit den Haaren im Holz.

Wisch.

Die beiden Männer sahen sie an, und als der Mond über dem offenen Dach durch eine Wolke glitt, wurden ihre runden Chamäleongesichter erst bleich wie Silberfische, dann dunkel, dann wieder hell . . .

Wisch.

Sie fiel auf die Knie. »Hilf mir, hilf . . .«

& am nächsten Tag zwangen sich die Kinder gegenseitig, Goldfische aus dem Glas zu nehmen und herunterzuschlucken & Carrie war die letzte, die sich weigerte & sie banden sie auf dem Boden fest und preßten es in ihren schreienden & krank in der Nacht schwimmt es

»Nein, nein, Carrie, jetzt bist du an der Reihe, einem von uns zu helfen.« Und während sie nickten und dem sich windenden Mädchen näherten, schlängelten sich Geschöpfe mit winzigen Augen über ihre Körper; mit feuchten Augen, die im Mondlicht wie die seltsamen Zungen schimmerten, die wieder und wieder aus den Mündern der Männer schossen. Mit Echsenhänden preßten sie dem Mädchen etwas in den aufgerissenen Mund.

Und dieser Mund schrie.

Wisch.

Und schrie.

Wisch. Wisch.

Die Mittagssonne brannte. Die Straße wand sich in einer endlosen Spirale abwärts.

Carrie saß da, die Hände lagen wie Blätter auf ihrem

Schoß. Sie räusperte sich, ohne einen Blick auf den Jungen an ihrer Seite zu werfen.

Er lenkte den Wagen zum Kiesrand.

»Wie weit ist es noch, Tad?«

Er deutete auf das Schild, neben dem sie angehalten hatten: U.S. GOV'T ATOMKRAFTWERK 5 miles. HART CITY 25 miles. SCOTSTOWN 53 miles.

Er drückte auf einen Knopf, und das Segeltuchverdeck schob sich summend über ihre Köpfe. »Besser?«

»Aah.« Carrie fuhr sich mit der Hand über das dunkellohfarbene Haar.

»Ich werde uns ein hübsches, schattiges Plätzchen suchen, an dem wir Rast machen können«, stieß er heiser hervor.

Er startete den Wagen.

»Tad«, sagte sie, nachdem sie einige Kilometer gefahren waren. »Hältst du es für möglich, daß da unten jemand Verdacht geschöpft hat? Die anderen sind wahrscheinlich schon nach Hause gefahren. Würdest du *ihn* nicht kennen«, sie warf einen Blick zurück, »wäre er der Sitzenbleiber. Ein Carlisle bis zuletzt.«

Tad spreizte die Hände. »Warum sollten sie aufmerksam werden, nur weil es ein paar Mutationen mehr gibt? Bilde dir nur nicht ein, das würde sie dazu bringen, mit dem aufzuhören, was sie Orten wie diesem antun.«

Der Highway verwandelte sich in eine endlose Schlangenkurve, die rechts von riesigen roten Bäumen gesäumt wurde.

»Ja, aber schau dir einmal Dickie an. Er ließ sie nicht – ich meine, was ist, wenn jemand davonkommt und die Geschichte weitererzählt?«

»Gott sei Dank waren sie nicht alle störrische Rotschöpfe.«

Der kleine Junge auf dem Rücksitz streckte sich, legte den Kopf auf den ›Lager-Greenworth‹-Sticker an seiner Reißverschlußtasche und kicherte. »He, ich bin mitten in der Nacht aufgewacht und hab' gesehen, was mit den anderen Kindern passiert ist – und schon war ich weg. Ha!«

»Auf jeden Fall muß Dick« – Tad warf mit seinen schwarzen Obsidianaugen einen Blick auf das Mädchen neben sich –, »genauso wie die anderen, wenn er nach ›Hause‹ kommt, zuallererst einmal den Koffer im Hinterhof, an einer Hecke, oder unter einem Baum, oder hinter der Garage öffnen – irgendwo, wo sie leben und sich vermehren können. Dann genügt ein Riß im Boden, ein Spalt unter der Schlafzimmertür. Denk immer daran, nächstes Jahr um diese Zeit können alle Newtsons im Lande ihre Läger mit Brettern vernageln.«

Sie beobachtete ungerührt die Straße.

»Mmm«, machte sie.

»Ja?«

»Oh, ich war gerade . . . Ich weiß nicht. Ist es nicht seltsam, wie Namen und Eindrücke erhalten bleiben? Ich scheine vor langer Zeit etwas übernommen zu haben, wahrscheinlich ist es noch gar nicht so lange her. Eine Erinnerung an jemand Nettes . . . der, wie würde sie sich ausdrücken? sehr, sehr, eh, *bedürftig* war. Eine seltsame Erinnerung . . .«

Tad leckte sich die Lippen.

»Ich weiß, was wir machen«, sagte sie. »Halt nicht an. Fahr geradewegs zu Mutter – zu ihrer Mutter. Meinst du, sie schreit? Im Haus wird es kühl und schattig sein.« Sie schluckte; ihr neuerdings hervorstehender Adamsapfel bewegte sich.

Er räusperte sich. »Ich glaube, das ist das erste, was wir ändern werden: Häuser, Gebäude, überall.«

»Ja.« Sie warf ihm ein breites und sonderbares Lächeln zu. Dann setzte sich Dick auf und lächelte, und dann starrten sie gemeinsam die bergabgewandte Seite des Highways hinunter, der sie in eine Welt voller hübscher, schattiger Plätze führen würde.

Die Frau in Schwarz

Nachdem sie seine Mutter fortgebracht hatten, zog er in das große Haus.

Und entdeckte Zimmer in Zimmern; Draperien, schwer wie Leichentücher; einen Ofen, groß genug, um hineinzukriechen; überladene Möbel, die ihre Form veränderten, sobald er an ihnen vorüberging; einen Tisch mit Klauenfüßen, größer als sein Kopf; uralte, zerschlissene Teppiche, deren Muster kaum noch auszumachen waren, Bodenheizungsgitter, die klirrten, wenn er darüberging; verstaubte Schränke, die sich der Finsternis öffneten; düstere Dielen, die kein Ende zu nehmen schienen.

Diese Dinge ängstigten ihn nicht.

Schon bald hatte er sich mit dem Jungen von gegenüber angefreundet; seine Tanten und Onkel halfen ihm bei den Mahlzeiten; es war Sommer, und im Hinterhof schien es ewig hell zu bleiben.

Und es dauerte nicht lange, nur ein paar Tage und Nächte, dann konnte er nur noch an eins denken: an die Dinge nebenan, hinter dem Zaun. An die hohe Mauer, die ihn von den strahlend düsteren Schätzen fernhielt.

Er steckte gerade im Gebüsch hinter der Laube, um eine Feige von einem tiefhängenden Ast zu pflücken, als jemand die Pforte öffnete.

Die Feige hing versteckt zwischen bleichen, gezackten Blättern und schwang wie eine dunkle Träne hin und her. Er warf einen Blick über die Schulter, zwischen die Büschel praller, glänzender Weintrauben hindurch, die am Gitter emporrankten. Kein Lüftchen regte sich. Am anderen Ende der Laube fiel eine Pflaume vom Baum, zerplatzte beim Aufprall und verteilte ihren funkelnden Saft übers Gras. Von der anderen Seite des Zaunes war das Stöhnen eines schweren Eisenteils zu hören: das gleiche Geräusch, das er auch nachts hörte, wenn die blauen Lichter zu flackern begannen. Er war froh, daß er es jetzt am Tag ignorieren konnte.

Er wandte gerade noch rechtzeitig den Kopf, um seinen Onkel kommen zu sehen, der die heruntergefallenen Weintrauben mit den Schuhspitzen zur Seite schob. Der Junge atmete erleichtert auf und wandte sich wieder den durchscheinenden Blättern und der pendelnden Frucht zu.

»Hi, Onkel Ted.«

»Willy.« Sein Onkel kam näher und blieb blinzelnd auf dem vernachlässigten Hof stehen, in dem sich das dürre Unkraut einen Weg durch den Zaun suchte. »Hast du heute schon mit Großmutter gesprochen?«

»Nachdem ich aufgestanden bin. Heute habe ich mir mein Frühstück selbst gemacht. Ich war eine Weile auf ihrem Zimmer. Dann habe ich drüben bei Verns gespielt.« Er schloß die Hand um die Feige und zog; das weiche Gewebe spannte sich, riß, und ein milchiger Safttropfen trat aus dem Stengel.

Onkel Ted verlagerte sein Gewicht und sah auf seine Schuhe herab. »Lebst du gern hier?«

»Mir gefällt es hier, Onkel Ted. Nächste Woche kommt der Jahrmarkt in die Stadt. Vern meint, sie hätten dieses Jahr andere Reiter. Und neue Tiere. Wir sparen jetzt schon. Darf ich gehen?«

»Wir werden sehen, Willy, wir werden sehen.«

Wind kam auf und ließ die Blätter rascheln. Von dem großen Eisenteil, das hinter dem Zaun emporragte, drang erneut ein Geräusch wie ein Ächzen herüber, obwohl sich das Metall nicht bewegte; nur ein Baum warf seinen Schatten auf die rostigen Schrauben. Einen Wohnblock weiter bellte ein Hund, woraufhin Großmutters Küken argwöhnisch gluckten. William schälte die Feige und öffnete sie wie eine Blume. Sie schmeckte überaus süß, und die winzigen Samenkörner klebten wie weicher Sand an seinen Zähnen.

»Ich weiß, du vermißt deine Mutter, Willy.«

»Natürlich.« Er saugte an der fleischigen Frucht, bis seine Zunge prickelte, beschmierte sein Gesicht und wischte sich den Mund am Ärmel ab. Er warf die Schale fort und schaute auf. Onkel Ted schien auf etwas zu warten. Was wollte er hören? »Kommt sie heute nach Hause?«

»Wir vermissen sie alle sehr.«

»Morgen?«

»Ich fürchte nein«, antwortete Onkel Ted.

»Samstag? Tante Emily könnte vorbeikommen und auch Tante Grace, wir würden ihr etwas ganz Besonderes kochen. Ich würde abwaschen, und später . . .«

Onkel Ted räusperte sich. Er verschränkte die Hände hinter dem Rücken, reckte das Kinn gen Himmel und holte so tief Atem, daß sein Brustkorb anschwoll und das braune Hemd eng wurde. Er schaute zur Spitze des eisernen Krans, der drohend über dem Zaun aufragte; aber er sah ihn nicht. Es mußte sich weiter entfernt an einem höher gelegenen Ort befinden, außerhalb von Williams Blickfeld.

»Nein«, sagte Onkel Ted.

»Oh.«

Der Mann seufzte und fuhr sich nervös mit den Händen durchs Haar. William erinnerte sich daran, wie sein Onkel nach seinem letzten Arbeitstag ausgesehen hatte, an den Kurzhaarschnitt und die scharfen Falten im Hemd. Seit er wieder hier war, trug er weite Sachen und gab sich längst nicht mehr so förmlich, aber sein Haar war immer noch kurz und glatt. Jetzt hatte er sich in seiner ganzen Größe vor William aufgebaut, beinahe so, als wolle er salutieren.

»Du hast nicht versucht, über den Zaun zu klettern?«

»Nein, Onkel Ted. Es ist nur . . .«

»Nur was?« Der Mann blinzelte erneut, und dieses Mal runzelte er die Stirn vor Wut. Er öffnete und schloß die Augen in Sekundenschnelle. Dann biß er die Zähne zusammen und funkelte den Jungen von oben herab an.

»N-Nichts«, antwortete William.

»Wenn du etwas zu sagen hast, Junge, dann sag es!«

»Nun . . .« Warum war sein Onkel so zornig? William war sich sicher, nichts verbrochen zu haben. »Nun, manchmal möchte ich wissen, was sich auf der anderen Seite befindet. Weißt du es, Onkel Ted?«

»Nichts, worüber sich ein Kind Gedanken machen sollte. Zutritt verboten, vergiß das nicht. Vom Zaun bis zum Fluß gehört alles dem Staat. Das einzige, was ein kleiner Junge dort anstellen kann, ist ausgleiten, hinfallen, sich verletzen und einen Haufen Ärger bekommen. Wir sollten froh sein, daß es da ist. Und stolz! Das wäre besser!«

»Ich glaube dir, Onkel Ted. Ich habe nie versucht, über

den Zaun zu klettern. Ich gehe nicht einmal in seine Nähe. Ich weiß, ich darf nicht – nicht . . .«

Er verstummte. Seine Augen füllten sich mit Tränen. Die Zweige vor ihm verschwammen, und die Beine seines Onkels wurden wellig, als beständen sie aus Gelee. Seine Brust schmerzte; Lippen und Wangen schienen wie betäubt; die Luft war plötzlich ungewöhnlich kühl geworden, Vorbote eines plötzlichen Wetterwechsels. Ein Schmerz durchfuhr den Jungen; ein Schmerz, der viel wichtiger war als das Argument, das überhaupt kein Argument war und keinen Sinn zu machen schien.

Ein starker Arm legte sich um seine Schultern.

Er riß die Augen weit auf. Was er vor einem Augenblick zu sehen gemeint hatte, stimmte: Sein Onkel war in sich zusammengesunken. Er schwankte im Wind, seine Schultern krümmten sich unter einer imaginären Last. Der Mann zog verlegen den Arm zurück, verschränkte die Hände, bis die Nägel weiß wurden und ließ die Knöchel knacken. Das Geräusch zerriß die Stille. Es erinnerte an zerbrechende Knochen.

»Ich weiß, Willy«, tröstete ihn sein Onkel. »Ich weiß.« Er hatte noch immer diesen entrückten Blick. Er kniff sich in die Nase und strich sich über die Stirn. William stellte fest, daß die Hand seines Onkels zitterte. »Ich werde mich von jetzt an um alles kümmern. Wir werden dich beschützen und dir Halt geben. Wir werden es schaffen. Ich weiß, daß wir es schaffen. Wenn du etwas brauchst, fragst du einfach Tante Emily oder mich. Wir werden unser Bestes tun, um . . .«

»Wenn sie am Samstag nicht nach Hause kommt, würde ich sie gerne besuchen. Wenn's geht, schon bald. Wenn ich darf.«

Der Mann schüttelte entschieden den Kopf. »Sie werden dich nicht zu ihr lassen. Sie werden es nicht erlauben.«

William schluckte und versuchte, das unangenehme Gefühl aus seinem Kopf zu verbannen. »Gut«, sagte er, »und wann werden sie meine Mutter endlich aus dem Krankenhaus entlassen?«

»Wann?« wiederholte Onkel Ted geistesabwesend. »W . . .« An dieser Stelle versagte ihm zum ersten Mal die Stimme. William wünschte, er könnte etwas tun. Vielleicht sollte er ihm auf den Rücken klopfen, womit er Großmutter immer über ihre Hustenanfälle hinweghalf. Ted stand zu weit weg. »Tut mir leid«, sagte der Mann, »deine Mutter wird nie mehr nach Greenworth zurückkehren. Verstehst du mich, Junge? Begreifst du, was ich damit sagen will?«

Die Zeit gefror. In seiner Verzweiflung wollte William davonlaufen. Er sah sich wie ein gehetztes Tier nach einem Schlupfloch um, einem Geheimgang, einer Lücke im Zaun, die er bisher übersehen hatte.

Sein Onkel hielt ihn am Nacken fest. Aber das wäre nicht nötig gewesen. Er konnte jetzt nicht mehr davonlaufen.

Denn hinter der Veranda stand halbverdeckt, mit deutlich sichtbaren Umrissen, eine Frau. Sie trug ein fließendes schwarzes Gewand. William konnte ihr Gesicht nicht erkennen, nicht einmal ihre Augen, aber er wußte, daß sie ihn beobachtete.

Am Abend saß er bei seiner Großmutter und massierte ihre Handgelenke, um den Blutkreislauf anzuregen.

»Oh, du mußt einfach gehen, Liebling«, sagte sie. »Hab keine Angst. Du wirst viele interessante Dinge sehen!«

»Ich möchte lieber nicht«, antwortete William.

Er wußte, daß Großmutter ihm stets seinen Willen ließ, auch wenn er sich einmal damit selbst schaden konnte, und er liebte sie dafür. Aber seine Einstellung zum Jahrmarkt hatte sich von Grund auf geändert, und sie schien es nicht zu begreifen. War sie denn nicht mehr auf seiner Seite?

Es war, als weigerte sie sich, das Geschehene zur Kenntnis zu nehmen. Sie saß von Kissen gestützt aufrecht im Bett und sah wie gewöhnlich mit einem Ausdruck heiterer Gelassenheit aus dem Schlafzimmerfenster. Merkte sie denn nicht, daß der Hinterhof bald von dem hochaufgeschossenen Unkraut, das sich auch am Zaun breit machte, überwuchert sein würde?

Großmutter wird alt, stellte er fest und zwang sich sogleich, diesen Gedanken wieder zu verdrängen.

Sie lächelte und hielt sein Handgelenk mit beiden Händen umklammert. »Ich weiß, wie dir zumute ist. Das ist nur natürlich. Niemand ist immer bereit für das, was das Schicksal ihm auferlegt. Wer weiß, welche Wunder dort auf dich warten? Es ist überhaupt nicht weit.«

Sie tätschelte seine Hände und starrte wieder aus dem Fenster. Durchscheinendes, blaues Zwielicht senkte sich nieder. Schatten fielen über das Hühnerhaus in der Nähe des Zaunes, tauchten die Spitze des gegenüberliegenden Maschinenparks in Dunkelheit, bis die genieteten Verbindungen und gemaserten Doppel-T-Träger wie die emporragenden Türmchen einer eisernen Festung aussahen.

»Wie ist es?« fragte William ohne Neugierde.

Dieses Mal würde er keinen Spaß daran haben. Wie denn auch? Er hatte jetzt an wichtigere Dinge zu denken; Dinge, an die er bis jetzt keinen Gedanken verschwendet hatte; Dinge, von denen er nicht wußte, ob er sie überhaupt verstand. Er wußte, daß der Jahrmarkt in diesem Jahr zu spät kommen würde, und sein Mut sank. Von nun an würde es immer zu spät sein.

Seine Großmutter war mit den Gedanken woanders, verloren in den grauen Windungen ihres Bettes, das an jetzt die Grenzen ihrer Welt darstellte. Sie schloß die Lider halb, und die Pupillen trübten sich.

»Was für Wunder!« rief sie aus. Die Stimme wurde schwächer, ihre Brust bebte. »Ich habe davon geträumt. Flügel, weich wie Wolken; Tauben mit Gesichtern, lieblicher als die eines Babys. Alle Geschöpfe Gottes kommen dort zusammen . . . oh, Liebling, es wird wunderbar sein!«

»Wirklich?« Woher wollte sie das wissen? Die großen Transporter hatten die Stadtgrenze noch nicht überquert, da war er ganz sicher. Nur Vern hätte etwas in Erfahrung bringen können, weil sein Cousin auf dem Jahrmarkt arbeitete. »Bist du sicher?«

»So sicher wie nur möglich.«

»Nun«, sagte er. »Ich glaube immer noch, daß ich nicht gehen werde.«

»Und warum nicht?«

»Ich . . . es ist zu abgelegen.«

»Aber du wirst nicht allein sein!«

»Doch, das werde ich«, erwiderte er trotzig. Er dachte an Vern und daran, wie sich sein Freund von nun an ihm gegenüber verhalten würde: vorsichtig und höflich, immer in der Angst, etwas Falsches zu sagen, und so um ihn besorgt, daß sie keinen Spaß mehr haben würden. Er erinnerte sich an den Tag, als sein Vater nicht mehr vom Kraftwerk zurückkehrte; und wie sie sich noch Wochen später in der Schule von ihm zurückgezogen hatten. Ihn nicht mehr gefragt hatten, ob er mitspielen wolle, als wäre er ein zerbrechliches Ding, das auseinanderfiele, sobald man ihm zu nahe kam. Vern würde einen Abstand lassen, wenn sie über den Jahrmarkt spazierten, ihm zu oft von seinen Süßigkeiten anbieten und auf ihn warten, damit er entschiede, was sie als nächstes machten. Die ganze Zeit, Runde um Runde. Das war mehr, als er ertragen konnte. Er würde sich ausgeschlossen fühlen, als wäre er etwas

Besonderes, und der Tag würde dadurch nur noch länger und trauriger.

»Oh, Liebling, ich wollte, ich könnte mit dir gehen! Vielleicht werde ich das tun«, fügte sie hinzu und tätschelte seine Hand. »Man weiß nie . . .«

Er wußte natürlich, daß sie es nicht so meinte. Sie konnte nicht mitkommen.

»Ich wünschte, mein Daddy könnte mit mir gehen«, flüsterte er.

Sie strahlte. »Er ist schon dort.«

»Was?«

Ihre Augen nahmen einen seltsamen Ausdruck an. »Wußtest du das nicht, Kind? Versuche, daran zu glauben. Dann ist es leichter.«

William fühlte, wie sich sein Magen verkrampfte. Plötzlich schien ihm nichts mehr sicher zu sein. Er fragte sich, ob sie über dieselbe Sache sprachen.

»Was gibt es sonst noch auf dem Jahrmarkt?« fragte er mit lauter Stimme, um sie zu testen. »Haben sie . . .« Er suchte nach einem Wort. »Haben sie Gorillas? Aus Afrika?«

»Haben sie.«

»Und Elefanten?« Eine gute Frage. Er wußte, daß der Jahrmarkt zu klein für Elefanten war.

»Auch.«

Er dachte an den Traum, den er letzte Woche gehabt hatte, nachdem das Ächzen so laut wie noch nie aus dem Inneren der Umzäunung gedrungen war.

»Haben sie Vögel mit Flügeln, durch die man hindurchsehen kann?«

»Ja.«

»Und – und ein sprechendes Schwein? Haben sie ein Schwein, das spricht, Großmutter? Wirklich?«

»Aber sicher. Sie haben alles, was du dir vorstellen kannst, und noch einiges mehr.«

Er beugte sich vor und ballte die Fäuste. »Nein, haben sie nicht! Es ist nur ein Jahrmarkt, Großmutter. Ein Jahrmarkt!«

»Was für eine entzückende Idee. Ein Jahrmarkt der Tiere! Und genau hier, auf der anderen Seite. Schon so nah, und er rückt immer näher. Bald wird es keine Grenzen mehr geben. Vögel und wilde Tiere . . . alles und jedes. Oh, ja!«

Alles? dachte er. *Wenn es dort alles gibt, haben sie dann auch Mütter?*

Er stand auf, die Arme an die Seiten gepreßt, und starrte die alte Frau herausfordernd an. Sie aber sah seelenruhig auf den Hinterhof hinaus, als sei er eine Vision des Gelobten Landes. Das Unkraut, das jede freie Fläche überschwemmte; die Bäume und Weinstöcke, die so knorrig und verwachsen waren wie ihre Hand; ihre Früchte, von denen ein kaltes Licht auszugehen schien, wenn man ihnen nachts zu nahe kam. Ihr Blick war getrübt, sie sah nicht mehr, was mit ihrem Heim geschehen war. Oder aber sie hieß die Veränderung willkommen. Diese Möglichkeit fürchtete er mehr als alles andere.

»Verstehst du nicht, Großmutter? Siehst du es nicht? Wir sollten von hier verschwinden!«

Selbst nach dem Ausbruch von Daddys Krankheit waren sie geblieben, und später dann hatte seine Mutter aus einer Art Loyalität seinem Andenken gegenüber nicht fortziehen wollen; außerdem lebten ihre Brüder hier, und Greenworth war ihr Zuhause. Aber jetzt wurde ihm deutlich, daß die Entscheidung seiner Mutter falsch gewesen war. Ihr Schicksal war der Starrsinn, der sie alle töten würde.

»Ich möchte fort, Großmutter. Laß uns wegziehen. Ich kann auf eine andere Schule gehen. Wir könnten das Haus verkaufen und . . .«

»Wohin sollen wir denn gehen? Ein anderes Haus in einer anderen Straße? Es ist überall das gleiche, Kind. Überall . . .«

»Wenn wir weit genug wegziehen, wirst du wieder gesund und . . . und . . .«

Großmutters Schultern bebten; er wußte nicht, ob sie lachte oder weinte. »Siehst du es denn nicht, Willy? Es ist zu spät, um davonzulaufen. Es ist, wie es ist. Kein Grund, sich dagegen zu wehren. Es wächst überall heran. Die einzige Lösung ist, die Seiten zu wechseln . . .«

Das Weinen verwandelte sich in Husten.

William machte instinktiv einen Schritt auf sie zu, um ihr zwischen die Schulterblätter zu klopfen. Aber heute brachte er es nicht über sich. Er fürchtete, der zarte Körper könnte durch die Wucht seiner schmalen Hand Schaden erleiden. Er berührte ihr Flanellnachthemd, das sich ungewöhnlich kalt anfühlte. Er sah das bleiche Fleisch über dem gerüschten Kragen. Hastig zog er die Hand zurück. Seine Finger brannten. Er warf einen Blick auf seine Handflächen. Sie waren aschgrau, blutleer. Wie ihre Haut. *Schleift es sich ab, Großmutter?* fragte er sich erschrocken.

Er sprang vom Bett, stürzte aus dem Schlafzimmer und rannte aus dem Haus, ohne sich umzuschauen.

Sie ist tot, sie ist wirklich tot. Die Erkenntnis traf ihn wie ein Schlag, während er die Treppen hinab in den Garten flüchtete. Der steinerne Weg schlängelte sich hinter ihm fort; das Schwanzende verschwand in der Finsternis. Vor ihm lagen die Überreste des Hinterhofes; eine Landschaft aus skelettartigen Bäumen und Weinreben, die sich ungeduldig dem Gesicht des aufgehenden Mondes entgegenstreckten. *Meine Mutter ist tot.* Er stürmte den Weg entlang, Kälte schnitt in sein Herz. Zweige, die wie knorrige Finger aussahen, versuchten ihn am Arm festzuhalten. Er lief im Zickzack, prallte gegen einen Baumstamm, und die letzte dunkle, hodenförmige Frucht fiel auf die Erde und verschrumpelte. *Sie ist tot. Sie kommt nie mehr zurück! Niemals!*

Er rannte am Gehege entlang, an Hühnern und Hähnen vorbei, die ihn ängstlich anstarrten. Sie schlugen aufgeregt mit den Flügeln, und Federn wirbelten wie in einem Schneegestöber auf. Er konnte dem Blick ihrer Murmelaugen nicht entfliehen. Er hielt inne, öffnete den Verschlag und versuchte sie zu beruhigen. Sie scharrten sich um ihn und bedeckten seine Knöchel mit ihrem Gefieder.

Er sagte: »Ruhig. Es ist alles in Ordnung, alles in Ordnung«, aber er glaubte nicht daran.

Die Tiere beobachteten ihn teilnahmslos; die aufgewirbelten Federn fielen wieder auf den Boden zurück.

Seine Augen füllten sich mit Tränen.

Als er sich niederkniete, flatterte ihm ein kleines Küken, das zu seinen Lieblingen gehörte, aufs Knie. Er streichelte das scheckige Köpfchen und küßte es auf den Schnabel. Die anderen zogen sich zurück und scharrten im Dreck. Dann erst sah er den Schatten neben der Wasserstelle.

Es war die älteste und dickste Henne, die mit eingerollten Krallen und aufgeplusterten Federn auf der Seite lag.

Er ging in die Hocke und kroch näher. Er fragte sich, wie lange sie wohl schon tot sein mochte. Wahrscheinlich war es erst kürzlich passiert, aber eine Armee von Ameisen hatte bereits einen Weg zu ihrem offenen Schnabel angelegt, aus dem die Zunge wie ein rosafarbener Pfeil ragte.

Er streckte die Hand aus, um sie zu berühren, und zog sie augenblicklich wieder zurück, als hätte er etwas Heißes angepackt. Feuchte Federn fielen. Die runzlige Haut wimmelte von Maden, die eifrig damit beschäftigt waren, den Kadaver in etwas zu verwandeln, das er nicht sehen wollte.

Er würgte und schlug die Hände vors Gesicht.

Wer würde jetzt für ihre Küken sorgen? Er griff hinter die

Sitzstange und fand ihr Nest. Diesmal hörte er kein Piepsen, kein Picken winziger Schnäbel. Gut. Sie hatte kein Küken zurückgelassen. Er spürte die glatte Rundung eines Eies und holte es behutsam heraus.

Das Ei war fein wie Porzellan, doch merkwürdig weich. Und kalt. Er legte es behutsam in die Handfläche und hielt es gegen das sterbende Licht.

Die Schale hatte zwar die richtige Größe, doch fehlte es ihr an manchen Stellen an Festigkeit. Ein Teil der Oberfläche war fast durchsichtig, nur wenig mehr als eine gespannte Membran. Er schaute genauer hin. Unter dem dünnen Gewebe lag kaum verdeckt ein verkrümmter, mißgestalteter Embryo. Eine solche Mutation hatte er noch nie gesehen. Die erstarrten, schmalen Augen starrten ihn durch das zarte Aderngebilde an.

William schauderte. Schluchzend legte er das Ei wieder ins Nest zurück und bedeckte es mit Stroh. *So,* dachte er, *jetzt brauchst du dir keine Sorgen mehr zu machen. Vielleicht ist es so besser.*

Ein kalter Wind fegte durch die Bäume und pfiff durch die Dachrinnen. Hatte sich gerade etwas auf der Veranda bewegt? Nein, das war unmöglich. Großmutter war nicht in der Lage, aufzustehen. Wenn jemand dort war, würde man ein Licht sehen.

Könnte es sein . . .

Nein. Da war nichts, gar nichts. Er grub die Nägel so fest ins Fleisch, daß die Handflächen bluteten. *Was für ein Kind du doch bist. Du hast Angst vor . . . vor . . .*

Ein klagendes Geräusch drang an seine Ohren. Der Wind trug es von der anderen Seite des Hauses herüber.

Dann wurde es laut. Er hörte das gedämpfte Klicken hochhackiger Schuhe und einen Schrei. Irgendwo schlug eine Tür zu. Der Schrei nahm kein Ende.

Er machte die Tür vom Gehege hinter sich zu und lief ums Haus zur Straße.

Anfangs schien ihm alles an seinem angestammten Platz zu sein. Vom Tor aus konnte er keine Veränderung feststellen. Es waren dieselben Häuser, deren Dächer sich unter dem schmutziggrauen Himmel duckten. Wie Scherenschnitte zeichneten sich die Wipfel der Bäume, deren weitverzweigte Wurzeln das Pflaster wie Wellen hoben und senkten, vor dem Horizont ab. Auch die eingesunkenen Grenzmauern aus geborstenem Zement, die die Vorderhöfe voneinander trennten, standen noch da. Der Zaun von nebenan reckte sich wie immer empor. Verandalampen, die wie Abendsterne funkelten, vibrierten unter dem Ansturm übergroßer Insekten. Aus Verns Haus auf der anderen Straßenseite drangen Stacheln gelben Lichtes.

Aber halt! Die Büsche vor dem überdachten Eingang bewegten sich. Sie schüttelten und teilten sich. Dann sah er Beine aus der Finsternis tauchen.

Verns Mutter stand an der Ecke und drängte sich mit vors Gesicht geschlagenen Händen gegen die Straßenlampe. Sie stand im Schatten, und vielleicht hatte sie sich schon seit Stunden dort aufgehalten, bevor William sie entdeckte. Jetzt kam Verns älterer Bruder gelaufen, um sie wieder ins Haus zu holen, und das Schreien begann von vorn.

William trat vor den Zaun.

Das Wimmern am Ende der Straße wurde lauter. Es schwoll an und senkte sich wie das Geräusch einer Kreissäge. Ein länglicher Wagen schoß quer über die Kreuzung und raste mitten auf der Straße weiter. William sprang zur Seite. Er konnte gerade noch erkennen, daß es sich bei dem Auto um eines dieser dunkelgestrichenen Militärfahrzeuge aus dem Werk handelte. Mit einem solchen Wagen hatte man auch seine Mutter abgeholt.

Die Scheinwerfer wurden abgeblendet, der Fahrer bremste scharf. Drei uniformierte Männer sprangen heraus und rannten mit einem Haufen Apparate unterm Arm zum Eingang. Die Tür wurde aufgerissen. Einen Augenblick später tauchten sie mit einer Bahre, auf der eine massige Gestalt lag, wieder auf. Sie hatten es jetzt nicht mehr so eilig. Das Laken blieb die ganze Zeit über oben.

Die Tür öffnete sich erneut, und Verns Familie folgte mit gesenkten Köpfen. Die Füße schabten über den rauhen Zement. Er sah Verns Schwester Nan, seine beiden Cousinen, die einen Block weiter wohnten, und Vern, der gegen die anderen winzig wirkte. William hielt nach der untersetzten Gestalt von Verns Vater Ausschau, nach den breiten Schultern und dem dicken Wanst, aber er konnte nichts entdecken, was auf die Beschreibung zutraf, außer dem massigen Hügel unter dem Laken.

William schrie und winkte, bis Vern auf ihn aufmerksam wurde. Sein Freund winkte nicht zurück. Er hielt den Kopf zwischen den Schultern und bewegte sich, als würde er unter Wasser gehen.

Vern sah fort, als die Männer die Trage in den Wagen luden. Die Cousinen warteten mit ernsten Gesichtern, bis alles vorüber war, dann halfen sie, Verns Mutter ins Haus zurückzubringen. Sie weigerte sich. Das Schreien war zu einem Wimmern geworden. Vern bewegte sich nicht. William lief zu ihm.

»Vern? Vern! Was ist passiert? Geht es dir gut?«

Eine Gestalt kam aus dem Haus. William hatte keine Ahnung, wer es hätte sein können. Im Spiel von Licht und Schatten schien es, als bliebe die Tür geschlossen, dennoch trat sie heraus und folgte Vern wie ein langer Schatten. Sie glitt hinter ihm über den Bürgersteig; eine Brise bauschte den schwarzen Schleier.

William zögerte.

Endlich hob Vern den Kopf, sah William, und seine Gesichtszüge entspannten sich. Aber er kam nicht näher.

Die Frau schwebte vorwärts, hüllte Vern in ihr fließendes Gewand und glitt durch ihn hindurch, als wäre er nicht da. Sie trieb über die Straße auf das Haus zu, in dem William lebte. Das zarte, schwarze Gewebe bedeckte sie vollständig. Sie zog es wie eine Schleppe hinter sich her. Als der Wind ihr den Schleier gegen das Gesicht preßte, schien es William, als sähe er vertraute Gesichtszüge, doch er war sich nicht sicher. Er sah zu, wie sie über den aufgeworfenen Asphalt glitt und auf dem gegenüberliegenden Bürgersteig ankam.

Vern sagte etwas, doch die Worte zerstoben im Wind.

Die Frau näherte sich Großmutters Haus und huschte an ihm vorbei auf ein umzäuntes Areal zu. Ihre Schritte wurden selbst dann nicht langsamer, als sie sich dem verschlossenen Tor näherte. Sie verbarg ihr Gesicht noch immer hinter dem Schleier, aber William war sicher, daß sie ihn ansah.

»Nein!«

Konnte Vern sie auch sehen? William blickte zurück und sah, wie sein Freund aufgeregt winkte.

»Nein, Willy! Geh dort nicht hin . . . bleib hier! Geh nicht . . .!«

Es war zu spät. Er mußte es herausfinden.

Als William sich wieder umdrehte, war sie bereits durchs Tor verschwunden. Der Saum des Schleiers glitt durch die Metallstreben und verschwand im Inneren des Grundstückes.

Getrieben von einem Gefühl, das er nicht zu benennen vermochte, achtete William nicht darauf, wie der Krankenwagen mit schweigenden Sirenen langsam davonrollte, sondern folgte der Frau in Schwarz.

Der Eingang war mit schweren Ketten und einem Vorhängeschloß versehen. Anscheinend war hier seit längerer Zeit niemand mehr durchgegangen. William war zu groß, um durch die Streben zu schlüpfen oder sich unter ihnen hindurchzugraben. Wenn er die Torstreben als Halt benutzen würde, könnte er zwar über den Zaun hinweg auf die Mauer klettern, aber dann war da noch der Stacheldraht auf der Spitze. Er ignorierte die alten Warnzeichen, die man rundherum aufgestellt hatte, klammerte sich an das rauhe Metall und begann hinaufzuklettern.

Die Stacheln stachen ins Fleisch. Er schloß die Augen, rollte über die Mauer und ließ sich auf der anderen Seite herunterfallen.

Es war gar nicht weit.

Das Leben auf der Straße, den Wind, der durch die Stadt fegte, die erlöschenden Lichter der anderen Welt ließ er hinter sich. Die zunehmende Dunkelheit lud ihn ein wie ein Polster, das seinen Fall bremste.

Wohin war sie gegangen?

Es gab keinen Weg, auf dem er ihr hätte folgen können. Als sich seine Augen an die Finsternis gewöhnt hatten, konnte er die Streben und Querbalken eines alten Gerüsts erkennen, die schuppigen Spuren eines Traktors, die korrodierte Hülle eines amphibischen Tanks, einen hydraulischen Bagger, ein Stück Förderband und einen schwankenden, von Unkraut durchsetzten Stapel alter Reifen. Irgendwo unter den Autoreifen flackerte ein Licht wie kaltes Feuer durch eingestürzte Wände.

Er stand auf und bahnte sich einen Weg durch die Trümmer, bis er an einem alten Lastwagen vorbei zu einer kleinen Lichtung kam.

Der Mond stand hoch am Himmel und schien auf die Holzstapel, aber es war ein anderes Licht, das den Jungen jetzt anzog und lockte.

Er hielt an, um sich zu orientieren. Die Mauer zur Rechten mochte die Abgrenzung zum Hof seiner Großmutter sein, aber ganz sicher war er sich da nicht. Über die Bretter rankte eine nie versiegende Flut frischen Grüns; schon bald würden die letzten Überreste der Besitzmarkierung dem unkontrollierten Wachstum zum Opfer gefallen sein. Er tastete sich vorwärts und setzte vorsichtig einen Fuß vor den anderen, während Lebensformen, wie er sie noch nie gesehen hatte – große Insekten oder kleine Tiere, vielleicht Ratten– vor ihm davonhuschten.

Er wischte über eine eingebeulte Platte und löste einen Schauer aus Rost und Staub aus, der wie schwerer Regen über ihn niederging. Es war das Führerhaus eines übergroßen Spähwagens, augenscheinlich dafür geschaffen, sich auf unwegsamem Gelände zu bewegen. Die Stahltür knarrte in den Scharnieren, und das Echo hallte durch den Wagen.

Er hielt die Hände über den Kopf. Der Fahrersitz war leer. Die riesigen Schalt- und Bremshebel standen in seltsamen Winkeln zueinander, wie die ausgerichteten Zeiger eines primitiven Zeitmessers. Er konnte sich vorstellen, daß das Gefährt noch fahrtüchtig war; wie es davonrollte, um im Schutz der Dunkelheit anzugreifen und einen Brückenkopf auf dem okkupierten Territorium einzurichten. Das würde auch das nächtliche Stöhnen erklären, das sich anhörte, als schöbe sich Eisen und Stahl unbarmherzig immer dichter an die durchlässige, ungeschützte Grenze heran.

Der Rostregen hörte auf. Das letzte Echo verstummte. Im fernen Flußbett nahmen die Ochsenfrösche ihren mißtönenden Chorgesang wieder auf. Er versuchte, mit Hilfe des Gesanges herauszufinden, in welcher Richtung sich der Fluß befand, aber vergeblich. Hier gab es keine Zeichen, an denen er sich hätte orientieren können. Es konnte gut sein, daß er wieder an seinem Ausgangsort landete. Dann hörte er ein neues Geräusch, das wie das stetige Branden der Wellen gegen ein fernes Ufer klang und ihm angst machte. Es war sein Herzschlag.

Helft mir, dachte er, *bitte! Irgend jemand . . .*

Ein Schatten glitt wie der dunkle, zarte Saum eines langen Gewands über einen Gabelstapler, wurde für Sekundenbruchteile von den Farben statischer Energie erleuchtet und verschwand hinter dem ausgeweideten Chassis.

Ohne zu zögern bewegte er sich darauf zu.

Zwischen Stapeln uralter Bremstrommeln und Radkappen entdeckte er einen schmalen Durchgang. Er zog die Ellbogen ein, preßte sich hindurch und trat in das blaue Licht.

Anfangs erinnerte ihn das bleiche Glühen an die phosphoreszierenden Sterne, die er sich an die Decke seines Schlafzimmers geklebt hatte, nur daß dies hier größer und strahlender war und sich wie eine Milchstraße ausbreitete. Als sich seine Augen an das Licht gewöhnt hatten, sah er eine lockere Barrikade aus alten Kanistern, größer und breiter als Ölkanister, die das gleiche Symbol wie die Schilder draußen trugen; einen in sechs Stücke eingeteilten Kreis. Wie die Schnittzeichnung auf einem Kuchen. Ein Kanister war umgestürzt und wahrscheinlich ausgelaufen, da der Deckel offen stand. Zersplittertes Glas zeigte an, wo einst der obere Teil gewesen sein mochte. Der Boden davor war kahl und verbrannt, doch hinter den Behältern hatte ein kümmerliches Pflanzengewirr Wurzeln geschlagen. Von ihm ging auch das schwache, doch unverkennbare Strahlen aus.

Vor ihm führte eine Reihe länglicher Flecken gleich gespenstischen Fußstapfen zu den Tonnen und verlor sich in den Büschen dahinter.

Er stellte sich mit seinen Turnschuhen hinein. Der Abdruck war klein und schmal, aber er paßte genau.

William ging weiter. Seine Beine streiften das hochaufgeschossene Gras, und ein an Metallstaub erinnernder Pollenschauer ergoß sich über die Haut. Er starrte wie hypnotisiert auf seine funkelnden Hände und stieß mit dem Fuß gegen eine Trommel.

Nur ein paar Schritte entfernt, durch die Vegetation verborgen, hörte man erst ein hysterisches Quieken und dann ein großes Umsichschlagen, als wäre jemand vom Weg abgekommen und kopfüber in die Dunkelheit gestürzt.

Er schob das Unkraut beiseite.

Vor ihm lag ein riesiges Tier. Es erinnerte ihn an die Säue, die er früher auf dem Jahrmarkt gesehen hatte, aber es war nicht von der gleichen Art. Es war viel zu groß, um in einem Verschlag gehalten zu werden. Seine Schnauze war dicker als Williams Oberschenkel, und die gewaltige Unterseite hob und senkte sich mit beruhigender Regelmäßigkeit. Es war von Kopf bis Schwanz schwarz wie die Nacht, mit Ausnahme des immensen Bauches, an dem sich verschiedene kleinere Tiere um einen Platz balgten. Die plumpen Gestalten waren mit durchsichtiger Haut bedeckt; Adern und Kapillaren glühten in einem kalten, überirdischen Licht. Winzige, seidige Haare sprossen aus ihren unruhigen Körpern, die zum Teil bereits mit dunklen Flecken bedeckt waren, die bald zu einer festen Haut würden, die in der Lage wäre, neue Formen zu tragen.

Ob es sprechen kann? fragte er sich. *Ob es wirklich sprechen kann?*

Ehrfürchtig blieb er stehen und sah zu, wie das Tier seine hungrige Brut säugte. Dann stolperte er in den strahlenden Kreis und stürzte sich auf die Zitzen. Seine Hände ruderten in der Luft, als er mit den anderen um einen Platz an ihrer Seite kämpfte.

Ein Spaziergang im Regen

Die Buchstaben glühten warm in die Nacht:

kaltes
Bier
a
n
g
e
z
a
p
f
t

Schwerfällig schleppte Spane sich in die Nähe der Gasse, die hinter dem Schild begann. Er hielt inne, strich mit knorriger Hand über die Bartstoppeln und wischte sich den Schweiß von der Stirn. Ein Mann auf Krücken muß lernen, täglich Hunderte dieser kleinen Bewegungen zu machen, doch um diese nächtliche Stunde kam es Spane wie ein Kampf vor, der durch die Weinmenge, die er intus hatte, und die Tatsache, daß er nur eine Krücke und eine Hand besaß, noch schwerer zu gewinnen war. Er humpelte mit zusammengebissenen Zähnen weiter und begleitete seinen Entschluß mit einem rheumatischen Gerassel, das aus dem Innern seines eingesunkenen Brustkorbes drang. Und humpelte weiter.

Mein Gott, er mußte diesen Job hinter sich bringen, und er würde es tun.

Als er unter dem Schild herhinkte, warfen die Buchstaben einen Anflug von Heiterkeit auf Spanes schweißglänzende Gesichtszüge, und das Pflaster und die öligen, regenbogenfarbenen Pfützen schimmerten farbenfroh. Er betrachtete finster seine Faust und sah eine unscharfe Widerspiegelung in der nässenden Wunde und den krausen, weißen Haaren seines abgeschnürten Armes, der wie das Innere eines Kolbens glühte.

»He, alter Knabe!«

Die Lichter der vorbeifahrenden Autos am Ende der Gasse streiften die Straße und warfen ihre langen dunklen Schatten an den Mülleimern an der Hinterfront der Häuser vorbei auf ihn.

Plötzlich bewegte sich ein Schatten.

Spane spürte, wie sich die Schulter instinktiv versteifte, als er die andere Hand an die Stirn legen wollte; aber diese andere Hand gab es nicht mehr. *Verdammt*, fluchte er leise. Sein Körper würde niemals vergessen, und er wußte es. Er würde noch im Sterben mit einer Hand, die es nicht gab, nach etwas greifen, das nicht existierte.

Außer in den düsteren Räumen seiner Erinnerung.

»He, du!«

Er kniff die Augen zu. Der Schweiß tropfte ihm wie schmutzige Tränen von den Stirnfalten. *Konzentration*. Er hatte es bis hierher geschafft – fast fünf Kilometer zu Fuß quer durch die Stadt –, und jetzt wollte er es wissen.

Der Schatten sprang zwischen zwei Mülleimern hervor. Der alte Mann blinzelte, um die schwankende, fledermausartige Gestalt besser sehen zu können.

Dann schloß er die Augen. Er mußte sicher sein! Auf dem Weg durch die Stadt war das Leuchten nur schwach gewesen. Wenn er recht hatte, wenn er ihn endlich gefunden haben sollte, würde er jetzt an einer bestimmten Stelle seines Hinterkopfes einen Funken spüren, und dann würde er Bescheid wissen.

»He!«

Eine Hand griff nach ihm.

Er zuckte zusammen und versuchte sie abzuschütteln. Ich darf diesen Gedanken nicht vergessen! Seine zitternden Wangen protestierten, bevor seine Lippen die Worte formen konnten. *Ich darf – ihn jetzt – nicht vergessen!*

»Na, alter Mann.«

Das Schlurfen hinter ihm hörte auf, und eine klamme, fleischige Hand packte seinen Hals.

Spane löste eine Hand von der Krücke, ballte sie zur Faust und streckte sie drohend der Dunkelheit entgegen. Dann ließ er ein tierisches Gebrüll hören, das tief aus der Kehle kam.

Die alte Frau baute sich vor ihm auf, als er nach der Krücke tastete. Mit einer Hand hielt sie immer noch seinen Hals umklammert.

Das Fleisch zitterte, als sein Kopf zurückzuckte. Die Augen schmerzten ihn bei dem, was er nun zu sehen bekam, und auf der Straße hinter der Gasse hörte man es hupen. Sein Atem ging langsamer.

»Wegen dir habe ich es *vergessen!*« grollte er.

»Komm mit.«

Die Frau mit dem massigen Körper drehte sich um, und die fleischige Hand und sein Hals drehten sich mit ihr, und er konnte die Gasse nicht mehr sehen.

Er merkte, wie sie ihn über zerbrochene Treppenstufen zum Hintereingang der Bar führte. Der beißende Geruch der Frau hüllte ihn ein, er überlagerte sogar noch seinen Schnapsatem. Er kannte die übelkeiterregenden süßen Düfte der Bar wie seine eigenen und verschwendete weder einen Gedanken an den knarrenden Holzfußboden noch an die Absichten der Frau, die er sehr wohl kannte, doch diese Dinge bedeuteten ihm nichts mehr. Er dachte mit überwältigender Melancholie einzig und allein an sein Opfer, das ihm durch die Gasse entwischt war.

Er hinkte durch den Flur, der schwach nach Urin roch. Sie stützte ihn erst links, dann rechts, dann wieder links und schob ihn auf einen Holzstuhl.

»Je-tzt.« Sie wälzte sich auf ihren durchgesessenen Sessel am anderen Ende des Tisches. Die rachitische Tür fiel, wahrscheinlich durch den Luftzug, den sie aufwirbelte, als sie es sich bequem machte, ins Schloß. »Erzähl mir was über ihre Raketen . . . und über die Menschen.«

Spane fühlte sein Rückgrat krachen, als er sich protestierend aufrichtete, um zu gehen. Dann ließ er sich zurücksinken und beschloß, ihr wenigstens für eine Weile Gesellschaft zu leisten. Er sah sie in ihrem weiten Sweater nach einer Flasche suchen. Aus den Räumen nebenan drang Gekicher; rhythmischer Techno-Rock-Lärm tönte durch den Fußboden. Er stieß einen Seufzer aus. Der Atem streifte den schmutzigen Arm und den fleckigen Holztisch, auf dem er ruhte. Sie war zu groß für ihn. Er hatte keine Chance. Er schloß die Augen, und als der Wein durch seinen Körper zu kreisen begann, hatte er das Gefühl, als würde sein

Verstand rückwärts durch den Raum gewirbelt. Er fing sich gerade noch rechtzeitig. Als er aufsah, füllte Zenna gerade die beiden vor ihr stehenden Plastikbecher. Er wußte, daß er heute nacht nichts mehr trinken durfte; nicht, bevor er das erledigt hatte, wofür er den langen Weg auf sich genommen hatte. Er würde warten und vorgeben, mit ihr zu trinken, bis der Schlaf sie übermannte. So lief es immer ab. Und dann würde er sich verdrücken . . .

»Nun?«

Sie drückte ihm ein Glas billigen Bourbons in die Hand. Als ihm der Geruch von fermentiertem Zucker in die Nase stieg, versuchte er vom Tisch aufzustehen. Er drehte sich um, und sein Blick fiel auf den nächtlichen Himmel. Da waren die Sterne. Er erinnerte sich daran, wie er die Sterne von der *Deneb* aus betrachtet hatte. Er blinzelte, und bei der Vorstellung, ihr und auch allen anderen zu erzählen, was er gesehen hatte, wurde ihm leicht ums Herz. Saturn: wie er auf Minas stand, deren Ringe den Himmel durchschnitten. Oder wie es auf Daimos war. Oder Phobos.

Aber er wußte, daß sie sich nicht dafür interessierte, sie wollte auch eigentlich nichts über Raketen hören . . . Aber die Leute, die interessierten sie. Das betonte sie immer wieder. Egal, wie oft er ihr von dem Wrack erzählte, sie wurde nicht müde, es sich immer wieder anzuhören: von der Kollision, die die beiden Schiffe fast zur Hälfte aufschlitzte; von den Überlebenden, die sich aus den Wracks wanden und gleich kosmischen Wagenrädern in alle Richtungen davonwirbelten, während ihr Sauerstoffvorrat langsam zur Neige ging und sie auf eine undenkbar fremde Sonne zutrieben. Natürlich nur die, die Raumanzüge getragen hatten.

Am liebsten hörte sie, wie es den weniger Glücklichen in dem schrecklichen Augenblick ergangen war, als es die schützende Hülle des Schiffes zerrissen hatte und eine

Nacht hereingebrochen war, der die Menschen schutzlos ausgeliefert waren . . . Nun gut, wenn sie es hören wollte. Übelkeit stieg in ihm auf.

Er setzte sich wieder hin und suchte die Straße ab, als ihm die Erinnerung kam und das Zimmer samt der Travestie von einer Frau überlagerte.

Er hatte es nicht vergessen.

Er warf ihr einen müden Blick zu. Sie goß sich gerade das zweite Glas ein.

»Hier, trink was.« Als er sich nicht bewegte, deutete sie mit ihrem Medusahaupt auf seine leeren Schultern. »Weißte, du solltest das echt machen lassen.«

Sie kniff die blutunterlaufenen Augen zusammen. Durch den Fußboden drang Tanzmusik, und Zenna begann mit dem Fuß den Gegentakt zu klopfen. Yeah, dachte er sarkastisch, ich sollte es machen lassen – aber warum? Seine Lippen wichen zurück und entblößten die brüchigen Zähne.

»Warum läßt du mich nicht allein!« herrschte er sie und seinen alten Schmerz an, den er anstelle seines Armes spürte. Er wimmerte und erinnerte sich an den gnädig kurzen aber intensiven Blitz, und wie er sich von der *Deneb* fortbewegte. Seine Rettungsleine trieb mit dem abgerissenen Arm in den Raum hinaus, während seine Augen erschrocken aus der Gesichtsplatte hervortraten. Die ganze Zeit über drohte er ohnmächtig zu werden. Sekunden schienen ihm wie Ewigkeiten.

Die Strahlen der beiden Zwillingssonnen durchbohrten ihn, und durch den schweigenden Raum hörte er den Seelentod seiner einhundertdreißig Gefährten, die in stummer Agonie starben und das Innere seines Mutantenschädels mit Geschrei erfüllten. Die U.S.-Luftwaffe hatte ihn eingezogen, ohne zu wissen, daß seine Mutter im siebten Monat ihrer Schwangerschaft auf dem Weg zur Venusbasis durch die Hallendorf-Barriere gekommen war, und auch den fingergroßen Vorsprung an seinem Hinterkopf hatte man nicht bemerkt. Später, als man die Zufallskinder mit ihren wilden Talenten entdeckte, konnte man der Mutation einen Namen geben; die Barriere wurde hinter ›Zutritt verboten‹ und ›weiteren Untersuchungen‹ versteckt, und die Doktoren unternahmen den vergeblichen Versuch, zehn von tausend auf der Basis geborene Kinder aufzuspüren. Doch jetzt, wo es in die zweite Generation ging, würden sie sich nur schwach daran erinnern. Nur Spane nicht; er kannte den Fluch und würde ihn niemals vergessen. Seine Schulternerven verkrampften sich, als er zum millionsten Mal in zwanzig Jahren dachte: Laß es machen – aber ich habe kein Recht, es machen zu lassen! Ich kann es nicht vergessen, nicht einmal eine Minute . . .

. . . und dann spürte er, wie ein Funken in seinem Hinterkopf einschlug, und er wußte, daß er es niemals vergessen würde. Selbst wenn er es wünschte.

»Eh, Alter, bist 'n Veteran . . . weißte, daß de vonner Regierung Geld fürn neuen Arm kriegst? Warum gehste nich . . .«

Spane hielt die Augen fest geschlossen.

Es traf ihn wie ein Schlag.

Er gab den Versuch auf, sich zu konzentrieren. Er versuchte einfach nur, das kreischende Signal zu ertragen, das durch seinen Hinterkopf drang.

Er war fündig geworden. Die Anwesenheit des anderen war so intensiv . . .

». . . und läßt dich . . .«

Als die mentale Sondierung, eine Ultrafrequenz, die nur er hören konnte, tiefer in sein Hirn eindrang, preßte er das Kinn gegen die Brust. Er hatte das unbewußte Signal des anderen empfangen. Kopf und Verstand wirbelten zur

Oberfläche zurück. Mit einem Mal hörte er wieder den rockigen Beat unter seinen Füßen.

». . . so gut wie neu machen?«

Die Worte der Frau, die ihn noch vor ein paar Sekunden zur Weißglut getrieben hätten, summten jetzt an seinem Ohr vorbei.

Er nahm die Tischecke zwischen Daumen und Zeigefinger, schob den Stuhl zurück, und suchte nach seiner Krücke.

»Aber du bedauerst dich ja gern selbst.«

Sie fiel betrunken, mit rollenden Augen, über den Tisch. Die dicken Finger strichen teilnahmslos über den Becher.

Er stemmte die Krücke auf den Boden und humpelte zur Tür.

»Eh, bleib noch 'ne Minute. Du bis' noch nich' fertig.«

Er öffnete die Tür.

»Du hast noch nich 'mal angefangen . . . Erzähl mir von den *Leuten*.« Unförmige Fleischfalten verzerrten ihr Gesicht. »Komm, ich will das jetzt hören. Erzähl mir von den niedlichen Leuten, die wie Fische im Finsteren rumschwimmen . . .« Ihr Becher kippte um.

Er war halb aus der Tür. Sie hievte ihren schweren Körper in die Höhe, stürzte nach vorn und tastete sich unsicher weiter. Die gewaltigen Arme suchten verzweifelt einen Halt zwischen Tür und Wand. Nachdem sie noch einen letzten Versuch unternommen hatte, erschien ihr riesiger Kopf im Flur.

Er preßte sich gegen die Wand, knurrte und deutete mit der Krücke auf sie. Er öffnete den Mund und zischte warnend:

»ZENNA!«

Sie schmollte. Ihre Aufmerksamkeit sank, genauso wie ihr Körper. Sie kauerte sich hin.

»Komm, wer brauch' dich denn schon. Du bis' doch nur 'n

alter Schnorrer. Wahrscheinlich bis'te noch nich mal 'n Raketenjockey gewesen.«

Als sie ihn anspuckte, drehte er sich um und quälte sich die Treppen hinunter.

»He!« Das Krächzen wurde leiser. »Zur Hölle mit dir!« Und während die Tür ins Schloß fiel, schickte sie ihm den letzten Fluch hinterher:

»Ein Raumfahrer . . . zur Hölle!«

Er senkte den Kopf, atmete tief durch und machte sich auf den Weg zur Hintertür.

Zwei junge Soldaten kamen mit zwei Mädchen, die sie zur Treppe schoben, von der Bar.

Spane schaute nicht hoch, sondern setzte seinen Weg fort, bis eine von ihnen absichtlich gegen ihn prallte.

»Nun schaut einmal, wer zurückgekommen ist«, sang eines der Mädchen so laut, daß sie die synthetische Musik übertönte. Sie stemmte die Hand auf die Hüfte, wiegte sich aufreizend und kreuzte die Arme über der Brust. »Spane, der Lahme!«

»Komm weiter, Rena«, drängte das andere Mädchen und zerrte an ihrem jungen Begleiter.

Spane bemerkte die USSF-Insignien an den Uniformen und spürte eine Art von Verwandtschaftsgefühl, Melancholie und Mitleid in sich aufsteigen.

»Eh, wie wär's mit was Liebe, Spane, der Lahme? Ich wette, du hast Zenna mit der Krücke ein oder zwei Sachen beigebracht . . .«

Das Mädchen drängte sich an ihn, stieß obszöne Laute aus und tat so, als wolle sie ihm ihren Arm und den billigen Duft anbieten, den sie verströmte.

Er spürte den Umschwung und war dankbar, daß er sich dazu konditioniert hatte, ihre, Zennas und die Gedanken aller Nicht-Telepathen, die ihn umgaben, abzublocken. Es hatte Jahre gedauert, bis sein Verstand eine Art Hornhaut entwickelt hatte, die ihn vor den Schrecken des Bewußtseins schützte: mit dem Wrack in dem Mars-Jupiter-Asteroidengürtel zu treiben und jeden Schmerz zu empfangen, jeden Tod wie seinen eigenen zu empfinden. Nie mehr.

Er schüttelte sie mit der starken, rechten Hand ab und machte sich auf den Weg nach draußen.

Das Gelächter des Mädchens und die mißtönende Musik wurden leiser, und er hörte, wie Autos über die regennasse Straße zischten. Ein Windstoß schüttelte ihn.

Da.

In der Dunkelheit bewegte sich etwas.

Er machte einen Schritt nach vorn.

Bumm-Schleif.

Irgendwo fiel lärmend ein Mülleimer um.

Spane konzentrierte sich.

Etwas lief durch die Gasse; durch die Scheinwerfer der vorüberfahrenden Autos konnte er den Umriß ausmachen.

Aaahhhh.

Er zog sich Schritt für Schritt vorwärts und spähte angestrengt in die Finsternis, und dann . . .

Zisch.

. . . wieder fuhr ein Auto vorbei. Für Sekundenbruchteile sah er in die weit aufgerissenen, erschreckten Augen eines . . .

Bumm-Schleif.

Gott, dachte Spane, diese Augen. Sie sind so klein.

Als sich ihre Blicke trafen, hielt die Gestalt wie eine aufgeschreckte Katze mitten in der Bewegung inne, dann lief sie weiter.

Warte.

Er rief es telepathisch.

Bumm-Schleif.

Bumm-Schleif.

Es war nur ein Junge, nicht älter als acht oder neun Jahre.

Schau, dachte Spane. Er sah die verstohlenen Bewegungen, die denen einer verängstigten Katze ähnelten; ein überempfindliches Geschöpf, dessen scharfe Sinne ihn gelehrt hatten, Menschen aus dem Weg zu gehen. Grausamen Menschen, mit ihren gemeinen, stechenden Gedanken.

Der Junge starrte ihn verwirrt an. Er hatte den pelzbesetzten Jackenkragen hochgeklappt und umklammerte mit einer Hand den Gummiball, mit dem er gespielt hatte. Er öffnete den Mund, aber kein Ton war zu hören. Zweifellos wußte er nicht, was er tun sollte; jetzt, wo er zum ersten Mal in seinem jungen Leben jemandem gegenüberstand, der ihm gleich war.

Hab keine Angst.

Schau an, dachte Spane, er hat schon herausgefunden, daß er die Straßen, die Menge, sein Haus und die unbekümmert denkenden Menschen, die darin wohnten, meiden muß. Aber ahnt er auch, wie es sein wird? Jeden Tag, an dem ein Feuer ausbricht oder auf dem nahegelegenen Highway Autos zusammenstoßen; oder wenn der Streit eines betrunkenen Liebespaares mit einer Messerstecherei oder auf noch schlimmere Art endet; jedes Mal, wenn ein Mann in einer Gasse wie dieser zusammengeschlagen wird . . . oder wenn ein Baby sich in der Badewanne verbrüht und schreiend stirbt, oder geboren wird . . . jedesmal, jedesmal wird er es sein, dem all diese Dinge zustoßen. Er wird erfahren, wie ein Mann sich fühlt, der so sehr leidet, daß er andere anfleht, ihn zu töten, damit es aufhört. Und es wird ihm nicht gelingen, dem Ganzen ein Ende zu machen. Vielleicht wird er eines Tages lernen, den Verstand abzublocken, aber das wird ihn Jahre kosten. Er könnte darüber wahnsinnig werden.

Der Junge sah ihn an. Ein Lächeln huschte über seine Lippen.

Hey, Mister, dachte er, *willst du mit mir spielen?*

Spane blieb nachdenklich stehen. Er weiß nicht, was er ist. Wenn er es wüßte, würde er sich töten.

Er fühlte sich unendlich müde und hinkte mit seinem schwerfälligen Körper näher.

Dann hielt er die Luft an.

Jetzt.

Er hob die Krücke und ließ sie immer wieder aufs neue niedersausen.

Augenblicklich verstummten die Gedanken des Jungen.

Spane wandte sein Gesicht gen Himmel. Seine Zähne klapperten. Der, dachte er, auch der.

Dann ging er nach Hause. Der Verkehrslärm schien ihm wie eine Flut, die gegen ein fernes, unbekanntes Gestade brandete. Die Lichter ferner und unbegreiflicher Sterne spiegelten sich auf dem regennassen Pflaster und der unbeweglich daliegenden Gestalt.

Der Fleck

Der Lieferwagen kroch den Elevado Way hoch. Die Scheinwerfer bohrten sich wie Eispickel in die vordringende Dunkelheit.

Martin trat nach den Abfällen, die auf dem Boden herumlagen, aber die Dosen und Papiertüten waren leer. Er versuchte, den Gedanken an Essen zu verdrängen. Er kurbelte das Seitenfenster herunter und schaute sich die alten, im spanischen Stil gebauten Häuser genauer an, während die Sonne wie ein müdes Auge hinter den Palmen versank, die den Rand der Stadt unter ihnen säumten.

»Du beeilst dich besser, Rog«, sagte er. »Du weißt doch, daß der alte Herr es nicht so gern sieht, wenn man nach sieben Uhr eintrudelt.«

»Da kann ich ihm nicht helfen«, meinte Roger, während er eine scharfe Kurve nahm. »Er hat uns für heute drei Häuser gegeben – und Überstunden sind Überstunden.

Wir sind sein bestes Team, oder? Wenn es ihm nicht gefällt, können wir uns ja wieder arbeitslos melden. Ist doch wahr, oder, Jackie?«

Martin legte das Kinn in die Hand und beobachtete mit einem Auge die im Schein der untergehenden Sonne ockerfarben glühenden Dachziegel, während er mit dem anderen, halbgeschlossenen Auge nach einer bestimmten Hausnummer Ausschau hielt.

Er erinnerte sich an damals, als er und Kathy sich in den ersten Wochen hier in Kalifornien eine Karte besorgt hatten, in der die Häuser der Prominenz verzeichnet waren. Er hatte das Gefühl, als könne er diesen sich verzweigenden Straßen mit ihren protzigen, fremdklingenden Namen endlos folgen. Das einzige lebende Wesen, das sie an diesem Samstag entdeckt hatten, war ein alter Mann gewesen, der in einem Rollstuhl, mit einer Indianerdecke über den Beinen, im riesigen Vorgarten eines Hauses gesessen hatte. Es war ein Gebäude im Stil der südlichen Herrenhäuser, was sich an diesem Ort seltsam ausnahm. Sie waren nicht nahe genug herangefahren, um sicher zu sein, aber er wurde die fixe Idee nicht mehr los, daß es eine Filmkulisse gewesen war, die man um ein bescheidenes Anwesen aufgebaut hatte, dessen Marktwert damit gesteigert werden sollte. Sie hatten den Wagen im Schatten eines Baumes abgestellt und mittags gepicknickt, aber der alte Mann hatte sich nicht ein einziges Mal bewegt. Er hätte genausogut ein geschminktes Skelett sein können, das man als Requisit auf den perfekten Rasen gestellt hatte.

Martins Magen brummte. Er gab auf. »He«, sagte er, »hast du noch irgendwo was von dem Kentucky Fried Chicken versteckt, Rog?«

Roger sah instinktiv auf die Gerätschaften im Heck des Wagens. »Schnall den Gürtel enger. Wir werden uns was fangen, wenn wir drinnen sind – diese Gegend ist voller fetter Katzen. Wie ich hörte, soll es für Jungs in unserem Beruf ganz gut sein, immer etwas Hunger zu haben.«

Martin schauderte bei der Erinnerung an den fauligen Gestank, der in der letzten Wohnung, die sie gesäubert hatten, aus dem Kühlschrank gedrungen war.

Unser Beruf, dachte er. Und was für ein Beruf ist das, Roger. Wer diesen Job macht, wird schließlich zum Tier, stimmt's, Roger?

Er hatte ganz vergessen, auf die Hausnummern zu achten. Er blinzelte und drehte den Kopf. Fast hätte er sie verpaßt.

»He, ich glaube, das war's«, sagte er. Roger schaltete einen Gang zurück, beschrieb einen Bogen um eine Kiesfläche und bremste geräuschvoll vor Carlton Arms.

Es war eines dieser Gebäude, die in den fünfziger Jahren zusammengeschustert worden waren und die eine unbestimmte Zahl keksdosengroßer Apartments enthielten; es waren immer ein paar mehr, als man von außen vermuten würde. Martin dachte an die Architekten dieser öden Horrorvisionen; an den rechtwinkligen, pulvrigen Stuck; die rostenden Abflußrohre – wie bei den Jungs mit den Kugelschreibern, die nur noch Kopien, aber keine Originale mehr schufen.

Der Verwalter, ein bleicher, nervöser Mann, der in jedem Menschen einen möglichen Bediensteten sah, studierte den Arbeitsbefehl, während sie ihr Gewicht unruhig von einem Fuß auf den anderen verlagerten, angelegentlich auf die Schuhe starrten und schwiegen. Dann führte er sie zum Aufzug.

Auf dem Weg nach draußen kamen sie an einer übergewichtigen Hausmeisterin vorbei, die in einer weißen Uniform steckte. Sie putzte sich gerade die Zähne und beäugte Martin und Roger wie Konkurrenten. Sie ignorierten die Frau und luden den Naß-und-Trockenstaubsauger, mehrere Eimer, Schrubber und einen Handwagen mit Reinigungs- und Desinfektionsmittel aus und klapperten damit durch die Garage bis zu den Wohnungen im dritten Stock, die jeder Makler als Penthouse-Apartments anbieten würde.

Der Mieter war wahrscheinlich vor ein paar Tagen, vielleicht aber auch erst vor wenigen Stunden ausgezogen; auf einer alten Ausgabe der Filmzeitschrift *Variety* entdeckte Martin einen halben Laib noch nicht schimmeligen Brotes; ferner ein Glas Honig und eine Plastiktüte voll Blue-Chip-Marken, die er einsteckte, als Roger eine 250-Watt-Birne in die Fassung an der Küchendecke einschraubte. Dann machten sie sich daran, die Zimmer für den Nachmieter – wer immer es auch sein mochte– wieder wohnlich zu gestalten.

Was mag alles zurückgeblieben sein? fragte er sich. In Kammern und Hinterzimmern, in Schränken und unter Spülsteinen, auf Regalen und in vergessenen Schubladen. Vergessen oder einfach aus Bequemlichkeit zurückgelassen. Auch eine Möglichkeit, einfach alles, was sich im Laufe eines Lebens angesammelt hat, wie eine Schlangenhaut oder Schmetterlingspuppe hinter sich zu lassen. Es überraschte ihn stets aufs neue, wieviel die Menschen zurückließen, einiges davon besaß sogar einen gewissen Wert.

Im Zimmer hing ein Geruch, den Martin nicht genau definieren konnte. Draußen marschierte eine andere Hausmeisterin – oder war es ein Dienstmädchen? – in einer knappen, weißen Uniform vorbei. Während sie arbeiteten, drangen ab und zu gedämpfte Geräusche durch den papierdünnen Gips. Unter dem Linoleumboden und hinter der Wandfarbe schien eine geschäftig trippelnde Mäuseschar zu hausen.

Martin hatte eben angefangen, die Metallrinnen der Schiebefenster mit einer Zahnbürste zu säubern, als gegenüber langsam eine Tür aufschwang. Ein matter Lichtstrahl durchschnitt das Zwielicht und warf blaßgelbe Streifen über den verfärbten Boden des leeren Swimming-pools auf dem Hof unter ihnen.

»Ich glaube, wir werden beobachtet«, sagte er, während er mit der Arbeit innehielt.

Die Fensterrahmen waren seit Jahren nicht mehr geputzt worden; Reste von Ruß und unidentifizierbaren Partikeln samt einem Haufen scharfer, korrodierender Feilspäne hatten sich wie Insektenexkremente in den Ritzen festgesetzt. Selbst mit der großen Drahtbürste und einem chemischen Lösungsmittel hatte er Mühe, die Rahmen wieder sauber zu bekommen.

»Was meinst du, wie lange wir noch brauchen, Rog? In diesem Haus haben wir doch nur eine Einheit, nicht wahr, und zwar diese hier.«

»Noch zwei«, antwortete Roger.

»Willst du mich auf den Arm nehmen?« fluchte Martin, der sich der Anwesenheit einer Frau in der Türöffnung gegenüber bewußt war.

Er konnte ihre im Dunkeln liegenden Gesichtszüge nicht erkennen, aber im Gegenlicht sah er, daß ihre Haare wie die Speichen eines zerbrochenen Rades vom Kopf abstanden.

»Jetzt reicht's mir aber langsam«, brummte Roger und verrührte das Teppichshampoo. »Möchte wissen, auf was sie wartet.«

Martin warf einen kurzen Blick auf die Proportionen, die seltsam schiefen Glieder. »Erinnerst du dich an *Frankensteins Braut*?« fragte er.

»Ich habe einmal mit Elsa Lanchester zusammengearbeitet«, antwortete Roger. »Habe ich dir jemals erzählt . . .?«

»Hast du.« Schon oft, dachte er. »Hör zu«, sagte er plötzlich und ließ den Besen fallen. »Kannst du mir eine Frage beantworten? Was zum Teufel machen wir hier eigentlich?«

»Seit ungefähr dreieinhalb Stunden«, ergänzte Roger.

»Ernsthaft?«

»Ernsthaft«, sagte Roger. »Es ist meine letzte Rolle – man nennt es Die-Miete-Bezahlen. Weißt du eigentlich, daß ein SAG-Mitglied im Jahr durchschnittlich ungefähr siebenhundert Dollar macht?«

»Aber du wolltest ja nicht vor Stutzern spielen«, wandte Martin ungeduldig ein. »Dazu warst du nicht in der Lage. Du hättest dich zum Narren gemacht.«

Himmel, dachte er, die Durchschnittstypen, mit denen ich zur Schule gegangen bin, leiten jetzt Supermärkte oder kaufen sich einen Porsche. Ich könnte einer von ihnen sein. Warum kriege ich kein Stück davon ab? Warum habe ich auf Kathy, ein Haus und Kinder verzichtet? Es muß einen Grund geben. Vielleicht bin ich auch nur ein Narr. Vielleicht ist das der einzige Grund.

Roger wickelte die Schnur ab und suchte nach einer Buchse. »Du wirst es wahrscheinlich nicht glauben, Jake«, sagte er, »aber es gibt Zeiten, da bin ich froh, für meinen Lebensunterhalt den Besen zu schwingen. Wie jetzt.« Er streckte sich stöhnend. Martin hörte die Knochen knacken. »Mein Kopf gehört nur mir allein. Ich meine, wenn wir hier fertig sind, verschwenden wir keinen Gedanken mehr daran. Und ich bin mein eigener Herr. Bis mich mein Agent wegen eines neuen Vorsprechtermines anruft. Egal wofür, kann auch kommerziell sein. Ich bin nicht besonders wählerisch, solange ich die Möglichkeit habe zu zeigen, was in mir steckt.«

Du redest Scheiße, dachte Martin, aber er hielt den Mund. Warum sollte er es auch sagen? Aber etwas stimmte mit der

Gleichung nicht. Obwohl es ihm vernünftig erschienen war, diesen Job anzunehmen, bis zum nächsten Auftrag, bis . . .

Roger starrte über den Hof. Die Frau hatte sich von der Türöffnung gelöst und schlurfte, eine Hand aufs Geländer gestützt, auf ihn zu.

»Die ist reif für den Friedhof«, sagte Roger. Er trat zurück und machte sich an der Kabeltrommel zu schaffen. Offenbar kannte er die Frau, was ihm unangehm zu sein schien. Seine Hände zitterten. Warum ist er so nervös? dachte Martin.

»Habe ich dir schon von meinem nächsten Projekt erzählt? Es ist richtiges Neuland für mich. Ich habe alles im Kopf.« Er sprach zu schnell und rasselte durch die Wörter, als wären es Perlen. *»Die Abenteuer des Reggae Rat*. Eine Geschichte für Kinder. Wette, du hattest keine Ahnung, daß ich auch schreiben kann. Meine Agenten sind schon seit Jahren hinter mir her, eine Anthologie zusammenzustellen. Natürlich springt beim Verkauf der Filmrechte einiges für mich heraus – aber zuerst brauche ich einen Illustrator. Warum machst du nicht mit? Du hast doch Zeit. Ich weiß, daß du im Augenblick auf etwas anderes spekulierst. Wie heißt es gleich – *Pfeifenträume?* Stimmt's, Jackie?«

Roger verstummte, als die Frau vor ihrer Tür anhielt. Martin ließ alles auf sich zukommen, was es auch sein mochte.

»Wie geht es Ihnen, Ma'am?« fragte Roger. »Schöner Abend, nicht wahr?«

»Junger Mann«, begann die Frau.

Martin unterdrückte ein Lachen. Wie viele Jahre braucht man, um darüber hinweg zu kommen? *Junger Mann auf dem Weg nach oben. Vielversprechendes Talent. Alterndes ›Enfant terrible‹*, dachte er. Ein sehr schnell alterndes Kind.

»Sie müssen mir einfach helfen. Ich habe ein schreckliches, schreckliches Problem!«

Roger griff nach den Arbeitsunterlagen. »Ich sehe einmal nach«, sagte er. »Welche Nummer hat Ihr Apartment?«

»Sechsundzwanzig«, antwortete sie. »Ich halte mich nur zwischen zwei Engagements hier auf, wissen Sie, so lange, bis ich eine geeignetere Wohnung gefunden habe. Sie müssen sofort kommen.«

»Ich kann Sie hier nicht finden«, sagte Roger, nachdem er einen Blick auf das Klemmbrett geworfen hatte. »Sind Sie sicher . . .«

»Oh, die farbigen Mädchen machen einmal in der Woche bei mir sauber. Oder einmal im Monat? Mir geht in letzter Zeit soviel im Kopf herum. Sie müssen mir helfen. Ich habe mich immer wieder beschwert, aber es hat nichts geholfen!«

Roger warf Martin einen Blick zu. Er schien mit sich zu kämpfen.

»Jetzt beruhigen Sie sich erst einmal, Ma'am. Wir werden sehen, was wir tun können. Es dauert nur ein paar Sekunden.«

Die alte Lady marschierte, den Morgenrock fest um sich geschlungen, brummelnd davon.

»Was . . .?«

»Gute PR«, sagte Roger und schnappte sich eine Dose Reiniger und Schwämme. »Hör zu. Ich bin fünf Minuten bei Baby Jane. Sie erzählt es dem Verwalter, der Verwalter erzählt es dem alten Herrn. Sie ist zufrieden – und wir werden befördert. Das nennt man das Schwein schmieren.« Er schulterte den Besen. »In der Zwischenzeit kümmere dich um diese Müllhalde. Mach, soviel du schaffst, aber bring dich nicht um. Ich bin bald wieder zurück.«

Martin beobachtete, wie Roger als erster im gegenüberliegenden Apartment verschwand und der alten Lady galant die Tür aufhielt.

Er schüttelte den Kopf. Na, großartig, dachte er. Wer

weiß, wann wir hier rauskommen. Er zog sich in eine Wohnzimmerecke zurück und lehnte sich gegen die Wand.

Er betrachtete die Bodenpolituren, die Schrubber, die Plastikkannen mit Reinigungslösung und Keimtötern und das Päckchen mit Papierstreifen für die Toiletten, auf denen in munterer Schrift *Sanitär* geschrieben stand.

Er seufzte.

Dann ließ er sich auf den Boden gleiten und kramte seinen Skizzenblock und den Pilot-Fineliner-Federhalter hervor. Er schlug eine leere Seite auf. Die Skizzen für seine *Roten Träume* tendierten alle ins Groteske; sie würde gut dazu passen. Zusammen würden sie den Kern einer fantastischen Ein-Mann-Show bilden. Er hoffte, daß man sich in den La-Cienega-Gallerien noch dafür interessierte.

Er versuchte gerade, die klobigen Umrisse ihres Morgenmantels zu skizzieren, als er einen Schrei hörte.

Er schlug mit der Kappe des Federhalters gegen die Zähne, spähte in die Dunkelheit und erhob sich. Die Tür gegenüber sprang auf, und Roger samt seinen Utensilien stürzte heraus. Er sah aus wie ein Straßenkehrer, der gerade vom Familienhund gebissen worden war.

Er stolperte atemlos herein. »O mein Gott!« stieß er wild um sich blickend hervor. »Ich habe es geahnt!«

Martin legte den Zeichenblock beiseite. »So schlimm?« Nun gut, sie sah wie eine Kandidatin für die Hühnerfarm aus. »Was ist passiert?«

»Das übliche. Sie wollte, daß ich den Teppich töte.«

»Was?«

»Eigentlich die Fussel auf dem Teppich. Sie meint, es wären Wanzen – Küchenschaben oder so was Ähnliches.«

»Und?«

»Sind Donny und Marie Osmond Schwestern?«

»Weiß ich nicht.«

»Genau das ist der Punkt! Mann, ich muß hier raus. Ich

dachte, ich würde mit ihr fertig werden – ich bin es gewohnt, mit Leuten umzugehen. Ich hätte mich lieber auf meinen Instinkt verlassen sollen. Etwas an dem alten Gerippe verursacht mir eine Gänsehaut. Noch eine Minute länger, und ich hätte meinen Arsch nicht mehr von einem Loch im Boden unterscheiden können.«

Martin studierte Rogers Gesicht. Er versuchte gerade, herauszufinden, weshalb sein Partner so heftig reagierte, als die Tür aufging und die alte Frau herausgewankt kam, wobei sie unverständliche Worte murmelte.

»Da sind wir ja wieder«, sagte Roger. »Ich schaff' es nicht, Jack. Versuch du es. He, vielleicht kannst du uns was zu essen besorgen. Sie hat gerade gekocht. Ich kann es riechen. Aber bleib nicht zu lange. Okay?«

Martin versuchte vergeblich, einen Blick auf sie zu werfen. Wahrscheinlich nur eine von diesen alten, verschrobenen Hollywoodfrauen. Hier müssen eine Menge von ihnen wohnen. Vielleicht ist das ganze Haus voll davon. Eine Art Ruhesitz. Er hatte weder Kinder noch Haustiere oder Dreiräder gesehen. Jetzt fiel ihm ein, daß der Verwalter eine gewisse dramatische Betriebsamkeit an den Tag gelegt hatte.

»Ich kann Sie bezahlen«, sagte sie.

»Machen Sie sich darüber keine Gedanken«, antwortete Martin beruhigend und trat einen Schritt vor. Er bemitleidete eher sie als sich selbst. »Das gehört zum normalen Service der Sunshine Cleaning Company. Sie brauchen nichts zu bezahlen, und es tut kein bißchen weh.«

Er ließ Roger zurück und folgte der Alten in respektvollem Abstand. Auf dem Weg in ihr Apartment konnte er endlich das leuchtend orangefarbene Haar und die hervorstehenden Augen betrachten, die wie pochierte Eier aus der dicken Make-up-Schicht ragten. Sie kam ihm irgendwie vertraut vor, selbst unter dem fahlen Licht, das durch die staubigen Lampentroddeln drang, aber er wußte nicht, woher er sie kannte.

Sie ließ sich in ein voluminöses, mit purpurrotem Knittersamt bezogenes Sofa fallen, als wäre die Anstrengung für sie zuviel gewesen. Als sie merkte, daß er sie anstarrte, schlug sie die Augen auf und blinzelte.

»Es ist dort hinten. Am Tisch«, sagte sie und deutete auf die Stelle. Man hätte die Bewegung graziös nennen können, wäre die Arthritis nicht gewesen.

Er beugte sich leicht vor.

Sie hielt die Hand vor die Augen, um sich vor dem Licht zu schützen, das durch den angesengten Lampenschirm fiel. Ihre Brust hob und senkte sich, als wäre sie in tiefen Schlaf gefallen.

Er ging zum Tisch und bemerkte erst nach ein paar Schritten, daß er sich auf Zehenspitzen bewegte.

Es war ein eleganter, alter Chippendaletisch, dessen Oberfläche vom jahrelangen Einwachsen eine dunkle Färbung angenommen hatte, über den sie ein nicht dazu passendes Stück durchscheuerten rosafarbenen Samtes geworfen hatte. Er sah eine schmale, offene Schachtel mit trübem, altmodischem Schmuck, eine Ausgabe des *TV Guide* und ein gerahmtes Bild, das eine fliegende Untertasse oder so etwas Ähnliches darstellte.

Sein Blick wurde automatisch von den anderen Fotografien und Zertifikaten an der Wand angezogen; Illustrierte, sepiafarben vor Alter, Zeitungsausschnitte jüngeren Datums und handgeschriebene Empfehlungsschreiben. Er erkannte ein Gesicht wieder; ein junger Schauspieler, der bei einem Zusammenstoß zu Tode kam, als Martin noch ein Teenager gewesen war.

»Es bewegt sich«, sagte sie.

Er drehte sich verwirrt um. »Wie bitte?«

»Es verschwindet, und dann kommt es wieder. Ich habe

ihnen gesagt, sie sollen es wegmachen. Ich habe sie angefleht und angebettelt, aber sie haben nichts dagegen unternommen. Es kommt immer wieder zurück. Am Nachmittag ist es noch klein, gegen Abend wird es größer, aber es kommt immer wieder zurück. Ich habe versucht, ihn zweimal in der Woche mit einer Teppichkehrmaschine fortzumachen, aber in letzter Zeit bin ich immer so schrecklich, schrecklich müde. Ich weiß nicht, warum . . .«

Ihre Stimme wurde schwächer. Unter Martins Blicken schien die verbliebene Energie ihren Körper zu verlassen und in die Polster und Kissen zu sickern.

Wovon redete sie eigentlich?

Aus dem Nebenraum hörte er gedämpfte Stimmen und das Klingen von Silber auf Geschirr. Er machte einen Schritt nach vorne und entdeckte einen Flur, der zur Küche führte.

Die alte Frau stand stöhnend auf. Sie war jetzt hinter ihm und verbreitete einen Duft billigen Parfüms.

»Wie? Ist doch sonnenklar«, sagte sie. Sie deutete mit einem arthritisch gekrümmten Finger auf den Boden, während sie sich mit der anderen Hand an der Türöffnung festhielt. »Werden Sie mir helfen? Wenn nicht, weiß ich nicht, was ich tun soll.«

»Natürlich werde ich Ihnen helfen«, antwortete er schnell. »Deshalb bin ich ja hier.«

Das schien sie zu beruhigen. Sie wackelte mit dem Kopf und schlurfte in die Küche.

Martin wandte seine Aufmerksamkeit dem Teppich zu. Er hatte ein orientalisches Muster mit knochenweißen Durchzugfäden. Von der Mitte aus verbreitete sich ein langer, spinnenförmiger Fleck. Er endete in einem dunklen, ovalen Umriß, der wie ein Magensack aussah.

Er kniete nieder und strich mit der Hand über den Teppichflaum, als könnte ihm das weiterhelfen.

Der Fleck bedeckte seine Knöchel.

Er zog die Hand zurück.

Der Fleck kehrte auf den Teppich zurück.

Er stand auf und umkreiste ihn. Der Fleck wurde größer und dehnte sich bis auf den blanken Fußboden aus.

Er lachte auf und sah vom Lampenschirm zu den Vorhängen und dem Sofaende zwischen Lampe und Tisch.

Das war's.

Der Fleck? Der Fleck war nur ein Schatten, der größer wurde, wenn die Sonne sank. Der mit dem Aus- und Anknipsen der Lampe verschwand und wiederkehrte. Ein Schatten. Sonst nichts.

Er schüttelte den Kopf, spazierte seltsam erleichtert im Zimmer herum und hörte wieder Stimmen aus der Küche.

»Keiner der Toten konnte identifiziert werden . . .«

Wahrscheinlich lief ein Radio oder ein Fernseher.

Er setzte sich an den Tisch. Dabei bemerkte er eine signierte Fotografie an der Wand, auf der ein Mann in grauem Anzug verschiedenen nicht besonders bedeutenden Berühmtheiten die Hand schüttelte. Eine davon war ein alter Schauspieler, der in den meisten billigen Science-fiction-Filmen mitgespielt hatte. Martin hatte alle, oder wenigstens die meisten dieser Streifen gesehen, entweder sofort als sie in den Kinos liefen oder später im Fernsehen. Ein Zertifikat war mit einer Widmung versehen. »Für Albert Zugmann / von der / Baron Frankenstein Gesellschaft / in Anerkennung seines Beitrages für das Genre.«

Ja, natürlich: Der Mann im grauen Anzug war kein geringerer als der späte Albert Zugmann, König der ›B‹-Filme. Als Martin noch ein Junge gewesen war, waren Zugmanns Filme seine absoluten Favoriten gewesen. Vielleicht hatten sie sogar den Grundstein für seinen Geschmack am Grotesken gelegt. Wie oft hatte er sich Samstag abends ins alte Rialto-Theater geschlichen, um sie sich immer wieder anzusehen.

Er sah sich die Standfotos genauer an. Das hier war aus *Robot Invader*, um 1953. Und das aus *I was a Teenage Dracula*, ungefähr 1958. Auch *Hippie High School* von 1967 war dabei. Das war Zugmanns letzter Versuch, eine andere Art Film zu machen. Der Versuch scheiterte. Genauso war es ihm auch im Leben ergangen. Soweit Martin sich erinnern konnte, war Zugmann in den frühen Siebzigern, von allen vergessen, gestorben.

Die fliegende Untertasse? Die stammte wahrscheinlich aus dem Film *Mars vs. Earth*. Klar.

Und die alte Frau war wahrscheinlich Mrs. Zugman persönlich, ehemals Modell und Schauspielerin.

Mein Gott, dachte er.

Er mußte etwas für sie tun. Es mußte eine Möglichkeit geben, ihr wenigstens einen Bruchteil der schönen Stunden, die er gehabt hatte, zurückzuzahlen.

Dann fiel es ihm wieder ein.

Er hob das Sofaende an, verschob es um dreißig bis fünfunddreißig Zentimeter und stellte es so hin, daß es nicht in direkter Linie zur Lampe stand. Fertig. Jetzt gibt es keinen quälenden Schatten mehr, dachte er.

Aber es kam ihm zu wenig vor.

Gab es nicht noch etwas, was er für sie tun konnte? Etwas, was sie beruhigen würde?

Er wartete, aber sie blieb in der Küche.

Er ging im Zimmer umher, einem Durcheinander von Objekten und Erinnerungsstücken; eine traurige Mixtur aus vornehmem Mobilar und fadenscheinigem Chintz. Bei seinem Rundgang fielen ihm zum ersten Mal die an einer Wand gestapelten Pappkartons auf. Einige enthielten Krimskram wie Statuen, Vasen, Bilder. Die alte Frau oder sonst irgendwer bereitete wohl einen Umzug vor.

Er wandte sich in Richtung Flur.

Es war ein Keksdosen-Apartment mit zwei winzigen

Zimmern, einer Küche und einem Bad. Er knipste die Badezimmerlampe an.

Die Wanne aus nachgemachtem Porzellan war mit zahlreichen Schichten verschütteten Hautpuders bedeckt, das im Laufe der Jahre hart wie Zement geworden war.

Er schaltete das Licht aus.

Im Schlafzimmer entdeckte er eine durchsichtige Sauerstoffmaske, die mit einem Sauerstofftank verbunden war. Die Strahlen der Straßenlampe warfen scharfe Schatten über das Bett.

Er hörte hinter sich ein Geräusch. Er kam sich wie ein Unbefugter auf verbotenem Terrain vor und schlich ins Wohnzimmer zurück.

Sie stand am Tisch.

»Oh!« kreischte sie. »Oh, mein Lieber! Was haben Sie getan?«

»Entschuldigen Sie«, sagte er rasch. »Ich habe mich nur gefragt, ob ich noch etwas für Sie tun könnte . . .«

»Sie dürfen nichts anfassen!« Sie preßte die Hände vors Gesicht und starrte mit wässrigen Augen auf das Sofa. »Es ist alles, was mir geblieben ist. Ich kann hören, wie sie sich wie Diebe in der Nacht, wie Ameisen, heranschleichen. Oh, Sie sind einer von ihnen, nicht wahr? Sie sind genauso wie die anderen!«

Sie stolperte in Richtung Küche.

»Ma'am?« Er folgte ihr. »Bitte, glauben Sie mir, ich habe nur versucht, Ihnen zu helfen. Mrs. Zugman?«

In der Küche saß noch eine zweite Person. Eine Frau in weißer Uniform.

»Zwingen Sie mich nicht dazu, Sie zu verletzen«, sagte eine Stimme. Er wußte nicht, welche der beiden Frauen gesprochen hatte.

Er klopfte an den Türpfosten. »Ma'am, lassen Sie es mich erklären . . .«

Sie sah ihn an und humpelte aufgeregt davon. Er hörte, wie sie die Schlafzimmertür hinter sich zuzog und mit knochigen Fingern abzuschließen versuchte. Das Schloß rastete nicht ein.

Die andere Frau blieb am Küchentisch sitzen. Sie hatte die Ellbogen aufgestützt und preßte etwas mit ihren fetten Händen zusammen. Sie mochte Mexikanerin oder Mitteleuropäerin sein, er war sich nicht ganz sicher. Vor ihr stand ein transportabler Fernseher. Sie wandte den Kopf um und sah ihn aus müden Augen an.

Die Leute in den weißen Anzügen müssen Köche sein, dachte er. Das würde auch erklären, weshalb sie so wohlgenährt aussahen. Die Uniformen saßen knapp und platzten aus den Nähten.

Auf dem Ofen brodelte ein gewaltiger Kessel. Ein vertrauter Duft lag in der Luft, den er schließlich als eine starke Gewürzmischung identifizieren konnte. Der Kessel schien schon seit langem in Bereitschaft zu stehen. Aber warum? Der Kühlschrank stand offen. Die Regale waren geräumt. Es hatte den Anschein, als stünde er schon seit Tagen oder noch länger leer.

Er trat einen Schritt vor und suchte angestrengt nach ein paar einleitenden Worten. Viele Fragen schwirrten in seinem Kopf herum, die er noch nicht in Worte fassen konnte.

Ihre Hände schoben sich unmerklich ins weiße Licht, und er sah, daß sie leer waren. Nur die fleischige Masse der verschlungenen Hände.

Sie warf ihm einen ausdruckslosen Blick zu. Ihre Kiefern mahlten in einem gleichmäßigen Rhythmus. Die Lippen teilten sich. Sie hatte nichts im Mund. Noch nicht.

Plötzlich überkam ihn das Grauen, es kroch den Nacken hoch und breitete sich über die Kopfhaut aus. Er hatte so etwas noch nie erlebt.

Ihre Kiefer knirschten, ein farbloses Rinnsal rann aus ihren Mundwinkeln und lief an den Rändern des feinen, aber unverkennbaren Schnurrbartes herunter. Sie machte keine Anstalten, es fortzuwischen.

»War der Ausflug wirklich notwendig?« fragte Roger. Er brummte schon seit ein paar Häuserblocks vor sich hin. Martin ließ ihn reden und versuchte, sich durch die vorbeirauschenden Bäume abzulenken.

Kannst du damit nicht umgehen? dachte er.

Roger riß ein Päckchen Mickey Banana Dreams mit den Zähnen auf, verschlang eins und legte die anderen auf das Armaturenbrett. Er schob es in Martins Richtung.

»Hab' ich in einer Schublade entdeckt«, sagte Roger. »Weißt du, manchmal könnte ich wahnsinnig werden, wenn ich sehe, was sie alles zurücklassen.« Er versuchte zu lachen, aber es mißlang. Er leckte sich die Finger und warf das Einwickelpapier aus dem Fenster. »Ich hoffe nur, daß der alte Herr nichts über die beiden anderen Einheiten erfährt, wenigstens nicht, bevor wir unseren Wochenlohn kassiert haben. Wenn der Hausverwalter sich beschwert, sagen wir einfach, einem von uns sei es übel geworden und wir hätten uns getrennt. Was ja auch stimmt.« Roger spähte durchs Halbdunkel nach seinem Partner. »Sie hat dich fertiggemacht, nicht wahr?«

»Du hast sie erkannt, bevor es mir einfiel«, antwortete Martin. Gib's zu, dachte Martin.

Der Wagen schankte und kurvte abwärts.

Roger ließ einige Zeit verstreichen, ehe er antwortete. »Es war Lylah Lord«, sagte er verwundert. »*Die* Lylah Lord. Zuerst war ich mir nicht so sicher.« Er stellte mit glasigen Augen den Rückspiegel ein. »Aber du hast sie gesehen. Das hat dich umgehauen, stimmt's?«

»Ich habe sie gesehen«, antwortete Martin. Er sah sie noch immer, egal wie stark er versuchte, die Vision zu verdrängen. Sah das abgerissene Kleid, die spindeldürren Handgelenke, die Krampfadern und Altersflecken an den Beinen. Eine müde, sterbende alte Frau, die mit dem Tod lebte und hilflos auf das Ende wartete; es war ihre letzte Rolle, in der sie gefangen war, der sie nicht entkommen konnte. Er versuchte sie sich aus dem Kopf zu schlagen, aber es gelang ihm nicht.

»Möchtest du dich betrinken?« fragte Roger.

»Es ist schon spät.«

»Stimmt. Und morgen früh haben wir als erstes einen großen, neuen Apartmentkomplex an der Ostseite. Ich habe den Auftrag gesehen. Ich dachte nur, wenn wir zum Tal zurückfahren, weg von hier . . .«

Rogers durchtrainierte Stimme versagte.

»Ich weiß«, antwortete Martin.

»Ich habe mich oft gefragt, was aus den alten Schauspielern in dieser Stadt geworden ist. Jetzt wäre ich froh, wenn ich es nicht wüßte. Habe ich dir eigentlich schon erzählt, daß ich in sie verliebt gewesen war? Sie war jahrelang meine große Liebe. Ich habe alle Bilder von ihr gesammelt. Eins trug ich sogar in der Brieftasche. Ich möchte wissen, ob es immer noch da ist. Gütiger Herr im Himmel!«

Sie näherten sich dem Fuß der Berge, dort, wo der Elevado Way in die leuchtenden Straßen überging. Sie kamen an spärlich erleuchteten Fenstern vorbei; jedes von ihnen das müde Auge eines weiteren Privatgrundstücks, auf denen weitere traurige Melodramen abliefen. Einsam, bis zum bitteren Ende. Und zwischen den Lichtern wuchsen wie strahlende, kalte Blumen Theaterfassaden und Bildschirme, auf denen man die Gesichter von Menschen sah, die schon lange tot und vergessen waren; aus einer anderen Zeit, einem anderen Ort. Sie redeten und gestikulierten, und es würde ewig so weitergehen, bis die letzte Aufzeichnung zerriß und sich in ihre Einzelteile auflöste und mit dem Rest davongekarrt würde. Genau wie die Schauspieler, deren Bilder sich an den Wänden ihrer Apartments einrollten und auseinanderfielen. Er griff nach dem Zigarettenpäckchen auf dem Sitz.

»Wußte gar nicht, daß du rauchst, Jackie.«

»Tu ich auch nicht.«

Martin zündete sich eine Zigarette an und sah zu, wie sie im Dunkeln aufglühte und ein Stück Asche hinterließ. Er inhalierte tief, aber es half nichts. Autos rasten rechts und links an ihnen vorbei, Schlußlichter flammten auf und verschwanden in der Ferne. Einmal donnerte ein gewaltiger Transporter vorbei und brachte den Lieferwagen ins Schleudern. Es sah aus, als wolle er ihn von der Straße pusten; oder er hatte sie nur nicht gesehen. Durch die Vibrationen fiel die Asche von Martins Zigarette, der nachdenklich zusah, wie sich der Tabak in Asche verwandelte.

»Vielleicht haben wir den falschen Beruf«, sagte Roger.

Martin versuchte, ihm in die Augen zu schauen.

»Ich meine nicht die Sunshine Cleaning«, fuhr Roger fort. »Ich meine . . .« Er riß das Steuer scharf herum und bog ab. »Weißt du, das erste, was ich als Schauspieler gelernt habe, war Scheiße fressen. Und zwar ungesalzen. Und bei dir war es auch nicht viel besser. Stimmt's?«

Warum ist die Übereinstimmung so wichtig für ihn? dachte Martin.

»Ich frage mich, weshalb wir uns so verrückt machen. Kannst du mir das sagen? Ich meine, es ist bestimmt nicht schlecht, Schauspieler zu sein, wenn man die richtigen Chancen hat. Aber warum sollen wir unser ganzes Leben damit verbringen, auf etwas – ich weiß nicht was – zu warten . . .« Rogers Hände zitterten. »Ich weiß nur, daß ich nicht wie sie enden will. Das ist mir heute klar geworden. Ich glaube, wir haben uns selbst zum Narren gehalten.«

Und was jetzt? fragte sich Martin.

»Fassen wir zusammen, Jackie. Wer stellt zum Beispiel diese Dienstmädchen oder was zur Hölle sie auch sein mögen, an? Irgend jemand. Richtig? Der Typ muß im Zaster schwimmen. Ich denke, er beschäftigt auch Jungs, die nichts anderes zu tun haben, als sie am Morgen aus dem Bett zu zerren und am Abend wieder aufzulesen. Ich könnte mir vorstellen, daß er Bedarf an Fahrern hat. Das wär doch was für uns. Ein Job mit Zukunft. Was hältst du davon?«

Martin dachte daran, was er in Carlton Arms gesehen hatte. Ob es nun im einzelnen stimmte oder nicht, war egal; die Bedeutung blieb die gleiche. Große Fische fraßen kleine Fische; konsumieren und konsumiert werden. Genauso wie wir den alten Herrn ernährten und von ihm ernährt wurden. Und so weiter.

Das Gefühl kehrte zu ihm zurück. Das Gefühl, das ihn aus Carlton Arms getrieben hatte. Ich muß die Ketten zerbrechen, dachte er. Und als die Angst zunahm, dachte er: *Hier endet es.*

Sie näherten sich dem Ziel. Die Zigarette war bis auf den Filter niedergebrannt und glühte gefährlich nah an seinen Fingern, aber er merkte es nicht. Aus irgendeinem Grunde dachte er an den jungen Schauspieler, der bei einem Zusammenstoß getötet worden war, als er selbst noch ein Junge gewesen war. Der Gedanke schmerzte ihn und seine Augen füllten sich mit Tränen.

Ein Schatten fiel über sie, als sie unter einem erleuchteten Straßenschild hindurchfuhren.

»Ich möchte aussteigen«, hörte er sich sagen.

Roger lächelte ihn an. »Ich weiß Bescheid. Glaub mir. Ich sollte nach Hause fahren und mir was zu essen machen. He, ich glaube, wir kommen an einem Bob's Big Boy vorbei.

Wenn du nichts trinken willst, können wir vielleicht einen Bissen zu uns nehmen, bevor wir weiterfahren. Mann, ich hätte nichts gegen so einen Mädchen-Job. Ich wette, sie klauen den alten Vögeln alles, was nicht niet- und nagelfest ist. Was meinst du, Jackie?«

»Ich heiße Jack«, sagte Martin.

Roger fuhr schweigend weiter. Sie verließen den Freeway und fuhren in Richtung Hauptstraße. Das Erkennungszeichen des Restaurants wurde immer deutlicher, bis es den ganzen Himmel beherrschte.

»Bist du sicher, daß ich hier nicht halten soll?«

Martin antwortete nicht.

»Gut«, sagte Roger, »überleg es dir noch mal, okay? Dieses Geschäft ist etwas für Versager. Halt-dir-ein-Mädchen oder wie es auch heißen mag, wäre genau das Richtige für uns. Da würdest du nie hungrig nach Hause kommen. Versuch herauszufinden, für wen sie arbeiten. Das kannst du doch, oder?«

Nein, dachte Martin. Nein, das kann ich nicht. Er war hungrig. Aber so hungrig nun wieder auch nicht.

Diese Geschichte wurde in Zusammenarbeit mit Mark Johnson geschrieben.

Die weiche Mauer

Die Membran drohte zu entgleiten; er konnte es spüren.

»Wenn die Musik vorbei ist«, sagte sie, »schalte die Lampen aus.«

Die Platte war zu Ende (dieses Mal war es ›The Masked Marauder‹ von Country Joe and the Fish; natürlich von ihr ausgesucht), und er tat, wie ihm befohlen.

»Und wenn du dir heute nacht wieder mein Kissen schnappst, bringe ich dich um. Ehrlich.«

Mason seufzte. Jetzt ging es schon wieder los. Aber er hätte wissen müssen, daß die Nächte mit Julie die schlimmsten und besten sein würden.

Er hätte es wissen müssen.

»Natürlich, Prinzessin. Du kannst das weiche haben. Ist mir egal.«

Sie gab ein schwaches Geräusch von sich und verstummte wieder, aber ein Teil der Schärfe, die seit Beginn der

Krankheit aufgetreten war, brach immer noch durch. Die schwer zu benennenden Erregungen traten nur nachts auf. Das und noch einiges mehr hatte er Dr. Marber bereits berichtet. Es sah so aus, als könne er sich dem wohlwollenden Psychiater gegenüber zwar verständlich genug ausdrücken, aber nicht verständlich genug, um für seine Frau, sein geliebtes Mädchen, seine dunkle Nachtprinzessin, seine Julie eine Hilfe zu sein.

»Mm. Jetzt streichle mich.«

»Okay, Süßes. Eine Sekunde.« Er blinzelte ins Dunkle, griff nach der Packung auf dem Nachttisch, steckte sich eine Zigarette in den ausgetrockneten Mund, zündete sie mit einem Butanfeuerzeug an und nahm einen kräftigen Lungenzug.

Er stieß den Rauch genüßlich aus. Er kräuselte sich blau im schwachen Schimmer des Nachtlichts, das seit neuestem ständig vom Bad her leuchtete.

»Mmm. Kannst du mir den Rücken kratzen?«

Er drehte die Zigarettenspitze nach unten. Sie glühte auf und beschrieb einen weiten Bogen vor seinem Gesicht. Fast hätte er sich etwas gewünscht.

»Gerry?«

»Okay, Baby. Da bin ich.«

»Nein, hör mal. Was meinst du, hat Daredevil den Masked Marauder wirklich getötet?«

»Was?«

»Daredevil. Ich möchte wissen, ob du den toten Marauder wirklich gesehen hast. Meinst du, daß er irgendwann zurückkommt, um DD wieder zu bedrohen?«

»Nun.« Mason sog den Rauch ein, solange er noch konnte, und inhalierte ihn bis in die nackten Füße. »Damals. Dort. Jetzt.« Er stand auf und steuerte auf das Bett zu. Dabei stieß er mit den Zehen gegen einen Stapel alter Marvel-Comics und verstreute sie in alle Himmelsrichtungen. Er hielt noch immer die Zigarette in der Hand, deren helles Glühen ihm den Weg zu weisen schien; eine kleine, ersterbende Fackel. »Du weißt doch, Baby, daß du die einzige bist, die diese Comics liest. Du bist die Archivarin. Ich habe nach B.C und dem Wizard of Id damit aufgehört.«

Er fand den Weg an ihre Seite auf der runden Matratze und hielt sich am Bettpfosten fest. Der Pfosten wäre fast in seiner Hand geblieben, und Mason versuchte, die Erinnerung daran zu verdrängen, wie leicht sie ihn vor einer Stunde losbekommen und geschwungen hatte, als er schlaftrunken von seiner ersten Frau gesprochen hatte. Sie hatte ihn nach den anderen Frauen in seinem Leben gefragt, und er, müde und gedankenlos wie er war, hatte eine oder zwei versöhnliche Bemerkungen über Jane gemacht. Julie hatte den Namen noch nie gemocht. Noch nie. Er hätte es wissen müssen. Er berührte die immer noch empfindliche Stelle an seinem Kopf und sagte sich zum hundertsten Mal, daß er Janes Namen in diesem Haus unter keinen Umständen erwähnen durfte.

Es war Julie gegenüber einfach nicht fair.

Er setzte sich auf die Bettkante, drückte die Zigarettenkippe aus und sah dorthin, wo er ihr Gesicht vermutete.

Der Schein des Nachtlichts reichte nicht bis in diesen Winkel des Raumes. Aber obwohl das Licht des Viertelmondes nur sehr schwach war, hatte er sie nach wenigen Sekunden entdeckt. Zuerst erkannte er das dunkle Haar auf dem weißen Kissen, dann die leicht aufgelösten Gesichtszüge; es war wie ein Bild, das in einem Dunkelraum Konturen annimmt.

Er seufzte und streckte die Hand aus.

Die Decke – heute nacht schlief sie nur mit einem Laken bedeckt – glitt zu Boden, und er konnte den eingerollten Körper seiner Frau, der bleich wie das Laken und anfangs kaum von ihm zu unterscheiden war, undeutlich erkennen.

Sie trug nichts als das indische Leinenhemd. Natürlich. Sie sah kühl und einladend aus; wie ein barmherziger Engel, der beschlossen hatte, sein schwankendes und schlafloses Lager für die Nacht zu schmücken.

»Weißt du, was du bist, Baby? Du bist ein bezaubernder, sexy aussehender Peter Pan. Oder war es Wendy? Du weißt, wen ich meine.«

Seine Hand glitt sanft über ihren Nacken. Ihre Haut hatte die Temperatur einer langersehnten Altweibersommer-Brise. Nachdem er mit dem Zeigefinger die pfirsichflaumige Schläfe berührt hatte, streichelte er ihre Schultern und spürte die warme Fülle der Arme, der Seite; die perfekt gerundeten Brüste. Während er sie streichelte, überkam ihn eine unbeschreibliche, sehnsüchtige Zärtlichkeit.

»Sag mir«, stieß er heiser hervor, die alten Worte blieben ihm beinahe in der Kehle stecken, »wessen kleines Mädchen du bist?«

»Deins.«

»Stimmt. Stimmt genau, Prinzessin. Du hast nicht vergessen, wie es früher war? Das hast du doch nicht.« Er legte sein müdes Gesicht zwischen ihre Brüste und schloß die Augen in der Hoffnung, daß das Brennen aufhören würde. Dann umklammerte er sie und berührte mit den Daumen die unter dem Leinen verborgenen Brustwarzen.

Er hörte ihr Herz schlagen. Es ging langsam.

»Aber . . . was meinst du, Ger? Ich denke, es wäre egal gewesen, wenn sie es gezeigt hätten. Wie bei Doktor Doom. Überleg nur, wie oft die Fantastic Four gedacht haben, er wäre tot?«

Mason kniff die Augen zusammen, bis er Blitze sah.

»Und dann . . . weißt du noch, wie er eines Tages zurückkam, um sich an ihnen zu rächen und den alten Daredevil dazu benutzte. Er . . .«

»Baby«, unterbrach er sie. Seine Zähne wollten sich kaum voneinander lösen. »Baby, mußt du . . .«

». . . innerst du dich?«

Er stieß einen langen Seufzer aus.

»Hör zu, Baby. Du weißt es, nicht wahr? Du weißt es, daß ich dich liebe.«

»Sollte ich wohl. Du hast es mir heute schon drei Millionen Mal gesagt. Mein GOTT, Gerry, kannst du nicht einmal . . .?«

»Ich dachte nur, du könntest – ich meine, du bist schon einen Monat zu Hause. Erinnerst du dich?«

Sie versteifte sich.

»Ist das alles, woran du denken kannst?« zischte sie. »Was ich will, kümmert dich einen feuchten Dreck. Mein Gott, ich kann mich noch nicht einmal mit dir unterhalten.« Sie wand sich und bog den Rücken durch. »Du machst mich wahnsinnig!«

Er stand auf, die Fäuste an die Seiten gepreßt. *Er konnte die Membran, die schon vor langer, langer Zeit fortgeglitten war, beinah berühren, aber er hielt sich zurück.* Er sah ihren angespannten, knochigen, kleinen Körper und die schimmernden Streifen auf den bebenden Wangen.

»Hier. Ich hätte dich nicht aufregen dürfen. Ich glaube, ich bin übermüdet. Hier, laß mich. Laß mich.«

Mit großen, zitternden Händen rollte er sie langsam auf den Bauch. Dann schob er das dünne Hemd nach oben und fing an, sanft ihren Rücken zu kratzen, so, wie sie es mochte.

»Mmm. Mmm. Nach rechts. Höher. Fester . . .«

Mason schluckte und ließ seinen Blick durchs Zimmer schweifen. Undeutlich nahm er die vertrauten Schatten unzähliger, herumliegender Comic-Hefte wahr, die Julie aus dem Krankenhaus mitgebracht, und neue Stapel, die sie erst im Laufe dieser Woche über den Teppich ausgebreitet hatte. Alle waren vertreten: *Spider-Man, Captain America, Iron Man, The Avengers, Daredevil, X-Man, Fantastic Four, Thor, Doctor Strange, The Incredible Hulk.* Ihre neuen Freunde, die ihr nach dem Schrecken der Totgeburt Gesellschaft geleistet hatten. Laut Dr. Marber würde sie ihre Freunde, oder ein Äquivalent dazu, noch eine Weile brauchen. Um den Übergang zu sichern. Sie waren eine Gruppe freundlicher Türsteher, die ihr altes Leben bewachten. Reine Routine. Sie brauchte sie. Und sie brauchte *ihn.* Davon war er überzeugt, und er würde es nie vergessen. Bald schon würde sie ihn brauchen. Und das war jeden Einsatz wert, denn er liebte sie von ganzem Herzen. Er wußte nur eines: Er hatte es so lange ertragen und würde jetzt nicht aufgeben.

Er liebte seine Julie.

»Mmm. Das fühlt sich gut an. Ich liebe dich. Weißt du, daß ich dich manchmal richtig hasse, Ger? Du tust so etwas nur, wenn ich darum bitte . . . förmlich darum *bettle.* Ich hasse dich. Nein, ich hasse dich nicht.« Sie seufzte. »Vielleicht tu ich es. Ich weiß es nicht. Ich will jetzt schlafen.«

Er hörte ihre tiefen Atemzüge und die Grillen, die sich vor der Tür zu einem lauten Chorgesang versammelt hatten. Selbst die schwankenden Straßenlampen hörte er. Es schien Stunden her zu sein, seit er ein Auto vorüberfahren oder die Schritte eines Nachbarn gehört hatte. Er schloß die Augen, aber diesmal blieben die Blitze aus. Er fuhr fort, seiner Frau über das kühle, anmutig geschwungene Rückgrat zu streichen.

Nach einiger Zeit begannen ihre Füße unter dem Laken zu zucken, ein sicheres Zeichen dafür, daß sie fest eingeschlafen war.

Er streichelte ein letztes Mal ihren Körper, dann stand er auf.

Er stellte sich ans Fenster. Er dachte an die nächtlichen Brisen, die später, vor dem Morgengrauen, aufkommen würden, wenn die Luft sich merklich abgekühlt hätte – zu kühl für sie, dachte er –, und er ließ die Jalousien herunter und zog die Vorhänge zu.

Er bahnte sich einen Weg ins Badezimmer, wobei er sorgsam darauf achtete, Julies Sachen nicht durcheinanderzubringen. Der Mondschein war ausgesperrt, und so diente ihm das Nachtlicht als armseliger Führer. Er öffnete die Tür einen Spalt weit und preßte sich durch die Lücke. Dabei fiel ihm der zersplitterte Rahmen ins Auge, der ihn an Samstag erinnerte, als sie sich eingeschlossen und gedroht hatte, alle roten Pillen zu schlucken. Nachdem er sie anderthalb Stunden vergeblich angefleht hatte, es nicht zu tun, hatte er ein Stemmeisen geholt. Es war nichts geschehen. Sie hatte weinend in der leeren Wanne gesessen. Sie hatte nicht eine einzige Pille geschluckt.

Er ließ kaltes Wasser einlaufen.

Dann fuhr er sich mit dem Waschlappen durch das müde Gesicht und über die Brust. Er zog das Hemd aus und warf es über die Stange des Duschvorhanges.

Er betrachtete sich ausgiebig im Spiegel. Das bleiche Licht ließ ihn noch erschöpfter aussehen als sonst. Er entdeckte nichts Überraschendes. Es war nicht zu merken; nichts unter der Oberfläche.

Es spielte ohnehin keine Rolle.

Er blinzelte und fühlte nichts.

Dann verließ er das Badezimmer.

An der Tür zögerte er. Seine Frau schlummerte friedlich. Er sah sie im schwachen Lichtschein: die kleine Hand, die aus dem Laken ragte, die Lippen leicht geöffnet und die Zunge endlich ruhig. Er fragte sich, wie sie es schaffte; ihm war es noch nie gelungen, in Rückenlage einzuschlafen. Seiner Meinung nach erforderte das ein gewisses Maß an

Unbekümmertheit, das er als kleines Kind gehabt haben mochte, aber jetzt schon lange nicht mehr besaß. Er sah auf das erleuchtete Zifferblatt auf dem Nachttisch: es war ein Uhr fünfundvierzig.

Er griff hinter sich und knipste das Nachtlicht aus; diese überraschende Schwäche, auf der sie bestanden hatte. Es waren nur noch einige Stunden bis zum Sonnenaufgang. Er dachte: Heute werde ich ins Department Office gehen und zu der Sekretärin mit den billigen Jadeaugen sagen: »Hallo, hier bin ich wieder, ich bin von der ›langen Abwesenheit‹ zurück«; was für ein widerlicher Euphemismus. »Meiner Frau geht es besser«; Berichtigung: »Mir geht es besser, der Doktor meinte, ich könnte wieder arbeiten. Ja, ich bin sicher. Ich fühle mich großartig. Wie laufen denn die Dinge im Land der Heinzelmännchen? Macht nichts. Ich werde es ihm selber sagen, wenn ich ins Labor gehe. Ich werde diesem Typen sagen, er soll seinen . . .«

Vielleicht wird es so ablaufen. Heute. In dieser Woche.

Vielleicht.

Er hatte den Radiowecker nicht angestellt. Er schlief nie länger als bis zur Morgendämmerung; er konnte einfach nicht länger schlafen. Er wußte, daß er aufwachen würde. Auch in der letzten Woche war er ja immer rechtzeitig wach geworden. Ebenso in der Woche davor. Und in der Woche davor. Aber morgen würde er wieder zur Arbeit gehen.

Es sei denn, Julie sagte, daß sie ihn brauchte; es sei denn, Julie fing wieder zu betteln an. Das konnte er nicht ertragen.

Aber diesmal, so spürte er, würde er es schaffen, von hier wegzukommen. Fort aus diesem Raum, fort aus diesem Raum.

Vielleicht.

Zerren, kurz vor dem Reißen.

Er berührte die Mauer.

Glatt und kühl unter seinen tastenden Fingern, hieß er die Festigkeit des Mörtels willkommen: sie war beständig und sicher. Es war ein Fehler gewesen, ins Licht zu starren. Er war blind. Er *fühlte,* daß seine Augen blutunterlaufen waren, und fragte sich, wie schlimm es um sie stehen mochte. Im Spiegel hatte er nichts entdecken können – es pochte, wenn er sie offen hatte, und es pochte, wenn sie geschlossen waren. Auf – zu, auf – zu. Er hob den Kopf und blinzelte, aber er konnte nichts sehen. Das Abbild eines Lichtes pulsierte vor seinen Augen, aber er konnte nicht erkennen, was sich dahinter befand. Noch nicht. Seine Augen würden einige Sekunden brauchen, bis sie sich eingestellt hatten. Okay. *Je tiefer die Schatten . . .* Er hatte bereits vor Jahren solche Löcher im Gewebe entdeckt. Das erste Mal hatten sie ihn gefunden, als er die Gassen – auf der Suche wonach? – durchstreifte. Man hatte ihn eingeschlossen und mit Thorazin vollgepumpt. Es war die Nacht, nachdem Jane während der Niederkunft von ihm gegangen war. Es wäre zu seinem Besten, hatten sie gesagt. Mittlerweile kannte er diesen Raum genauso gut wie den anderen, den schrecklicheren Ort. Dachte er. Er strich über den rissigen Türrahmen und schlurfte ins Schlafzimmer.

Er tastete nach der Wand.

Ein Rätsel.

Ein oder zwei Sekunden verstrichen, während er die Hand in die Richtung streckte, wo die Wand hätte sein sollen. Er sah sich selbst dort stehen, unsicher und hilflos umhertasten; ein Blinder, der die falsche Abzweigung genommen hat. Dann hatte er die Wand gefunden, und die Vision verschwand. Natürlich. Er kannte sein Apartment in und auswendig, besonders natürlich den Weg vom Bett zum Badezimmer und wieder zurück. *Natürlich.* Eine

Sekunde später stieß seine Hand gegen etwas Festes. Ein Bild. Es wackelte leicht, dann fiel es zu Boden und zerbrach vor seinen Füßen. Der Rahmen landete krachend in dem schmalen Abschnitt zwischen Teppich und Wand. Martin fluchte, als die kalten Glasscherben auf seine nackten Füße trafen. Er zitterte. Dann gewann sein alter Ordnungsinstinkt die Oberhand: er blieb stehen und begann, die Splitter aufzulesen.

Er griff nach der Wand.

So muß es gewesen sein: er hat sich zu rasch gebückt, und etwas war mit dem Blut passiert. Er schwankte. Zu lange, dachte er, zu lange ohne Schlaf. Er richtete sich seufzend auf und dachte an die kühlen Laken, an das Kissen, auf dem sein Kopf bald ruhen würde und die überfälligen Träume, die seiner harrten. Er erinnerte sich vage an eine alte Science-fiction-Story, die er vor langer Zeit gelesen hatte: von einem Mann, der durch reine Gedankenkraft augenblicklich größere Entfernungen zurücklegen konnte. Es verlangte ihn plötzlich danach, diese Fähigkeit auch zu besitzen; wieder sicher zu Hause zu sein, bevor etwas passierte – zum Beispiel Julies Erwachen –, das ihn davon abhalten könnte. Jetzt. Er wünschte es sich mit der Intensität und Zielstrebigkeit eines Kindes; es erinnerte ihn an die Zwangsvorstellungen seiner Knabenzeit, die er jetzt wie durch das falsche Ende eines Teleskops betrachtet sah; er lachte bitter und beugte sich mit letzter Kraft vor, um das heruntergefallene Bild aufzuheben.

Er prallte gegen die Wand.

Diesmal traf es ihn stärker. Zuviel Blut schoß ihm in den Kopf, und er verlor das Gleichgewicht. Er wollte sich mit der Hand abstützen, aber es war zu spät.

Er fiel.

»Gerry?«

Er versuchte verzweifelt, sich festzuhalten, während er

hilflos darauf wartete, mit dem Kopf aufzuschlagen, da sein Gleichgewichtssinn nicht mehr funktionierte. Er war unfähig, sich zu drehen, und fiel radschlagend durch einen Schacht ohne Ende. Er wußte nicht mehr, wo oben und unten war.

Eine Katze fiel vor seinem inneren Auge und streckte sich. Er versuchte, es ihr nachzumachen. Aber es half nichts.

»Mmm.«

Julies Murmeln drang durch die Räume.

»Um Himmels willen, Ger, laß mich schlafen.«

Er fand seine Stimme wieder. »Reg dich nicht auf, Honey. Es ist nichts. Geh . . .«

Er fiel noch immer. Er wunderte sich über das taube Gefühl.

». . . hast mir nie geantwortet«, murmelte sie, bevor sie sich auf die andere Seite rollte.

Hatte sie ihm wirklich nie zugehört? Plötzlich merkte er erschrocken, daß er auf dem Boden gelandet war.

Schmerz!

Schmerz durchfuhr schneidend seine Hände, die kraftlos zitterten.

Während in seinem Kopf alles durcheinanderwirbelte, fanden sich seine Hände wie blinde Fische. Sie waren warm und feucht.

Sie bluteten.

Das Glas!

»Nichts, nichts«, wiederholte er. Seine Stimme kam ihm übermäßig laut vor, als wäre sie in seinem Schädel gefangen. Und wieder hörte er nichts als seinen Atem und das Blut, das durch seine Ohren rauschte.

»Bist du das, Ger?« Julie klang, als hätte sie ihn nicht gehört. »Natürlich ist er es«, fuhr sie schlaftrunken fort.

»Wer sollte sonst mitten in der Nacht in meinem Schlafzimmer herumwandern? Ich sollte froh sein.«

»Beruhige dich. Ich bin gleich da«, stieß er hervor.

Und es wird mir nicht gefallen, dachte er. Er wartete auf ihre Antwort.

Aber sie sagte nichts.

Ich muß auf dem Boden liegen, dachte er. Unten: Glas. Oben: Bilder an der Wand. Die anderen Bilder. Ruhig. Er hatte keine Lust, auch noch die restlichen Bilder, die er letztes Jahr an die Schlafzimmerwand gehängt hatte, zu Fall zu bringen. Julies Minigalerie. Sie standen deutlich vor seinem inneren Auge: Julie, für alle Zeiten gefangen und erstarrt über dem Geschirr in der Küche, das Sonnenlicht vom Hof scheint ihr über die Schultern; Julie, lachend am Strand von Malibu, das Licht verwandelt ihr Haar in einen Kranz aus gesponnenem Glas. Julie, Grimassen schneidend vor einer Henry-Moore-Plastik im County Museum of Art. *Julie, Julie, Julie.* Er suchte nach einem Halt. Seine Hand berührte etwas.

»He.«

Er betastete es vorsichtig. Holzrahmen? Rechte Winkel? Glas?

»He, du.«

Nein, nichts dergleichen.

»Mein Gott, warum antwortest du mir nicht? Wenn du dich heute nacht schon nicht um mich kümmerst, so würdige mich doch wenigstens einer Antwort.«

Sie klang hellwach.

Er wollte mit ihr reden und alles erklären, während seine Finger herauszufinden versuchten, auf was sie gestoßen waren.

Es war nichts Bildartiges.

Überhaupt nichts in der Art.

»Ich – ich glaube, ich bin hingefallen, Julie. Habe ich dich geweckt?«

Pause.

»Gut, wenn du mir nicht antworten willst . . .«

Wieder Pause.

Während er auf etwas Neues stieß.

Es waren zwei.

Rund.

Glatt.

Warm.

Und – feucht.

Was zum Teufel?

Ein Seufzen. »Ob die neuen Marvel-Comics schon raus sind, Liebling?«

Er tastete sich mit der verletzten Hand die Wand hoch. Das war ein Fehler gewesen. Der Schmerz kehrte zurück. Die Wand, die verdammte Wand, mußte über und über verschmiert sein. Laß mich nur wieder auf die Knie kommen und zeig mir den richtigen Weg . . .

»Meinst du, du könntest morgen für mich zum Drugstore gehen und . . .«

Er fühlte die beiden großen, glatten, warmen, feuchten Dinger, und wußte mit absoluter Sicherheit, daß sich so etwas nicht in seinem Apartment befand und noch nie befunden hatte.

»Und wenn du schon einmal dabei bist . . .«

Ein Schauer überlief ihn.

». . . glaubst du, du könntest . . .«

Ein sehr kühler Schauer.

». . . bei Garry anhalten . . . dem Doktor . . . und mein Rezept abholen? Ich habe fast nichts mehr.«

Er stellte fest, daß er wieder gehen konnte, und machte sich so schnell wie möglich auf die Beine.

Er merkte auch jetzt wieder nicht, daß er sich vorwärtsbewegte.

»Du weißt, wie ich bin, wenn ich nichts mehr habe.«

Er bewegte sich geräuschlos weiter.

Und weiter.

Er erwartete, ans Bett zu stoßen.

Nichts dergleichen geschah.

»Vielleicht liegt es daran. Vielleicht brauche ich andere Pillen. Stärkere.«

Oder etwas.

»Meinst du nicht auch?«

Er stieß gegen eine andere Wand, die vorher noch nicht dagewesen war.

»Huh?«

»Julie? Bitte, sprich weiter, Liebling. Dann höre ich, wo du bist. Ich weiß, es klingt verrückt.«

Er kam rasch voran. Erst legte er ein paar Zentimeter, dann ein paar Meter an der Wand entlang zurück. Eine Wand, die eigentlich nicht hätte dort sein dürfen. Eine weiche Wand.

»Hast du was gesagt? Gerry?«

»Julie.«

»Ich dachte, ich hätte deine Stimme gehört.« Pause. »Wahrscheinlich habe ich mich verhört.«

»Julie, *wo bist du*?«

»Gute Nacht. Ekel.«

»Julie!«

»Julie!«

»Julie!«

Sie antwortete nicht. Alles, was er wußte, war, daß er sich an einer unmöglichen Wand entlangtastete. Sie führte immer weiter und nahm kein Ende.

Sein Atem dröhnte ihm in den Ohren.

Er mußte ihr folgen. Er hatte keine andere Wahl.

Er kam zu einer Schräge, der er mit der Hand folgte. Sie führte mehr als neunzig Grad abwärts und war ebenfalls warm und weich. Er strich über die nicht enden wollende Wand und stieß auf Abzweigungen, die anstiegen und die Richtung wechselten, wieder abwärts führten und sich in ungebrochenen Linien und Bögen und Verbindungen fortsetzten, die er nicht definieren konnte.

Die verrinnende Zeit war ohne Bedeutung.

Er spielte mit dem Gedanken, daß er dabei war, den Verstand zu verlieren.

Mason bewegte sich weiter und weiter. Sekunden wurden zu Minuten oder Stunden, die er zugleich als viel länger und viel kürzer empfand, als er sie in Erinnerung hatte. Während er sich vorwärts bewegte, wechselte die lange Wand manchmal unerwartet ihre Form und dehnte sich zu vibrierenden Wölbungen und Ebenen aus, die jede bekannte Architektur verhöhnten; obwohl er einmal in einem Buch, das er besessen hatte, Bilder von runden, organischen Gebäuden gesehen hatte, die von einem Mann namens Gaudi gebaut worden waren. Er tastete sich weiter. Nach einer Weile war er in der Lage, seine Fortschritte mit Handspannen zu messen. Die Zeit hatte sich von ihm entfernt, bis sie nur noch ein Ritual war, das er entweder vergessen oder akzeptieren konnte. Die kalte Finsternis griff nach seinem schweißbedeckten Rücken und ließ ihn zittern.

Im selben Augenblick wurde die Wand wärmer und die Oberfläche rauher. Sie fühlte sich wie grobkörnige und fadenscheinige Sackleinwand an. Zwei oder drei seiner tauben Finger gerieten in eine Spalte. Er hielt sich mit einer Hand den Ellbogen fest und zog sie heraus. Sein Puls jagte, und eine nervöse Energie trieb ihn besinnungslos vorwärts. Er bewegte sich weiter.

Nach ein paar Längen verwandelte sich die Oberfläche in einen kühlen, glatten Stoff. Er nahm an, daß er die Wärme verfehlt hatte, und fühlte sich aus einem Grund, den er nicht verstand, schrecklich einsam. Er ging schneller und tastete sich mit der gesunden Hand weiter.

Kühle.

Kühler.

Kalt.

Er hielt an.

Er verkrampfte sich und drehte seinen Körper um hundertachtzig Grad, aber um ihn herum gab es nur Leere.

Seine Arme pflügten durch die Dunkelheit.

Aus lauter Verzweiflung trat er einen Schritt von der Wand zurück und zwang sich dazu, sich im Kreis zu drehen.

Doch seine tastenden Hände trafen nur auf die fast greifbare Finsternis und sonst nichts.

Das Nichts.

Er schwankte. Er stellte sich breitbeinig hin, fuhrwerkte mit den Händen herum und geriet in Panik. Er hatte nichts, woran er sich klammern konnte. Sein Körper schnellte hoch, schleuderte ihn in ein unsichtbares Zentrum und stieß ihn gegen etwas, das sich wie Stoff anfühlte. Er zitterte und konnte nicht aufhören zu zittern. Er dachte, er hätte gerade geschrien, aber jetzt war er sich dessen nicht mehr sicher.

Die kalte Luft stach in seine entzündeten Augen. Es gefiel ihm nicht. Eine fremde Landschaft neigte sich zu seinen Füßen. Sein Atem drang wie ein mitleidloser, weißer Ton durch sein Ohr. Er dachte: Das halte ich nicht aus; das ist der Zusammenbruch. Er dachte: Das ist Wahnsinn!

Er rief nach Julie. Aber sie war nicht länger da / er war nicht länger hier. Zeit strömte hinein und hindurch und fing sich im hohlen Inneren, wehte auf und davon, und trug einen Teil von ihm an einen Ort, für den es keine Koordinaten gab, nie geben würde. Und der Wind blies durch ihn hindurch und über die Landschaft hinweg, die sich ihre eigene Form gab. Er sah sich um und blickte durch die Formen, die höhlenartigen Windungen, die zurückgehaltenen Massen und die sinnlosen, krebsartigen Vergrößerungen. Er hatte so etwas noch nie zuvor gesehen oder erlebt; *niemand hatte so etwas je zuvor erlebt oder gesehen*. Und er sah ohne Augen, und er spürte es tief in seinem Inneren, und das Licht schwand, und er war sich des schwindenden Lichtes bewußt. Er dachte an Julie. Er dachte: Wer wird sich um sie kümmern, wenn ich nicht mehr da bin?

Und er schrie und kämpfte mit der Luft. Und er zitterte und er fühlte Materie. Es waren zwei, lang, flach und weich, und er folgte ihnen. Im selben Moment wußte er, daß sie niemals enden würden, und er erinnerte sich daran, wie es war, eingesperrt zu sein. Er schrie und hörte keinen Laut. Und er schwebte in einer Ewigkeit, die weder hell noch dunkel war.

In einem letzten Anfall warf er sich gegen das Hindernis und zerrte mit aller Kraft daran. Der Schmerz! Er erinnerte sich an sein geschundenes Fleisch, riß sich die restlichen Glasscherben aus dem Handrücken und schlitzte und stach, bis nur noch eine leblose, gefühllose Masse übrigblieb. Er versuchte, sich zu befreien. Seinen Weg zu finden. Zurückzukehren.

Ausgeglitten.

Natürlich werden Sie das Ende erfahren; aber Sie wissen es bereits. Es wurde mehr als einmal beschrieben: wie sie ihn stumm mitten im Chaos hockend fanden. Dr. Marber kam vorbei, brach die Tür auf und fand den wartenden Mason. Julie lag auf dem Bett, natürlich, natürlich. Er folgte zwar nicht mehr den Umrissen ihres Körpers mit der Hand, aber er war noch immer verloren. Er hatte sie übel zugerichtet. Überall klebte Blut, selbst an der Decke. Es war dunkel gewesen, und als es hell wurde, scheute er vor dem Licht zurück. Da hockte er, anscheinend hoffnungslos in sich zurückgezogen. Anscheinend, aber nicht wirklich. Vielleicht hätte es so sein sollen. Er würde erst zu sprechen und sich zu bewegen beginnen, wenn sie ihre Hände um ihn schlangen und er ihre Stärke nutzen konnte. Er bewegte den Kopf nicht, sondern blickte nur geradeaus. Vielleicht sah er auch überhaupt nichts. Er hatte verloren, starrte vor sich hin und wartete. Wartete darauf, daß es zu Ende ging; wartete auf die Morgendämmerung.

Einer wie du

Eines Morgens lagen sie zusammen im Bett.

»Hi«, sagte sie.

Dann schloß sie die Augenlider bis auf einen schmalen Spalt, rollte wieder die Augen und zuckte mit den Lippen.

Später, als ihre Pupillen wieder in der normalen Position waren, stellte er fest, daß sie ihn anstarrte.

»Wie spät ist es?«

Er sah sie an.

Sie sah ihn an.

»Ich habe dich beim Schlafen beobachtet.«

»Mm?«

Er sah, wie sie zusammenzuckte. Sie drehte sich unter Mühen auf den Rücken.

Dann fragte sie: »Wie lange?«

»Ein paar Stunden«, antwortete er.

Sie warteten. Inner- und außerhalb des Zimmers hörte

man das Rauschen des Ozeans. Es klang wie Ein- und Ausatmen.

»Manchmal spreche ich im Schlaf«, sagte sie.

»Ich weiß.«

»Und?«

»Und was?«

»Willst du es mir nicht sagen?«

Sie versuchte, das Gesicht in seine Richtung zu drehen. Er sah ihre langen, schmalen Finger nach dem Kopfkissen tasten. Sie runzelte die Stirn.

»Verletzt?« fragte er.

»Warum erzählst du mir nicht, was ich gesagt habe?«

»Das ist es ja«, antwortete er. »Du hast gesagt, daß es weh tut.«

»Das stimmt«, antwortete sie.

»Und was schmerzt?«

»Der Ort, an dem sie uns trennen.«

»Schläfst du?« fragte er.

»Mm«, antwortete sie.

Er wußte es nie.

Sie kam nicht zurück.

Er versuchte mehrere Tage lang, sie telefonisch zu erreichen, aber er kam nicht durch.

Eines Nachmittags rief sie an, um ihm zu sagen, wie schön es sei, wenn er bei ihr wäre.

Er pflichtete ihr bei.

Als sie auf sein Klopfen nicht reagierte, brach er die Tür auf und verschaffte sich Einlaß.

Die Katze döste auf einem leeren Wohnzimmerregal. Sie rang nach Luft, und ihre Augen waren nur Schlitze. Es war heiß. Die Schlafzimmertür war angelehnt. Er trat ein und sah sie zusammengerollt auf den blauen Laken liegen. In einer Hand hielt sie noch den Telefonhörer, die andere hatte sie schützend um ihren Körper geschlungen.

Er setzte sich hin, aber sie sah ihn nicht. Mehr als einmal stieg er über sie hinweg und bewegte die Tür, um frische Luft herein zu lassen. Er ließ Wasser laufen, stellte den Fernseher so laut, daß er ihn hören konnte, und schlug die Kopfkissen auf. Aber sie wollte nicht aufwachen.

Als die Sonne sank, schloß er die dünnen Vorhänge, um sie vor den Strahlen zu schützen, dann beugte er sich und fächelte ihr mit einer zusammengefalteten Fernse tung Kühlung zu. Das wellige Haar klebte am Kopf; Ohren hatten die zierlichsten Windungen.

Es war schon dunkel, als sie endlich erwachte. Ihre Augen waren glasig. Es schien, als wären sie mit einer feinen, durchlässigen Membran bedeckt.

Sie lächelte.

»Wie geht es dir?« fragte sie.

»Was war es diesmal?« fragte er. »Du hast schwer geatmet und ununterbrochen den Mund bewegt, aber ich habe kein Wort verstanden.« Er wartete. »Kannst du dich erinnern?«

Sie grübelte und schien nach einem Faden zu suchen, der sie zurückführen würde, bevor der Traum sich in Luft auflöste.

»Ich dachte, wir wären bei *ihm*«, sagte sie. »Ich versuchte dir zu sagen, daß du gehen müßtest, bevor er nach Hause käme. Ich konnte nicht aufwachen.«

Sie lächelte.

»Ist das nicht verrückt?«

»Wer?« fragte er. Aber es war zu spät.

Den nächsten Morgen verbrachte er mit der Umgestaltung seiner Wohnung.

Vielleicht half das.

Er band die fadenscheinigen, blauen Vorhänge zurück, putzte die Fenster, warf ein Fell übers Sofa und schob es zum Fenster, das auf die Bucht hinausging. Sie hatte oft stundenlang hier gesessen und in den Nebel gestarrt, der sich zu dieser Jahreszeit über dem Wasser bildete. Er schüttelte die Kissen der Couch aus und legte sie vor der gegenüberliegenden Wand auf den Boden, damit sie dort später gemeinsam den Sonnenuntergang betrachten könnten.

Er wusch das Geschirr, stapelte die Zeitungen im Wandschrank, versteckte die Socken und fand einen kleinen Tisch, den er in die Nähe des Fensters stellte, damit sie nicht so oft aufstehen müßte. Dann holte er die Sperrholzplatte und schob sie zwischen Matratze und Sprungrahmen. Sie hatte recht: Das Bett war einfach zu weich. Aber das war ihm aufgegangen, nachdem sie es erwähnt hatte.

Er ertappte sich dabei, wie er von Zimmer zu Zimmer ging und versuchte, wie sie zu sehen und zu fühlen. *Ja,* dachte er, *so ist es besser, viel besser. Jetzt wird sie nichts mehr verletzen.*

Dennoch stimmte hier etwas nicht. Irgend etwas war irgendwo noch nicht in Ordnung, stand entweder nicht am richtigen Platz oder fehlte völlig. Aber der Morgen verstrich, und was immer es auch gewesen sein mochte, er hatte es nicht entdeckt.

Der Nachmittag kam und ging, und sie war noch immer nicht aufgetaucht.

Er versuchte, sie anzurufen. Jedes Mal schaltete sich das Mädchen vom Auftragsdienst ein. Wie sie schließlich zugab, hatte sie die strikte Anweisung, nur eine einzige Person zu verbinden. Sie hörte sich noch nicht einmal an, was er zu sagen hatte.

Er traf in der Dämmerung ein. Er hörte die Lebensgeräusche unsichtbarer Menschen in isolierten Häusern. Ganz in der Nähe schien jemand Musik zu spielen.

Das Lied singe ich für dich, dachte er.

Er klopfte, aber niemand öffnete.

Er schüttelte den Kopf und versuchte, sich an sie zu erinnern.

Als er sich anschickte, gewaltsam einzudringen, entdeckte er, daß die Tür offen war.

Im Wohnzimmer war es warm. Die Luft roch abgestanden, als wären Tür und Fenster lange nicht mehr geöffnet worden. Er näherte sich dem Schlafzimmer, als er sie auf alten Kissen liegend hinter der Zimmertür entdeckte.

Sie hatte die Augen nur teilweise geschlossen. Zwischen den Lidern schimmerte der Augapfel. Sie hatte die Arme um Kopf und Nacken gelegt, wie ein Kind bei einer Katastrophenübung.

»Hast du mein Klopfen nicht gehört?« fragte er sie.

Sie riß die Augen auf und blickte verwirrt hoch, so, als erwartete sie, sich selbst zu sehen. Dann ließ sie den Kopf zurücksinken.

Er ging zu ihr und strich mit dem Finger über ihre Wange. Sie gab ein verschlafenes Geräusch von sich.

»Nun?« fragte er noch einmal.

»Was?« antwortete sie. »Oh, ich dachte, das Geräusch käme aus der anderen Wohnung.«

»Was für eine andere Wohnung?« fragte er.

Als sie nicht antwortete, beugte er sich vor, um sie zu küssen.

Das Lied singe ich für dich.

Der Hörer in seiner Hand wurde warm, bevor er es noch einmal versuchte.

Das Mädchen vom Auftragsdienst schaltete sich ein.

Diesmal sprach er mit verstellter Stimme. »Machen Sie die Leitung frei«, befahl er in barschem Ton.

»Wer spricht dort, bitte?«

»Was glauben Sie?« antwortete er. »Ich bin sicher, sie hat Sie auf meinen Anruf vorbereitet.«

Eine überraschte Pause, das Rascheln von Papier. »Lassen Sie mich einmal sehen. Sie müssen . . .«

Sie erwähnte einen Namen, den er noch nie zuvor gehört hatte.

»Natürlich. Sie sind wohl noch nicht lange dabei?«

Sie zögerte. Im Hintergrund hörte er ein Summen; Stimmen, die andere Anrufer unterbrachen, und Nachrichten, die aufgenommen und weitergegeben wurden.

»Ich werde jetzt noch einmal wählen und wäre Ihnen sehr verbunden, wenn die Leitung diesmal frei bliebe«, sagte er. »Haben Sie mich verstanden?«

»Ja, natürlich«, antwortete das Mädchen eifrig. »Hm, bitte warten Sie eine Sekunde«, fuhr es fort. »Es – es tut mir leid, aber sie ist heute nachmittag nicht zu erreichen. Bedauerlicherweise.«

Er wurde wütend. »Aber sie wird doch eine Nummer hinterlassen haben, unter der sie erreichbar ist, nicht wahr?«

»Ich sehe nach. Ja, hier ist eine Nachricht. Ich soll Ihnen sagen, daß sie in der ›anderen Wohnung‹ ist. Sie wüßten schon, wo genau.«

Er war mit seinem Latein fast am Ende. »Stimmt. Aber in welcher von beiden? Jetzt sagen Sie mir nur nicht, daß sie mich wieder mit einem ihrer Ratespielchen abgehängt hat.«

Es war hoffnungslos, aber er wartete.

»Hören Sie zu«, sagte er, »dies hier ist ein Notfall, und ich habe wirklich keine Zeit, um wieder zurückzugehen.«

»Äh, ich werde sehen, was ich machen kann. Ich habe den Anruf nicht entgegengenommen. Warten Sie bitte einen Augenblick, ich werde versuchen, das Mädchen ausfindig zu machen, das damals Schicht hatte.«

Die Leitung war einen Moment lang tot.

Ich glaube es einfach nicht, dachte er, *es funktioniert.*

Sie schaltete sich wieder ein.

»Es war jemand von der Spätschicht«, meldete sie. »Ich vermute, daß sie in der letzten Woche verschiedene Nachrichten für Sie hinterlassen hat. Sieht so aus, als würde sie immer mitten in der Nacht hier anrufen. Da sie bis heute nicht mit uns telefoniert haben, liegen die Nachrichten immer noch auf dem Tisch. Die erste lautete: ›Sagen Sie ihm, wir treffen uns im Ocean-Front-Studio.‹ Okay? Das könnte die Wohnung sein.«

»Gut«, antwortete er.

»Tut mir leid. Gewöhnlich gibt es hier kein Durcheinander. Es ist nur, weil – nun, sie hatte so viele Nachrichten für Sie hinterlassen –, und da Sie nie angerufen haben, hat das Mädchen sie wahrscheinlich mit den Notizen der letzten Woche zusammengeheftet.«

»Danke«, sagte er.

»Danke für Ihren Anruf. Wir haben uns schon gefragt, ob Sie jemals . . .«

Er hängte auf.

Sie brauchte lange, um wach zu werden.

Ihre Lippen waren leicht geöffnet, und das Weiße der Augen schimmerte zwischen den Lidern hervor. Sie wehrte die Hand an ihrer Schulter, ihrem Nacken, ihrem Kopf, mit schwachem Protest ab, bis sie ihr nicht länger widerstehen konnte.

Ihr Gesicht verzerrte sich. Sie versuchte aufzustehen und kämpfte verzweifelt darum, gerade aus den Augen zu schauen.

»Was ist los?« brummte sie.

»Du hast sehr lange geschlafen«, sagte er mit ungewohnt sanfter und zärtlicher Stimme. »Ich warte schon seit Stunden. Es ist schon reichlich spät.«

Er strich ihr über den Hinterkopf, die Daumen hinter den Ohren.

»Nach dem Zucken deiner Augen zu schließen mußt du geträumt haben.«

Sie schüttelte den Kopf und versuchte einen klaren Gedanken zu fassen.

»Mir kam es so vor, als wäre jemand an der Tür gewesen und hätte versucht, hereinzukommen«, sagte sie.

»Keine Angst, das war ich.«

»Oh, dann war es also wahr.« Ihre Blick schweifte ab, dann fixierte sie ihn. »Aber warum? Es ist doch deine Wohnung. Hattest du deinen Schlüssel nicht dabei?«

»Ich – ich habe ihn vergessen.«

»Oh.« Sie streckte sich. »Macht nichts. Es war nur so seltsam. So realistisch. Ich dachte, jemand wäre bei mir. Und weißt du was? Er sah dir sehr ähnlich.«

»Und wo ist er jetzt? Im Wandschrank?«

»Keine Angst – er sah nicht so gut aus wie du. Er wollte nicht verschwinden, obwohl er genau wußte, daß du jede Minute kommen konntest. Ist das nicht seltsam?«

»Wie ein offenes Grab«, antwortete er nachdenklich.

»Ich weiß«, sagte sie, als wäre es wirklich geschehen.

Sie starrte ihn so lange an, bis er etwas sagte.

»Und?«

»Das ist alles. Ich weiß zwar nicht weshalb, aber ich

glaube, ich würde mich gerne daran erinnern.« Sie begann zu weinen. »An alles.«

»Nimm's nicht so schwer.«

Er trat näher.

»Er versuchte, nett zu mir zu sein. Ich denke, du warst es. Die ganze Zeit.«

»Ich liebe dich«, sagte er.

»Du weißt, daß ich dich brauche. So sehr brauche. Ich weiß wirklich nicht, was mit mir los ist. Ich verspreche dir, ich werde versuchen . . .«

Er drückte ihren Kopf beruhigend an sich. Sie schlang die Arme um seine Taille, und sie hielten einander fest.

»Ich weiß«, flüsterte er. »Mach dir darüber keine Gedanken. Ich bin bei dir, und ich mag dich so, wie du bist.«

Er ging die Treppe hinunter.

Die voluminöse, blaue Draperie, das tiefste Blau, das er jemals gesehen hatte, harmonierte perfekt mit den weißen Wänden und der Decke, und als er an dem Behang vorbeiging, spielte er mit dem Gedanken, an der Schnur zu ziehen, um die erhebende Aussicht auf den Pazifik zu genießen, den sie verbarg.

Statt dessen drehte er sich um und blieb einen Augenblick vor dem Spiegel stehen, den man unterhalb des Lofts aufgehangen hatte und von dem aus man das ganze Zimmer übersehen konnte.

Er sah, wie die Katze sich nach einem Schläfchen langsam vom dicken Teppich erhob. Ein zufriedenes Lächeln umspielte seine Lippen, als er die Sofas, Stühle, die exquisite Einrichtung betrachtete.

Er blieb gebannt stehen und lauschte den Wellen, die gegen die Stützen des Hauses schlugen. Er beugte sich vor, um die Stereoanlage anzuschalten, aber er brachte es nicht fertig, den Zauber zu zerstören. Es schien, als käme das Geräusch aus dem Hausinneren. Er erinnerte sich.

Die ersten Bilder des Traumes verblaßten bereits.

Er konnte sich noch daran erinnern, daß er sich irgendwo in einem Bett herumgewälzt hatte; einem einsamen Bett, in das niemals jemand stieg. Auch dort war das Meeresrauschen zu hören gewesen. Er hatte von einem Mädchen geträumt, das ihn genau so brauchte wie er sie. Und als der Traum zu Ende ging, war sie da. Und sie brauchte jemanden; sie brauchte jemanden, der sich um sie kümmerte. Dieser Teil war richtig herausgearbeitet worden. Das war nicht schwer gewesen.

Aber er hatte vergessen, daß auch sie träumen würde.

Schon bald brauchte sie andere Dinge, zum Beispiel mehr Zeit, die sie außerhalb des warmen, kleinen Hauses verbrachte, das er sich für sie ausgedacht hatte. Tatsächlich brauchte sie etwas Besseres als sein bescheidenes Strandhaus. Es war immer das gleiche. Aber diesmal hatte er die Straße ihrer Träume gefunden. Er war auf- und abgefahren, bis er ihren Wagen im Schatten eines Tores entdeckte . . .

Vor der Garage eines Hauses, in dem jemand wohnte. Jemand, der ihren Bedürfnissen mehr entsprach.

Dieses Mal würde er gewinnen.

Er schloß die Augen und träumte von dem Gefühl feiner Strümpfe an den Beinen; hochhackigen Designerschuhen, maßgeschneiderten Hemden aus importierter Seide, gestyltem Haar. So, wie sie es wollte. Natürlich gehörten noch andere Einzelheiten dazu. Das könnte man arrangieren. Warum nicht? Es war der Mühe wert.

Sie brauchte ihn, nicht wahr?

Sie braucht jemanden, dachte er.

Er stand schwankend vor dem Spiegel, öffnete die Augen und lächelte.

Jemand wie dich.

Blutspiel

Jerry Maisley ließ den Jaguar XJ6L in die erste Parklücke hinter dem Gower-Gulch-Schauspielhaus rollen.

Es war noch keine zehn Uhr, aber die südafrikanische Sonne hatte sich bereits durch die Wolken gefressen. Er kam vor Hitze fast um; das Hemd klebte ihm am Körper. Die Klimaanlage konnte da auch nicht viel Linderung verschaffen.

Sein Körper war von Angstschweiß bedeckt.

Er wühlte in der Tasche nach einer Zigarette und fischte eine noch unangebrochene Schachtel heraus, deren Zellophanhülle feucht und schlaff war. Er machte sich an der Verpackung zu schaffen, aber seine Hände zitterten so sehr, daß er abrutschte und mit der Hand gegen die Hupe schlug.

Er fuhr hoch, als hätte jemand einen Schuß auf ihn abgegeben.

Er gab den Kampf mit der Zigarettenschachtel auf und

griff nach seiner Aktentasche, als ein Volkswagen neben ihm einparkte.

Es war Cheryl mit den Sommersprossen und dem honigfarbenen Haar, die wie eine reife Sonnenblume durch die Windschutzscheibe strahlte. Er warf ihr einen Blick zu und hob zögernd den Daumen nach oben.

Sie grinste zurück und sprang aus dem Wagen.

Er blätterte ein letztes Mal durch die mit Eselsohren verunzierten Blätter am Klemmbrett. Er hatte gehofft, er könnte allein Beleuchtung, Mikrophone und Stichwortkarten durchchecken, bevor der Stab eintrudelte. Aber jetzt war Cheryl hier, und Chuck und Marty und die anderen konnten auch nicht mehr weit sein.

So fängt es an, dachte er.

»Hi, Jer!« rief sie. »Ich habe gestern nacht noch mal mit den Kandidaten telefoniert. Sie werden auf jeden Fall um elf Uhr hier sein. Ich habe Jeff und Arlene als Reserve eingeteilt, aber ich glaube nicht, daß wir sie brauchen. Die Leute, die du ausgesiebt hast, sind okay. Alles läuft prima.«

Sie lächelte verschmitzt, als er mit den Theaterschlüsseln herumhantierte.

»Hey, Jer, laß mich das machen. Möchtest du ein Valium?«

»Jetzt sei mal ernst«, antwortete Maisley. »Zum Teufel, ich mache das seit zweiundzwanzig Jahren jede Saison. Ein Spaziergang.«

Er marschierte durch das dunkle Theater. Es roch nach Zigarren, abgestandenem Kaffee und Sprühfarbe. Immer noch von der stechenden Sonne geblendet, tastete er nach dem Samtvorhang, der den kleinen Zuschauerraum abtrennte. Plötzlich kam er sich in diesem gruftartigen Gebäude hilflos und verlassen vor.

»Cheryl?« sagte er.

Sie stieß gegen ihn. »Hier bist du also . . .«

Ihr Haar strich langsam über sein Gesicht. Er roch ihren Körper und den charakteristischen Duft, der an ihren Kleidern haftete. Patschuli. Sie hatte es ihm einmal verraten, als er danach fragte.

»Entschuldigung, Jer. Ich habe den Schalter gesucht.«

Sie lehnte sich gegen ihn, und er spürte die überraschende Weichheit ihrer wohlgeformten Brüste. Sie legte ihre kleine Hand auf seine Schulter, um das Gleichgewicht wiederzufinden.

»Schon okay, meine Schöne«, sagte er. »Ich hab's.«

Er schlang stützend einen Arm um sie. Seine Hand lag auf dem leichten Blusenstoff. Er fühlte den sanftgebogenen Rücken unter den Fingern und das schmale Nylonband eines Hauchs von BH. Mit der anderen Hand hielt er ihren Arm, während ein Teil seines Verstandes feststellte, daß seine Hände nicht mehr zitterten, wenigstens im Augenblick nicht.

»Was würde ich ohne dich machen?« sagte er.

Sie lachte und fand den Schalter.

Ihr Gesicht war nur wenige Zoll weit von seinem entfernt, ihre Augen so klar und grün wie ein Gebirgsbach.

»Ohne dich würde gar nichts laufen, Jer«, antwortete sie sanft, »überhaupt nichts. Du bist der King.«

Dann lächelte sie ihr offenes Körnerfresser-Lächeln und ging an ihm vorbei.

Er hörte sie den Flur hinuntergehen, das Klicken von Schaltern und das Geklapper der Schlüssel in den Schlössern der Umkleiden.

Er atmete tief ein und ging in den Zuschauerraum. An der hintersten Reihe blieb er stehen, versuchte, sich zu entspannen und die ganze Atmosphäre in sich aufzunehmen.

Vor ihm lag die komplett ausgestattete Bühne. Stühle, Hintergrund, der dicke Teppich. Alles war so, wie er es angeordnet hatte. Es war eine gediegene Kulisse, die, wie er hoffte, Zuschauer und Kandidaten gleichermaßen zufriedenstellen würde. Und dort, am Rand der schmalen Bühne, stand BRAINIAC, der modifizierte Karten-Sortier-Computer, den sein Stab mit genau dem richtigen Gespür für Glamour und Spannung aufgemotzt hatte.

Er sah auf die Uhr: kurz vor zehn.

Die Kandidaten würden erst in einer Stunde eintreffen. Danach gäbe es einen schnellen Durchlauf, dann eine technische Probe in bezug auf Beleuchtung und Timing. War dies alles absolviert, wurden die letzten Änderungen noch vorgenommen. Garderoben-Checks, Mikrophontests und Trockenlauf für den guten alten BRAINIAC beendeten die Vorbereitungsphase. Das war der Teil, der sein Herz schneller schlagen ließ. Denn ein einziger Schalter in der falschen Position oder eine Glühbirne, die nicht im richtigen Moment blinkte, und die ganze Show ging den Bach hinunter.

Und das wäre das Ende von Jerry Maisley.

So einfach war das.

Diese Saison war anders als die vorangegangenen. Besonders nachdem *The $ 200 000 Joke* letztes Jahr so schlecht abgeschnitten hatte und *The Big Bluff, Do You Trust Your Children?* und selbst Dauerbrenner wie *Tea Time with Goldie* in der gleichen, dreizehnwöchigen Periode eiskalt gestrichen worden waren.

Und wie jeder andere Produzent in Clown Town war er immer nur so heiß wie sein letzter Hit.

Und deshalb – deshalb könnte er von der Provision leben, den Winter in Palm Springs verbringen und sich ein schönes Leben machen, bis ihm das nächste gewinnbringende Projekt in den Schoß fiel. Oder nicht?

Falsch!

Weil ihn die Vergnügungsreisen nach Vegas und der parasitäre Buchhalter ruiniert hatten. Vollkommen. Er war bis über beide Ohren verschuldet. Egal, wie man es drehte, es lief immer auf das gleiche hinaus.

Tube City.

Es sei denn, *MoneyMates* schaffte es. Das vielversprechende Show-Konzept, sein bester Schuß. Der einzige Schuß, der ihm noch geblieben war.

Deshalb hatte er das kleine Theater gemietet und einen Produktionsstab angeheuert, der willens war, erst einmal ohne Geld zu arbeiten. Er hatte seinen letzten Kredit in den Bühnenapparat, die Ausstattung, Büro und Telefonleitungen gesteckt – und in Hotelsuiten für die Snobs von den Sendern. Zum Beispiel für den Mann aus dem Osten, der sich seine Test-Präsentation anschauen würde – vom Band. Es war eine Schande, aber so lief es nun einmal. Sobald er einen sicheren Sendetermin in der Tasche hatte, würde der Rubel rollen. Dann hätte er endlich Geld, um seine Truppe auszuzahlen. Geld, um mit dem niedrigsten Budget in Produktion zu gehen. Geld zum Überleben.

Geld, um sich bei den Jungs mit den weißen Hemden und den Nadelstreifenanzügen niederzulassen.

Nein, natürlich liefen sie jetzt nicht mehr so herum. Aber sonst hatte sich nichts geändert: Sie parkten immer noch ihre Autos wie Rüpel mitten auf der Straße, trugen Sonnenbrillen und Narben, lungerten am Nebentisch herum und telefonierten wie selbstverständlich mitten in der Nacht.

Maisley zuckte zusammen, als Chuck und Marty auf die Bühne marschierten. Sie überprüften die Bestandsliste.

Er ging zu ihnen.

»Da ist er ja«, sagte Chuck. »Der King persönlich.«

»Wie lautet die Parole, Jerry?« fragte Marty. »Wir stehen alle mit Gewehr bei Fuß.«

»Wer von euch Clowns gibt mir eine Zigarette?« sagte Maisley.

»Sieh mich nicht so an, Mann. Ich bin seit Montag auf Entzug.«

»Hier«, sagte Chuck. Er warf Maisley eine Packung zu.

Maisley fing sie mit zitternden Händen auf. O Gott, dachte er. Jetzt fängt das schon wieder an. Das fehlt mir gerade noch.

Er steckte sich eine Zigarette in den Mund und suchte gerade nach Streichhölzern, als Cheryl neben ihm auftauchte.

»Hey, erinnerst du dich an Jeannie?« fing sie an. »Die Kandidatin mit den, äh . . .«

»Möpsen«, beendete Marty den Satz.

Maisley nahm Cheryl beiseite. »Was ist mit ihr?« fragte er angespannt.

Einen Herzschlag lang hielt sie ihn mit ihren schimmernden Augen gefangen. Dann breitete sich ein strahlendes Lächeln über ihr Gesicht aus.

»Sie kann nicht kommen. Aber keine Sorge. Ich hab' gerade telefoniert. Ihr Ersatz ist schon unterwegs.«

»Gut. Das ist sehr gut«, stieß Maisley hervor. Die mentholhaltige Zigarette schmeckte ekelhaft. Er wünschte, er hätte was Richtiges zu Rauchen, und erinnerte sich an die ungeöffnete Packung in seiner Tasche und kramte nervös herum. Er fragte sich, ob . . . Nein, er würde sie nicht fragen, ob sie ihm die Schachtel öffnen könnte. »Und los geht's.«

Stunde Null minus fünfzehn Minuten.

Maisley ging hinter die Bühne und schaute durch einen Schlitz im Vorhang. Alle waren da: NBC in der vordersten Reihe, CBS in Reihe Drei, ABC in der hinteren Mitte, ihrem Lieblingsplatz, wie Maisley wußte.

Cheryl berührte ihn am Ellbogen. »Psst. He, Jer.«

»Wo ist Alex?« flüsterte er. »Sag ihm, er soll seinen faulen

Arsch in Bewegung setzen und mit dem Aufwärmen anfangen!«

»Er ist schon dabei. Hey, Jer . . .«

»Was meinst du, Babe? Kannst du ihre Gesichter sehen? Ist es zu heiß?«

»Komm schon, Jer. Es dauert nur eine Sekunde. Ich muß mit dir sprechen.«

»Wo sind die Kandidaten?«

»Nun komm schon. Beruhige dich, Jer.«

Er ließ sich von ihr bei der Hand nehmen und in die Seitenkulissen führen. Das Musikband lief jetzt über das P.A.-System. Unterhaltung mit Geschmack: Bacharach, Manilow, in dieser Art. Genau nach Plan. Er schlug den Takt mit.

Alex kam, einen Klecks Rasierschaum am Ohrläppchen, die Nase in einer Handvoll Karten vergraben, aus der Herrentoilette geschlendert. »Frachtluke, Fruchtfliege«, murmelte er. Er räusperte sich: »Fischers Fritze fischt frische Fische.« Dann sah er auf und fragte: »Wie läuft's?«

»Großartig«, antwortete Maisley. Er schlug seinem Ansager zwischen die Schulterblätter. »Jetzt bist du an der Reihe. Der Beauty-Part. Alles hängt jetzt von dir ab. Viel Glück, und jetzt verschwinde.«

»Was sonst?« antwortete Alex mit breitem Grinsen.

Cheryl zog Maisley in die Herrentoilette und schloß die Tür.

Er fixierte sie ohne mit der Wimper zu zucken. »Okay, schieß los. Es sind die Kandidaten, stimmt's? Ist etwas schiefgelaufen mit . . .«

»Ich hoffe, du nimmst es nicht zu tragisch. Es ist nichts schiefgelaufen, das schwör ich dir. Es hat nur ein paar Änderungen gegeben.«

Er starrte sie an.

»Hör zu, es ist alles nur halb so schlimm. Erinnerst du

dich an Peter und Linda und – und die anderen?« Natürlich konnte er sich an sie erinnern. Er hatte sie persönlich engagiert. »Nun, einige von ihnen – die meisten, um ehrlich zu sein – sind heute morgen nicht aufgetaucht. Ich weiß nicht, warum. Vielleicht, weil sie herausgefunden haben, daß es erst dann wirklich Geld gibt, wenn wir über den Sender gehen. *Aber*«, fuhr sie schnell fort, »die Ersatzleute sind da und noch zwei zur Reserve, für alle Fälle. Ich habe sie gerade mit Chuck im grünen Zimmer für die Show präpariert. Und weißt du was, Jer?«

Sie warf ihm einen Blick zu, der einen Eisblock zum Schmelzen gebracht haben würde.

»Ich glaube, sie sind *besser* als die Originale! Spontaner. Ich werde mal nachsehen, ob sie auf ihren Plätzen sind. Wenn Chuck das nicht schon gemacht hat.«

Sie verstummte.

»Also, ich dachte nur, ich sollte es dir sagen, damit du keinen Herzschlag kriegst, wenn sie vorgestellt werden.« Sie beugte sich vor und küßte ihn auf die Wange. »Nun? Ich habe doch gesagt, daß du dir keine Sorgen zu machen brauchst. Überlaß nur alles Cheryl.«

»D-Danke, Babe«, stotterte er. Er hatte ganz vergessen, Luft zu holen. Einatmen, ausatmen. Die letzten sechzig Sekunden waren wie eine Fahrt auf der Achterbahn gewesen.

Sein Atem ging jetzt regelmäßig. Er blickte in das offene Gesicht, die hellen Augen, sah die vollen, mattglänzenden Lippen, die sanft geschwungene Nackenlinie. Die Oberschenkel unter der Shorts. Sie ist die Art Mädchen, die man mit Butter genießen muß, dachte er.

Er öffnete die Hände. Sie zitterten stark. Er griff nach ihr.

»Du bist ein Juwel, Cheryl«, flüsterte er. »Eine Perle.« Er streichelte ihre Arme. »Wie lange haben wir noch?«

Sie neigte anmutig den Kopf. »Noch zehn Minuten.«

»Wenn ich dir sagen würde, daß du einen wunderbaren Körper hast, würdest du ihn dann an mich drücken?«

Er streichelte ihre Handgelenke, die Fingerspitzen, die Taille. Sie fühlte sich sehnig und fest an.

Er zog sie an sich.

Sie legte den Kopf auf seine Brust. Er stützte sich am Waschbecken ab. Er spürte, wie ihre Brüste sich hoben und senkten. Er stellte sich breitbeinig hin und preßte ihren Körper an seinen.

»Die Show«, sagte sie.

»Wir haben Zeit. Ich brauche dich, Cheryl. Das weißt du doch, Babe? Du weißt, daß du die einzige bist, die hier alles zusammenhält.«

Sie umklammerte seine Schultern und fuhr ihm durchs Haar.

»Jetzt«, stieß er hervor. »Genau hier.« Er berührte ihre Hüften, die Schenkel. Dann nahm er ein Bein und schlang es um ihren Körper. »Zur Hölle mit allem. Genau hier! Im Stehen. Ich brauche dich, Babe. Du weißt, wie sehr ich dich brauche.«

Er schloß die Augen und spürte, wie die Angst ihn verließ. Seine Hände zitterten nicht mehr, sondern hoben ihre Brüste und massierten sie. Er schob ihr Hemd hoch und fuhr mit einem Finger unter das elastische . . .

Es klopfte an der Tür.

»Bist du da drin, Jerry?«

»Ist ja gut«, antwortete er. »Ich komme ja schon.«

Sie betrachtete ihn amüsiert, öffnete den Mund und fuhr ihm mit der Zungenspitze über die Lippen.

»Später«, sagte sie. »Wir treffen uns hier, wenn alles vorbei ist. Du wirst sehen, du warst gut. Dich erwartet eine hübsche Überraschung.«

Sie öffnete die Tür und verschwand im Flur.

Er hörte Gelächter. Alex' geschulte Stimme und die Anfangstakte der Erkennungsmelodie.

Er richtete seine Krawatte, nickte sich selbstsicher im Spiegel zu und strich sich die Hose glatt, wobei er instinktiv zur Zigarettenpackung griff. Bei dem Versuch, sie zu öffnen, verbog er die Schachtel im Zellophan.

Er betrachtete seine Hände.

Sie zitterten.

Er traute seinen Ohren nicht.

Als er sich hinter den Kulissen herumtrieb, hörte er, wie Alex die nächste Frage stellte.

». . . Sie befinden sich in einer Spielhalle, die die ganze Nacht geöffnet hat, und versuchen, ein Mädchen anzumachen, das an ihrem Lieblingsflipper spielt. Würden Sie, Mr. MoneyMate Nummer Zwei

A) ihr anbieten, ihr das nächste Spiel zu bezahlen?

B) sie fragen, ob sie noch einen Vierteldollar übrig hat, damit sie mitspielen können?

oder C) warten, bis sie ein Freispiel gewonnen hat, dann zu ihr gehen und sie herausfordern?

Der Kandidat, ein quirliger junger Kerl im Polyesteranzug, ließ die Knöchel knacken und hob die Augen gen Himmel.

»Nun«, begann er nachdenklich. »Nun, ich schätze, ich würde sie auf dem Flipper flachlegen, mir die Schlagbolzen schnappen und sie von unten so lange mit Bällen vollpumpen, bis sie aufleuchtet und einen neuen Weltrekord anzeigt!«

Ein paar aus der Crew kicherten. Die Leute von den Sendern schnappten nach Luft.

Was macht dieser Hurensohn da? dachte Maisley wütend. Cheryl hat doch gesagt, sie hätte sie präpariert.

Was, zum Teufel, war hier eigentlich los?

»Mr. MoneyMate Nummer Drei«, fuhr Alex gefühlskalt wie ein Android fort. Er wandte sich an den nächsten Kandidaten. »Und hören Sie mir jetzt bitte genau zu, denn BRAINIAC zeichnet jede Antwort auf, um das ideale MoneyMate-Paar herauszufinden.

Nach Ihrer ersten Verabredung sendet Ihnen Ihre neue Freundin Blumen – per Nachnahme. Was würden Sie tun?

A) sie zurückschicken?

B) sie annehmen, aber ihr eine Rechnung schicken?

oder C) die Rechnung bezahlen?«

Maisley starrte den Kandidaten an. Sein Herz schlug ihm bis zum Hals.

»Ich glaube«, antwortete Nummer Drei, »ich würde sie anrufen und ihr sagen, sie soll sich die Blumen in die Fotze stecken!«

Tödliche Stille.

Das kann nicht sein, dachte Maisley, ich weiß, daß es nicht wahr sein kann.

Die Fragen stimmten. Er hatte gehofft, daß der subtile Humor eine willkommene Abwechslung zu der langweiligen Art eines Dick Clarks oder Geoff Edwards darstellten.

Aber was um Himmels willen waren das für Antworten?

»Und jetzt ist es Zeit für die Ladies«, fuhr Alex fort.

Jesus, Maria und Josef, dachte Maisley. Am besten, ich blase das Ganze ab. Und was dann? fragte er sich. Was dann?

». . . Ms. MoneyMate Nummer Eins. Sie verbringen mit Ihrem Freund einen ruhigen Abend in Ihrem Apartment, als er ein R-Gespräch von einer anderen Frau bekommt. Würden Sie . . .«

»Ich würde ihm die Eier abschneiden und sie ihm in sein beschissenes Maul stopfen.«

»Eh, und Sie, Ms. MoneyMate Nummer Zwei . . .?«

»Oh, ich würde das gleiche machen«, sagte der kleine Rotschopf, »das können Sie mir glauben. Aber erst, nachdem ich ihm den Arsch mit einem rostigen Fleischermesser ausgeweidet hätte. Dann würde ich ihn von oben bis unten vollscheißen, ihn nach draußen zerren und . . .«

»DAS«, dröhnte eine Stimme aus den hintersten Rängen, »IST GAR NICHT LUSTIG!«

Maisleys linker Arm wurde plötzlich taub. Er hielt ihn fest und stellte sich schwankend vor den Zuschauerraum, als die Frau von ABC sich ihren Schal schnappte und wütend zum Ausgang eilte.

Der Mann von der NBC starrte ihn mit hochrotem Gesicht und stechenden Augen an.

»O-okay, okay, der Spaß ist vorbei«, versuchte Maisley sie zu beschwichtigen, wobei er das erste Mal seit Jahren ins Stottern geriet. »Ein bißchen Humor. Ich bin sicher, ihr habt es nicht ernstgenommen, Leute! Ha, ha! Ich hoffe, Sie nehmen nicht an, daß wir diesen *Schauspielern* freie Hand gelassen haben. Selbst ich war eine Weile irritiert. Aber jetzt im Ernst. Ich würde Ihnen gerne unsere kleine Show beschreiben . . .«

»Wie können Sie es wagen, Jerry?« giftete der CBS-Mann, als er auf dem Weg zur Tür an ihm vorbeikam. »Nach all den Jahren. Ich bin überrascht und verwirrt. Wirklich. Ich bemitleide Sie. Das ist alles, was ich für Sie empfinde, Jerry. Mitleid.«

»Wenn Sie Selbstmord begehen wollten«, sagte einer von ABC, »dann war das der beste Weg.«

Und sie marschierten aus dem Theater. Alle. Zuerst die Ehefrauen und Sekretärinnen, kopfschüttelnd, mit angekelt verzogenen Gesichtern und zusammengekniffenen Mündern.

»Warten Sie!« schrie Maisley. »Verstehen Sie mich nicht

falsch! Was ist los mit Ihnen? Wo ist Ihr Sinn für Humor? Wo ist . . .«

Das Theater war leer.

Die Szene schien vor seinen Augen umzukippen. In seinem Kopf hämmerte es. Er rang nach Luft, drehte sich zur Bühne, aber die Kandidaten hatten sich unbemerkt davongemacht.

Er torkelte auf die Bühne.

»Marty!« krächzte er. »Chuck.« Bitte, dachte er. Bitte, mach, daß noch jemand hier ist.«

Cheryl!

Wo war sie? O Gott, dachte er. Ich brauche sie jetzt. Ich brauche sie. Was hatte sie gesagt: *Später. Wir treffen uns hier, wenn alles vorbei ist?* Genau. Cheryl, betete er. Cheryl. Du hast die Antworten, die ich brauche. Mit gebeugtem Rücken machte er sich auf den Weg hinter die Kulissen.

»Ich bin gleich fertig«, sagte Marty, der es eilig hatte, den Musikraum abzuschließen und zu verschwinden. »Hast du das gesehen? Es war, als würde man bei einem Unfall zuschauen.«

»Ich möchte nicht hier sein, wenn die Scheiße zu dampfen beginnt«, sagte Chuck und wischte sich über die Stirn.

Sie gingen auf Zehenspitzen die Treppe hinunter und blickten nervös über die Schultern zurück.

»Und was sollte das Ganze?«

»Frag lieber nicht«, empfahl Chuck. »Wir können von Glück sagen, wenn er uns bezahlt.«

»Ja, so ist das Leben in der Schnatterfabrik.«

Sie traten in den Sonnenschein.

»Dort drüben«, sagte Marty. »Kannst du sie sehen? Sie steigt gerade in ihr Auto.«

Als sie bei Cheryls Wagen angelangt waren, strömten die

sechs Kandidaten durch den Hinterausgang und umringten die Briefumschläge verteilende Cheryl. Die Kandidaten nahmen sie entgegen und verschwanden. Sie machten einen zufriedenen Eindruck, während sie die frischen Scheine zählten.

»Aha«, sagte Chuck zu ihr. »Jetzt wird mir einiges klar. Wer hat dich damit beauftragt?«

Sie sah sie an, und ihre grünen Augen funkelten wie gesplittertes Eis.

»Wißt ihr denn nicht, wer ich bin?« fragte sie fröhlich.

»Willst du wirklich eine Antwort darauf?« antwortete Chuck. Er warf Marty einen Blick zu. »Nun, ich würde sagen, Jerrys Nummer Eins verdammt ähnlich. Eine sehr gute Imitation von Mata Hari. Wenn ich wirklich das gesehen habe, was ich meine, gerade gesehen zu haben. Oder ziehe ich da voreilige Schlüsse?«

»Du kannst genausogut die Karten auf den Tisch legen, Cheryl«, sagte Marty. »Nur um unsere krankhafte Neugierde zu befriedigen.«

»Nun«, begann sie, »zur Hälfte habt ihr recht. Ich bin's, die gute, alte Cheryl. Aber mein richtiger Nachname ist Van Dornan. Ich weiß nicht, ob euch das etwas sagt?«

Sie sahen sie verdutzt an.

»Das wußte Jerry nicht, als er mich anheuerte«, sagte sie. »Er weiß es immer noch nicht. Aber ihr seid in Ordnung. Es gibt keinen Grund mehr, es zu verheimlichen. Ich bin stolz darauf.«

»Ich verstehe nicht«, sagte Chuck.

»Warte eine Minute«, meldete sich Marty. »Bei mir läutet eine Glocke. Bei dir nicht, Chuck? Es gab einmal einen Kerl mit diesem Namen bei einer dieser großen Quizsendungen. Es muß schon Jahre her sein. Er war grandios. Dann hat es einen Skandal oder etwas Ähnliches gegeben. Das $ 75 000 Risk. Erinnerst du dich? Er war derjenige . . .«

»Er war derjenige, der vorgeladen wurde, um vor der Federal Communications Commission auszusagen, als der Senat den Einsatz von Schmiergeldern und betrügerischen Manipulationen in der Branche untersuchte«, beendete sie den Satz. »Der Kandidat, der College-Professor war. Er hieß Morton Van Dornan und war mein Vater.«

Sie sah ihnen in die Augen, um zu sehen, ob sie verstanden hatten.

»Jerry hat auch diese Show produziert. Er manipulierte sie. Die Kandidaten hatten keine Ahnung. Aber sie mußten die Sache ausbaden. Sie wurden abgeschoben. Wegen Jerry Maisley. Mein Vater verlor seine Professur und war nie mehr derselbe. In dem Sommer, als ich zehn Jahre alt wurde, steckte er sich einen Gewehrlauf in den Mund und drückte ab.«

Chuck und Marty senkten die Augen und betrachteten die Kaugummipapiere und Schmierflecken im Rinnstein.

»Ich habe sehr lange auf diesen Tag gewartet«, sagte sie.

Auf der engen Herrentoilette kniete Jerry Maisley und wartete auf das Geräusch kleiner Schritte.

Sie läßt mich nicht im Stich, dachte er. Nicht Cheryl. Ich brauche . . .

Er holte die Schachtel Zigaretten aus der Jacke und riß die Hülle mit den Zähnen auf. Die Zigaretten fielen heraus und verteilten sich am Boden. Er versuchte, eine zu fangen oder von den Kacheln aufzulesen, aber in seinen verkrampften Fingern brachen sie in Stücke.

Nach einer Weile wurde ihm klar, daß sie nicht mehr kommen würde.

Er zog sich am Waschbecken hoch und suchte nach etwas, das ihm weiterhelfen könnte.

Einige Sekunden später hatte er es gefunden.

Ein Rasiermesser.

Toter Raum

Es war sein erster Morgen. Ein Klingeln riß ihn sehr früh aus dem Schlaf.

So früh? dachte er.

Er rollte auf die andere Bettseite und nahm den Hörer von der Gabel.

Es klingelte weiter.

Er blieb eine Weile auf dem Rücken liegen, um seine fünf Sinne zu sammeln. Ein Bein prickelte, als hätte er heute nacht darauf gelegen. Er spürte es kaum. Er schwang sich so gut es ging aus dem Bett und machte sich auf die Suche nach dem störenden Geräusch.

Sobald er die Vorhänge geöffnet und nach draußen gegangen war, hörte es auf.

Vom Balkon des Holmby-Hotels aus hatte er eine ungehinderte Aussicht auf ein Meer von Immergrün, das in buschigen Wellen den Sunset Boulevard und die Palisades überschwemmte. Über den Wipfeln teilten sich die Wolken und gaben dem elektrisierend blauen Proszenium, klar und voller Verheißung, einen würdigen Rahmen. Er hielt sich am Geländer fest, legte den Kopf in den Nacken und erwartete die wärmenden Strahlen der Sonne auf ihrem Weg zum Pazifik.

Das Geräusch begann von neuem und lenkte seine Aufmerksamkeit auf die Einfahrt unter ihm, wo es zum Blöken der Alarmanlage eines Autos wurde.

Er beugte sich vor. Der Alarm hörte in dem Moment auf, als eine Tür zugeschlagen wurde und eine aufgelöste Frau in weißem Overall auf den Teppich vor dem Hotel zustrebte, wobei sie eine ausgebeulte Sporttasche wie ein ausgestopftes Gürteltier schwang. Ein Page salutierte hinter ihr her, öffnete die Wagentür, glitt hinters Steuerrad, schloß die Tür und fuhr den schwarzen Mercedes in die Tiefgarage. Nachdem die Limousine in die Finsternis getaucht war, konnte man die Insignien des Hotels auf dem Schotterdach wieder lesen. Das Dach der Tiefgarage, das die Ladezone verdeckte, war trübe und verwittert, aber die eingelassenen Buchstaben waren selbst durch das gelbliche Plexiglas noch lesbar.

VAYA CON DIOS, stand dort im Kreis geschrieben. BEVERLY HILLS, KALIFORNIEN.

Er hatte es vorher noch nie bemerkt. *Geh mit Gott?* dachte er. Was soll das bedeuten? Der Gruß, den man nur aus großer Höhe entziffern konnte, mußte ausschließlich für die Gäste der oberen Stockwerke bestimmt sein, wie die geheimnisvolle hieroglyphische Einladung an die Götter in Nazcas. Er schwankte unter einem plötzlichen Anfall von Höhenangst, hielt mit beiden Händen das Geländer umklammert und zwang sich dazu, einen Schritt zurückzutreten.

Er fragte sich, ob das Management eine Ahnung davon

hatte, wie der Spruch auf selbstmordgefährdete Gäste wirken mochte. Es wäre vorstellbar, daß jemand aus den oberen Stockwerken das Emblem als Ziel betrachtete. In seinem Kopf tauchte die Vision eines verzweifelten Mannes auf, der in einem perfekten Kopfsprung nach unten stürzte, durch das Dach brach und im toten Raum hinter dem Mercedes auf das Mosaik aufschlug. Aus dieser Höhe würde ein menschlicher Körper wie ein Stein herunterfallen. Senkrecht wie ein Lot. Der Gedanke irritierte ihn.

Er atmete tief durch und wandte sein Gesicht der Morgensonne entgegen. Irgendwo spielte ein Radio eine einstmals populäre Melodie. Das Geräusch kam entweder von der anderen Seite des Gebäudes oder von den teuren Bungalows oder aber vom Pool. Klingelte da ein Telefon? Nein, es war nur das Kreischen einer Motorsäge, das – je nach Windrichtung – stärker und schwächer wurde. Vom Balkon nebenan drang Gläserklirren. Der Duft von Orangensaft erfüllte die Luft. Er öffnete die Augen.

Der Himmel über den Bäumen war fast wolkenlos, aber es würde ihn nicht überraschen, wenn bald schon Wolken aufzögen.

Er wußte nur eins mit Bestimmtheit: Vor langer Zeit hatte ihm jemand etwas unersetzlich Kostbares gestohlen. Er konnte sich nicht daran erinnern, was es war. Niemand würde zugeben, es zu haben.

Aber heute würde sich alles ändern.

Er war mit dem Anziehen fertig. Das Signallicht am Telefon war dunkel. Er wählte die Rezeption an. Keine Anrufe für ihn. Er nahm eine Schachtel Zigaretten, riß sie auf und fingerte daran herum, dann warf er sie in eine Schublade und zwang sich, sie dort zu lassen. Er versuchte das vage Gefühl zu verdrängen, etwas Wesentliches vergessen zu haben, schlüpfte in die Sandalen und fuhr mit dem Aufzug nach unten.

Das Vestibül war leer. Die zart pinkfarbenen Polster der altehrwürdigen Diwane waren noch dellenlos, und eine Ausgabe des *Architectural Digest* lag ungelesen auf dem Tisch neben der Kamin-Attrappe. Die Fotografie auf dem Titelblatt zeigte einen Raum, der dem seinen bemerkenswert ähnlich war, nur fehlte dort die Vase mit den frischen Blumen, die dem ganzen einen tropischen Touch gab. Er hinterließ an der Rezeption die Nachricht, alle eingehenden Anrufe zur Bar durchzustellen, und trat vorsichtig wie ein Besucher, der eine geschlossene Gesellschaft betritt, auf die Terrasse. Er rief sich in Erinnerung, daß der Vertrag in seinem Handkoffer ihm von jetzt an als Paß für das *Holmby* und ähnliche Hotels dienen würde. Sobald er eine sehr einfache Formalität hinter sich gebracht hatte.

Er folgte den Zeichen, die zum Pool führten.

Er kam an einem südamerikanischen Dienstmädchen in einer fleckenlosen weißen Uniform vorbei, deren Reinigungswagen farblich perfekt mit dem Grün des Teppichs und der Dekoration über den Türen harmonierte. Sie kaute an einem Knusperriegel oder etwas Ähnlichem. Der Speiseraum war geöffnet, aber er war zu aufgedreht, um zu frühstücken. Das Mädchen lächelte ihn an. Sie weiß es, dachte er. Lag da nicht eine Ausgabe von *Daily Variety* auf dem Stapel aus Laken und Kissenbezügen? Sie hatte bestimmt die Notiz gelesen, dachte er selbstzufrieden, und setzte seinen Weg unter den Stuckbögen fort.

Der Weg führte ihn an verborgenen Sommerhäusern mit heruntergelassenen Jalousien und schweren spanischen Dachziegeln vorbei, die im Sonnenlicht rötlich schimmerten. Schamlos große, eingetopfte Palmen standen schwankend in den Pavillons, schattenspendende Reihen schlanker Hortensien füllten die feuchten Beete. Entlang des Weges hingen Fotos – Ikonen gleich – von berühmten Gästen. In einem übergroßen Rahmen eben einer teilweise abgetrennten Suite steckte ein signiertes Foto von Prinzessin Gracia Patrizia von Monaco und ihrer Tochter Caroline. Eine Erinnerung an einen privaten Aufenthalt. Er erkannte die stolzen Gesichtszüge der ehemaligen Schauspielerin auf Anhieb und hielt kurz an, um ihr seinen Respekt zu erweisen. Er nickte ihr zu und schenkte ihr ein ehrerbietiges und vielsagendes Lächeln. Dann ging er, vom Sonnenlicht umflort und das Kinn hochgereckt, weiter.

Er folgte den Zeichen und kam in die abgelegensten Teile der Anlage. Gegenden, in die er bisher nur gemeinsam mit Joe Gillis eingedrungen war. Der Filmstar war mit dem dschungelartigen Terrain so vertraut wie ein Reiseführer. Auf dem Höhepunkt seiner Popularität hatte er hier so oft residiert, daß ihn das Unternehmen jetzt wie einen alten Freund behandelte. Der vorderste Tisch im Speiseraum würde solange er lebte für ihn reserviert sein, und der Oberkellner würde niemals den Salat zum letzten Gang vergessen. Nach den ersten Geschäftsessen begann Wintner ihn um diese Vorzugsbehandlung zu beneiden und sich nach dem Tag zu sehnen, an dem man ihm die gleiche Aufmerksamkeit schenkte. Heute nacht würde er, egal ob Gillis zum Dinner blieb oder nicht, es wagen, wie selbstverständlich nach Gillis' Tisch zu fragen.

Er wußte nicht, wo er sich befand, aber er marschierte mutig den gewundenen Pfad weiter.

Am Fuß einer terrassenförmigen Böschung stieß er auf einen Arbeiter, der einen Haufen Gerümpel auf den Schultern trug und auf dem Weg zum Aussichtsturm war, von dem aus man den Fischteich überblicken konnte. Wintner traf ihn an der schmalen Fußgängerbrücke und ging, ohne ein Wort zu sagen, vorbei und studierte gelegentlich die Schilder mit den Pflanzennamen. Sie waren per Hand beschriftet und benannten alle Arten, als seien sie Ausstellungsstücke. Auf weißen Kreuzen, die man entweder in den Boden gesteckt oder an die Rinde der älteren Bäume genagelt hatte, standen sowohl die volkstümlichen als auch die wissenschaftlichen Namen. Er blieb stehen, um die Schilder eingehend zu betrachten. Wie ein Tourist, der sich an jedes einzelne Detail seiner langersehnten Reise erinnern möchte, dachte er.

Einige Sekunden später wurde er vom Wimmern einer Kreissäge aus seinen Gedanken gerissen. Seine Nackenhaare stellten sich auf. Ihm war, als hätte ein Fremder seinen Namen gerufen. Er warf einen Blick durchs Laub und sah den Zimmermann ein Loch ins Dach des Aussichtsturmes sägen. Eine runde Sperrholzplatte landete in einer Wolke von Sägespänen auf dem Boden, und der klare Himmel schien wie ein blauer Mond durch die Öffnung. Wintner hatte keine Ahnung, welchem Zweck das Loch diente. Er drehte sich um und ging über die Brücke ans andere Ufer.

Der Weg führte zu einer Gruppe von Bungalows, die zur Gänze von einer Böschung verdeckt wurde. Die Eingänge waren mit einem Podest verbunden, auf dem ein langer Tisch stand, den man schon fürs Mittagessen gedeckt hatte. Jedes der kristallenen Wassergläser war von einer in Vogelform gefalteten Stoffserviette gekrönt. In den Facetten des geschliffenen Glases spiegelten sich die Bilder des angrenzenden Teiches wider, auf dem gerade eine Wolke weißen Lichtes zu landen schien. Wintner sah am Glas vorbei auf den Teich. Ein gewaltiger Schwan glitt zwischen den hängenden Reben hindurch, bog Flügel und Hals zurück in einer Pose, die so anmutig war wie das Arrangement aus gestärktem Leinen.

Ungeduldig erklomm Wintner die Böschung und schritt durch einen Hain italienischer Zypressen. Er fand sich in einem völlig unbekannten, dichten und verwilderten Gebiet wieder. Eine Ansammlung von Redwoods filterten das Licht in dämmrige Streifen. Er merkte sich im Geiste die Kurven, die er genommen hatte, damit er sich nach Anbruch der Dunkelheit nicht verirrte. Vielleicht könnte Joe Willis ihm eine Karte zeichnen. Aber das war nicht nötig. An jeder Route des botanischen Gartens standen auffällige Wegweiser.

Überall. Nur hier nicht.

Das Unterholz schloß sich wie eine Wunde hinter ihm. Er konnte nichts mehr unterscheiden. Überall sah es gleich aus. Er drehte sich, drehte sich noch einmal und versuchte, die Sonne zu finden. Die Wipfel der Redwoods drehten sich mit ihm.

Er war fast soweit, um Hilfe zu rufen oder jemanden nach der Richtung zu fragen. Vielleicht den Arbeiter? Nein! Er würde nichts dergleichen tun. Es würde sich herumsprechen. Er konnte sich schon die Überschrift von Army Archerds Kolumne morgen früh vorstellen: PRODUZENT KANN WEG ZUM SWIMMING-POOL NICHT FINDEN! Und darunter: *Kann er denn Geldgeber für Gillis' Projekt finden?* Er würde es nie verwinden. Er war so weit gekommen. Er konnte jetzt nicht aufgeben.

»Ist da jemand?«

Eine Reihe Tigerlilien flüsterten hinter seinem Rücken. Er sah sie an. Ihre hungrigen, orangefarbenen Münder schienen mit ihm zu sprechen. Er hatte das Gefühl, als bewegte sich etwas. Er hörte ein seidiges Rascheln, so nah und doch so fern.

»Hallo?« antwortete er.

»Oh! Dachte ich mir's doch. Ent-schuldigen Sie.« Die Lilien hörten auf, sich zu bewegen, und eine große, wächserne Jadepflanze fing zu zittern an und murmelte etwas mit einer weiblichen Stimme.

»Ich kann Sie hören«, sagte er. »Ich kann nur nicht . . .«

»Sind Sie der Zimmermann?«

»Da muß ich Sie leider enttäuschen.« Er konzentrierte sich ganz auf die dünne, piepsige Stimme. Er steckte die Hand zwischen zwei Bambusstengel, atmete tief ein und preßte sich durch.

Er war draußen. Es war überhaupt nicht schwer gewesen. Er kam sich wie ein Narr vor. »Ich wollte Ihnen nicht zu nahe treten.« Er beschattete die Augen. »Ich hielt nur an, um . . . um die Orchideen zu bewundern.« Waren es überhaupt Orchideen? Er hoffte es. Er war noch immer desorientiert.

Ihre Augen weiteten sich, aber sie blieb stehen. Sie neigte den Kopf verwundert zur Seite, und er konnte die Zahnräder, die sich hinter ihrer Stirn drehten, fast sehen. Sie klickten ein, als sie sich entschieden hatte. Das Poolgelände begann ein paar Meter weiter den Weg hinunter. Es wurde von einem weißen Emaillezaun begrenzt, durch dessen Gitter das Wasser wie eine azurfarbene Träne funkelte.

»Darf ich Sie zu einem Drink enladen?«

»Hm? Oh, nein. Da-danke.«

»Nun, ich glaube, ich könnte einen vertragen. Heute ist ein sehr wichtiger Tag. Es ist . . .«

»Ich weiß. Aber ich denke, Sie müssen noch etwas warten.«

»Was?«

»Die Bar. Sie ist noch nicht geöffnet.«

Er blickte an ihr vorbei. Sie hatte recht. Die Bar war leer. Es standen noch keine Gläser draußen, und der Barkeeper war auch noch nicht zu sehen. Das Wasser hinter ihrem Rücken war ruhig und kristallklar. Sie zog an einem Band und lockerte das Oberteil ihres Kleides. Es rutschte über eine Schulter. Er machte es sich in einem Liegestuhl bequem und streckte die Beine aus, wobei er sie fast mit dem Fuß berührte. Sie blieb stehen.

»Sind Sie schon lange hier?« fragte er, obwohl er die Antwort bereits ahnte. Ihre Haut war blaß wie Alabaster.

»Hm? Oh. Meistens den Winter über.« Sie schien beunruhigt zu sein. »Dieses Jahr mußte ich etwas früher kommen. Manchmal dauert alles so lange. Ich wünschte, es wäre nicht so.«

»Ich weiß, was Sie meinen«, sagte er mitfühlend. Er wollte keine Einzelheiten wissen. ›Neulich in Rom‹ und so weiter. Das war die Art, wie die Leute hier draußen sprachen, das quälende Spiel der oberen Zehntausend. Ein Spiel, das er lernen mußte. Eine schwache Brise drang durch den Windschutz und strich übers Wasser. »Ich habe selbst lange gewartet. Ich meine, ich habe mich erst letzte Nacht hier angemeldet. Aber es hat Jahre gedauert, bis das Geschäft perfekt war – oder noch länger, wenn man die Zeit dazu zählt, die es brauchte, das richtige Manuskript zu finden, die Bürgen aufzutreiben . . .«

Er verstummte. Er hatte kein Bedürfnis, weiter über sich zu reden. Sie hatten alle Zeit der Welt. Sie betrachtete ihn interessiert, weder herausfordernd noch scheu. Er war sicher, daß er genau das Richtige gesagt hatte. Er legte den Kopf gegen die weißen Polster des Stuhls und faltete die Hände.

Er fühlte sich wie zu Hause. Von einem Ort wie diesem hatte er schon als Zehnjähriger geträumt, als die herrlichen Samstagsmatinees sein Leben unwiderruflich verändert hatten. Danach war es für ihn klargewesen, daß der Film sein Leben war. Er hatte nie die Hoffnung aufgegeben. Und jetzt hatte es den Anschein, als wäre diese perfekte Kulisse extra für ihn aufgebaut worden. Die Vorarbeiten waren abgeschlossen, nun würde er den Platz einnehmen, der ihm gebührte. Das einsame Grundstück in der Nähe des Pools, das und kein anderes, hatte die ganzen Jahre geduldig auf ihn gewartet. Er war gekommen, um zu bleiben.

Die Sonne stieg höher und wärmte das Wasser. Die Reflexionen stachen wie silberne Nadeln. Er hörte ein Planschen und beschattete die Augen. Sie saß am Rande des tiefen Beckens und tauchte die Arme und Beine ins Naß. Das kurze Kleid lag verschrumpelt wie eine abgeworfene Haut neben ihr. Jetzt kletterte sie aufs Sprungbrett, machte einen Kopfsprung und fabrizierte ein hohe, durchscheinende Wasserglocke. Spritzer trafen seine Knöchel. Es war eine willkommende Erfrischung.

Sie tauchte bis zur Mitte und kam keuchend und grinsend an die Oberfläche. Spielte sie ihm etwas vor? Er war der einzige Zuschauer. Bis jetzt war noch kein einziger Sonnenanbeter aufgetaucht. Nur eine verlassene Badehütte stand am Rande der Anlage; der Zeltstoff flatterte wie eine Fahne im Wind. Er genoß das Privileg.

Er setzte sich auf, als sie sich vom flachen Wasser her näherte. Der konservative, einteilige Badeanzug klebte glänzend an ihrem schlanken Körper, eine wachsende Wasserlache bildete sich auf dem Zementboden. Er stand auf. Sie strich sich das Haar aus dem schmalen Gesicht, das jetzt mit den nassen, dunklen Locken viel kleiner, fast kindlich aussah. Sie lehnte sich gegen die Seitenstangen und wirkte jünger und verletzlicher, als er sie in Erinnerung hatte. Sie könnte meine Tochter sein, dachte er. Wenn meine Ehe gehalten hätte. Aber dann wäre mein Leben anders verlaufen. Eine Weile hatte er seine Karriere zurückgesteckt und sich um Laurie gekümmert. Aber jetzt war er wieder im Geschäft. Ohne sie konnte er wieder den Weg aufnehmen, der ihn hierhin geführt hatte. Das war genausogut – nein, unvergleichlich besser.

»Wo haben Sie das gelernt?« fragte er. Er zog die Sandalen aus, trat an den Rand des Pools und ging neben ihr in die Hocke.

Sie grinste ihn verlegen an, als hätte sie Angst, daß man sie beobachtete. Sie warf einen Blick in die Ecke, wo sich Hyazinthen im Schatten einer imposanten Königinnen-Palme zusammendrängten. Er war überrascht von ihrer Scheu, die sie noch reizvoller machte.

»Sie sollten erst einmal eins von den Mädchen sehen, die hierherkommen«, antwortete sie verlegen.

War sie deshalb so früh auf den Beinen? Weil sie die Konkurrenz fürchtete? Er stellte sich vor, wie sie sich ins Haus zurückzog, sobald der Pool voller wurde, und sich erst wieder ganz spät am Tag herauswagte, wenn alle verschwunden waren.

»Ich *habe* sie gesehen«, sagte er.

Sie fuhr mit den Zehen durchs Wasser. »Wie lange bleiben Sie noch?«

»Eh, nun, schwer zu sagen. Bis das Geschäft abgewickelt ist, denke ich. Aber ich werde wiederkommen. Das verspreche ich Ihnen.«

»Sind Sie Schauspieler?«

»Ich? Nein, nein. Ich bin . . .« Er zögerte. Es wäre das erste Mal, daß er das Wort in einem ungezwungenen Gespräch fallenließ. »Ich bin Produzent.« Oder ich werde einer sein, nach dem heutigen Tag. »Ich bin hier, um einen Star unter Vertrag zu nehmen.«

»Einen Star?«

»Meinen Hauptdarsteller.« Du kennst ihn bestimmt, dachte er, den Namen, der die Kassen klingeln läßt. Bei meinem Film. Sie ging doch bestimmt ins Kino. Er hatte das Bedürfnis, seine neue Rolle voll auszuspielen. Wäre eine gute Übung.

»Joe Gillis«, fuhr er nüchtern fort. Sie blinzelte. Unglaublicherweise schien ihr der Name nichts zu sagen. Er zwang sich dazu, seine alte Unsicherheit zu überwinden und weiterzusprechen. »Der Film heißt: *Ist da jemand?* Das Drehbuch ist ihm auf den Leib geschrieben. Wir werden im Frühling mit den Dreharbeiten anfangen – oder früher, wenn wir die richtige Hauptdarstellerin finden.« Er erwähnte nicht, daß sie bereits mit Susan Penhaligons Agent in London Kontakt aufgenommen hatten. Es gab keinen Grund, so früh am Morgen alles herauszusprudeln. Laß sie etwas träumen, dachte er. Das schadet nicht.

Er fragte sich, ob sie seinen rasenden Puls und die vorstehende Ader an seiner Stirn sehen könnte. Sie zeigte keinerlei Reaktion. Die Sonne spiegelte sich im Wasser. Er stellte fest, daß er seine Sonnenbrille vergessen hatte. Sie befand sich auf seinem Zimmer im Handkoffer. Er brauchte sie. Er brauchte sie, um ihren Gesichtsausdruck zu sehen.

»Eigentlich«, fuhr er fort, »müßte ich jeden Augenblick etwas von Joe hören. Er weiß, daß ich in der Stadt bin. Sie wissen ja, wie Schauspieler sind. Sie schlafen gerne lange und hassen es, geweckt zu werden.«

»Wirklich?«

Das war ein kostbarer Augenblick. Er würde sich bis an sein Lebensende an diesen Tag erinnern. An den Tag, an dem alle Fäden zusammenliefen.

»Ich könnte ihn anrufen, wenn ich es wollte. Ich habe seine Privatnummer.« Auswendig gelernt, dachte er. »Sobald er den Vertrag unterzeichnet hat, sind wir im Geschäft.«

Er erwähnte den Anrufbeantworter nicht. Zweiundsiebzig Stunden oder länger war Gillis nicht ans Telefon gegangen, sondern hatte es der Maschine überlassen, die Anrufe entgegenzunehmen. Aber das hatte er bestimmt nur gemacht, um im letzten Stadium der Verhandlung nicht gestört zu werden. Bei einem Academy-Award-Gewinner stand das Telefon bestimmt nicht still. Heute würde er entweder durchkommen, oder Gillis würde persönlich, mit dem Federhalter in der Hand, hier auftauchen. Er mochte das Drehbuch genausosehr wie Wintners Bürgen. Warum auch nicht? Es war die Rolle seines Lebens.

Er schaute über ihren Kopf hinweg und genoß die Szenerie. Es kam Leben auf die Bühne. Jetzt konnte der Morgen offiziell beginnen. Ein junger Latino mit Walkman betrat die Anlage. Wintner schaute zu, wie er ein Tablett mit Cocktailservietten und Rührstäbchen zur Bar brachte. Das Telefon stand bereits neben der Registrierkasse. Wintner erhob sich.

Es war Zeit.

Sie hob den Kopf. Ihre Augen strahlten wie tiefe Bergseen. Die zunehmende Hitze trocknete die Wassertropfen auf ihrem Gesicht und hinterließ Chlorspuren auf den Wangen. Plötzlich widerstrebte es ihm, sie zu verlassen. Was will sie von mir? fragte er sich. Wahrscheinlich nur ein paar Minuten Gesellschaft, ehe all die goldfarbenen Fremden herbeiströmen. Sie ist auch gerade erst gekommen, dachte er. Sie ist so blaß wie ein Albino, genau wie ich. Aber für uns beide wird sich alles während der nächsten Stunden ändern.

Er sah auf die Uhr. Ich schenke ihr noch ein paar Minuten, dachte er. Vielleicht ist es besser, wenn ich Gillis die Möglichkeit gebe, als erster anzurufen.

Er überlegte, ob er sich bis auf die Badehose ausziehen und eine Runde mit ihr schwimmen sollte. Aber er war noch nicht soweit. Sein Körper, obgleich in guter Verfassung, konnte sich mit seiner vornehmen Blässe noch nicht sehenlassen. Zum ersten Mal seit seiner Ankunft fühlte er Selbstzweifel. Er schenkte ihr ein verlegenes Lächeln und ging erneut in die Hocke.

»Haben Sie sich verletzt?« sagte er, um die entstandene

Pause zu überbrücken, und im selben Augenblick bereute er es auch schon.

Ihr Blick folgte dem seinen bis zu ihren Beinen. Auf der Innenseite ihres Oberschenkels prangte ein fingerbreites Muttermal, dessen Form vage an den nordamerikanischen Kontinent erinnerte. Er sah fort.

»Das ist nichts«, beeilte sie sich zu sagen.

Aber sie ging zum Beckenrand, sprang mit den Füßen zuerst in den Pool und schwamm ins tiefere Wasser.

»Tut mir leid«, murmelte er.

Sie kam näher. »Sagten Sie etwas? Ich kann Sie nicht verstehen.«

»Ich sagte, ich denke, ich werde jetzt anrufen.« Er warf ihr ein Allzwecklächeln zu und stand auf.

Sie trat auf der Stelle. Es tat ihm weh, sie so allein im Pool zu sehen.

»Hören Sie«, sagte er aus einem plötzlichen Impuls heraus, »vielleicht könnten wir zusammen essen gehen.« Als sie nicht zurückzuckte, wurde er mutiger. »Lassen Sie mich überlegen, wie lange es dauern wird. Er wird wahrscheinlich erst am Nachmittag aufkreuzen. Ich werde versuchen, zu meinem Zimmer zurückzufinden und etwas zu schlafen. Wir können uns später dort treffen. Oder ich rufe Sie an. Übrigens, mein Name ist Stu Wintner.«

»Vielleicht«, antwortete sie unsicher. Sie schwamm auf ihn zu. »Es hängt davon ab, ob ich . . .«

Jetzt kommt's, dachte er. Ich hätte es wissen sollen. »Sind Sie mit jemandem hier?« Er kam sich wie ein kompletter Narr vor. »Sollte das der Fall sein«, fuhr er hastig fort und zwang sich, das Spiel zu Ende zu spielen, »wäre ich entzückt, wenn Sie beide mir Gesellschaft leisten würden.«

»Das ist es nicht. Ich weiß nur nicht, ob ich weg kann.«

»Ich verstehe.«

»Wirklich?«

Er zog sich ungeschickt zurück und ging zur Bar, wo der junge Mann im weißen Jackett ein Highball-Glas polierte.

»Es war nett, mit Ihnen zu plaudern«, rief er über die Schulter und winkte. »Man sieht sich.«

Viel Glück, dachte er.

Der junge Barmann nahm einen Schäler und fing an, eine Zitrone zu schälen. Wintner schlich sich näher und nickte ihm zu, als wären sie alte Freunde. Er bestellte einen Margarita und fragte, ob er das Telefon benutzen dürfte.

Der Anrufbeantworter war immer noch eingeschaltet.

Die müde Stimme am anderen Ende war die gleiche. Sie würde sich niemals ändern, so wie Gillis' Filme sich niemals veränderten, bis nach der millionsten Vorführung das Oxyd verschwunden war. Bis zu dem Zeitpunkt, an dem sich sein fotografiertes Abbild, unverändert und in bernsteinfarbenes Zelluloid eingeschlossen, schließlich auflösen und zu Asche würde, zusammen mit Bildern seines letzten Films. Mit etwas Glück würde dieser Film *Ist da jemand?* heißen: seine größte, denkwürdigste Vorstellung und sein Vermächtnis an die Ungeborenen. Wer könnte seinen Platz einnehmen, wenn er nicht mehr wäre? Eine Art Unsterblichkeit. Wintner war eifersüchtig.

Er hinterließ eine weitere Nachricht und erinnerte Gillis daran, daß er im Hotel wartete. Er überlegte, ob er bei Gillis' Agent eine Nachricht hinterlassen sollte, für den Fall, daß der Schauspieler außer Haus war und zuerst dort anriefe. Aber es war noch zu früh. Er nippte an seinem Drink und wandte sich wieder der spiegelnden Wasserfläche des Pools zu.

Das Mädchen war nicht mehr im Wasser. Er konnte sie nirgendwo entdecken. Sie hatte sich lautlos davongestohlen, während er telefonierte. Wenn sie auf ihrem Weg nach draußen nasse Fußspuren hinterlassen haben sollte, so waren sie jetzt getrocknet. Es war nichts mehr zu sehen. Er lenkte die Aufmerksamkeit des Barkeeper auf sich. »Haben Sie . . .?« begann er.

Der junge Mann sah auf. Er knabberte an etwas Rundem, Weißen. Als er zubiß, sah Wintner, daß es hohl war, wie eine Muschel.

»Vergessen Sie's.« Sie konnte die Tochter eines wichtigen Gastes sein. Er hatte kein Bedürfnis, sich hier zum totalen Idioten zu machen. Er bezahlte den Drink und legte ein ansehnliches Trinkgeld dazu.

Bevor er die Bar verließ, befriedigte er seine Neugierde. »Darf ich Sie etwas fragen?«

Der junge Mann schob den Kopfhörer vom Ohr. Eine schwache Kakophonie aus Insektenmusik erfüllte die Luft.

»Wo haben Sie das her?« Er deutete auf das runde Ding. »Aus dem Restaurant? Ich habe den ganzen Morgen über Leute daran knabbern sehen. Ich glaube, ich habe Hunger.«

Der junge Mann bot ihm ein Stück an.

»Nein, nein. Ich möchte nur wissen, was das ist.«

»Dia de los Muertos.«

»Verzeihung?« Ob er wohl Englisch sprach? fragte sich Wintner. Er kommt nicht von hier; wahrscheinlich eine Aushilfe. Er wußte nicht . . .

Dann sah er sich das Ding genauer an. Es war einmal ein Miniaturtotenkopf gewesen, offensichtlich aus gesponnenem Zucker geformt. Vom Gesicht fehlte der größte Teil, im Inneren schimmerten lose Zuckerkörner.

»Der Tag der Toten«, erklärte der Barmann. »Am zweiten November. Ist ein großes Fest in Mexiko. Ich habe noch einen, Sir, wenn Sie möchten . . .«

Wintner hob abwehrend die Hände. »Nein, danke.«

Der Barkeeper zuckte mit den Schultern und betrachtete ihn amüsiert.

Kalifornien, dachte Wintner, und schüttelte den Kopf.

Er schlenderte mit dem Drink zum Liegestuhl zurück. Auf

dem Weg dorthin hörte er ein gedämpftes Rascheln. Es kam von der Strandhütte in einer Ecke des Geländes. Der obere Teil blähte sich auf, als die Luft ins Innere drang. Dann erstarb die Brise, und das Ganze fiel in sich zusammen und war nur noch leeres Segeltuch, wie die Sonnenschirme über den weißemaillierten Tischen. Er stellte fest, daß die Strandhütte nicht ordnungsgemäß verankert war. Als die Windstärke zunahm, knirschte die Stange. Der freigelegte Stoff blies sich auf, als atme er. Die Sonne beschien die obere Hälfte und verwandelte die Hütte in eine leuchtende durchscheinende Orange. War das da ein verzerrter Umriß? Nein. Wahrscheinlich nur der Schatten des Zaunes, der gegen den Stoff drückte. Dennoch fühlte er sich unbehaglich. Er versuchte es zu ignorieren und ging zu seinem Liegestuhl.

Zwischen den Plastikstreifen des Sitzes steckte ein kleines Stück Papier. Eine Cocktailserviette. Er zog sie heraus und stellte fest, daß es sich um eine handgeschriebene Notiz handelte.

BITTE HELFEN SIE MIR stand dort in zittrigen schwarzen Buchstaben geschrieben.

Der Mann hinter der Bar legte den Zuckerschädel beiseite und schälte weiter Zitronen.

Jetzt war er überzeugt, daß sich jemand im Zelt aufhielt.

Den Drink in einer Hand, den Zettel in der anderen, marschierte er am Beckenrand entlang darauf zu.

Der Wind blies das Zelt wie einen Ballon auf, dann zog er sich zurück, und die Seiten fielen wie eingefallene Wangen zusammen. In dem Intervall, das darauf folgte, konnte er das Rascheln ganz deutlich hören.

Es kam definitiv aus dem Zeltinnern.

Er näherte sich unter den wachsamen Augen des

Barkeepers dem Gebilde und bekämpfte den Impuls, einfach einen Blick durch die Öffnung zu werfen. Statt dessen stellte er sich auf die Fußspitzen.

Er hörte ein Stöhnen.

Die Streben? Keine Ahnung.

Aus dem Inneren starrten ihn zwei Augen an. Er trat verwirrt zurück und wäre fast hingefallen. Er schaute auf. Das Zelt öffnete sich. Eine hochgewachsene Frau stürzte heraus und funkelte ihn an. Bevor sie die Zeltklappe hinter sich schloß, konnte er noch einen Blick auf etwas werfen, das in dem unnatürlich warmen Glühen badete; etwas Blasses und beinah Formloses, das auf einem weißen Handtuch lag.

»Ja?«

Er räusperte sich. »Kann ich Ihnen helfen?«

Die Frau bewachte den Eingang. Ein Badeanzug umschloß ihre massige Fülle. Zusammengerollte schwarze Träger schnitten ihr in die teigigen Schultern.

»Sie sind neu hier«, stellte sie fest. Obwohl sich ihre hervorstehenden Augen nicht bewegten, war er sicher, daß sie jede Einzelheit, jeden Zentimeter seines Körpers überprüfte.

»Verzeihen Sie mir, wenn ich Sie belästigt haben sollte. »Aber ich wußte nicht . . .« Er sah auf den Zettel, als würde er alles erklären. Seltsamerweise zitterten seine Hände. Schweiß rann ihm übers Handgelenk und verwischte die Schrift. Er knüllte den Zettel zusammen und warf ihn fort.

Hinter ihr stöhnte jemand.

»Er bekommt Krämpfe, wenn ich ihn zu lange in einer Stellung liegen lasse.« Sie betrachtete Wintner aufmerksam. Dann trat sie beiseite. »Er sagt, daß er Sie gern kennenlernen würde.«

»Sind Sie sicher?« Wintner war völlig aufgelöst. Er fühlte

sich wie jemand, der ohne Papiere in eine Nudistenkolonie geraten war.

Die Frau streckte den Arm aus. Das Segeltuch öffnete sich.

Ein Mann lag schwitzend darunter. Das eine Bein bildete nur ein Oberschenkel, das andere war nur noch ein Stumpf. Die Frau ignorierte Wintner und legte den großen grauen Kopf des Mannes in ihren Schoß.

Sie massierte seine Schläfen und wischte ihm mit einem Tuch über die Stirn. Dann nahm sie ein Wattestäbchen. Nachdem sie ihm gewissenhaft ein Ohr gesäubert hatte, nahm sie eine Manikürschere, um die grauen Haare, die dort wuchsen, zu entfernen. Wintner stand daneben und kam sich wie ein Voyeur vor, der Zeuge eines intimen Rituals wird.

»Wir kommen immer zu dieser Jahreszeit hierher«, sagte sie. »Wegen des Wetters. Wir mögen die Kälte nicht. Nicht wahr, Honey?« Sie massierte seine speckigen Schultern und das hervorspringende Brustbein.

Der alte Mann rollte mit großer Mühe den Kopf zur Seite. Seine Augen waren schwarz wie die Perlen eines Rosenkranzes, aber mit einem Stich ins Blaugraue um die Pupillen. Sein gedrungener Oberkörper war über und über mit Narben bedeckt. Die Stümpfe, die sich dort befanden, wo seine Hände hätten sein sollen, waren zur Mitte hin zusammengezogen wie Nabel, als hätte man sie an einem Punkt im Inneren angenäht. Seine Augen suchten Wintner.

»Soll ich Ihnen etwas holen?« erbot sich Wintner. »Einen kalten Drink? Ein Glas Wasser?«

Der graue Kopf fiel in Ohnmacht. Es war unerträglich heiß. Die Sonne verwandelte die Zeltwände in weißglühende Schirme mit Gittermuster. Wintner brannte darauf zu verschwinden.

Er trat ein paar Schritte zurück und tastete nach der Öffnung.

Als wäre das ein Wink, legte die Frau den Kopf wieder auf das Handtuch zurück, steckte die Schere fort und folgte ihm.

Ihm wurde sofort kühler. Im Zelt war es wie in einer Sauna. Merkte sie das nicht? Bei einem so drastisch verkürzten Blutkreislauf wie dem seinen würde die natürliche Körpertemperatur am Morgen abnorm hoch und gegen Mittag fast unerträglich sein. War das Zelt der Ausweg, seinen Zustand vor den lauernden Augen zu verbergen? Wäre es nicht besser, wenn sie in ihrem klimatisierten Zimmer blieben? Den Mann interessierte es bestimmt nicht, daß sich ein paar Meter von der Segeltuchbarriere entfernt ein Swimming-pool befand.

»Was für ein wundervoller Tag«, sagte sie. Sie atmete tief ein und schüttelte die Haare. Von den feuchten Haaren flogen funkelnde Schweißperlen durch die Luft. »Ich habe sehr lange von diesem Ort geträumt.«

»Ja«, antwortete Wintner. Er hatte seine Stimme wiedergefunden. »Ich war gerade auf dem Weg . . .«

»Sie dürfen nicht gehen. Ich werde Sie nicht fortlassen.« Dann wurde ihr breites Gesicht neckisch wie das eines jungen Mädchens. »Wir müssen miteinander reden.«

»Sicher«, beschwichtigte er sie. »Aber ich erwarte einen Anruf. Ich komme später wieder. Ich . . .« Dann fiel ihm nichts mehr ein. »Ich hoffe, Ihrem Gatten geht es besser.« Wie sonst sollte man es ausdrücken.

Ihre Gesichtszüge erschlafften. Seine Bemerkung hatte sie auf den Boden zurückgebracht. »Er hat das Tachs-Meisner-Syndrom«, stieß sie heiser hervor. »Wir dachten, er hätte es nicht geerbt. Aber seit seinem vierzigsten Lebensjahr . . . Man kann nur versuchen, es ihm so bequem wie möglich zu machen, bevor es zu Ende geht.«

»Tut mir leid.«

»Sollte Ihnen aber nicht leid tun. Wir sind fast unabhängig.«

Er nickte und starrte den Zement an. Seine Füße waren so blaß wie damals, als er am ersten Sommertag auf den Bürgersteigen seiner Heimatstadt gespielt hatte. Noch nie war er so dankbar für den starken Spann und die wohlgeformten Zehen gewesen. Aber jetzt fiel ihm auf, daß die vierten und fünften Zehen an beiden Füßen durch das jahrelange Schuhetragen nach innen wuchsen – sie sahen fast wie Knöpfe aus. Die Nägel waren gesplittert und lösten sich langsam auf. Warum war es ihm bis jetzt noch nicht aufgefallen? Der heiße Zementboden brannte unter den zarten Sohlen, die im Laufe der Jahre gehätschelt und dadurch überempfindlich geworden waren und ihn nicht mehr vor der realen Welt schützten. Die angespannte Haut über dem Rist schien sich in der Hitze zu wellen. Es roch nach gebranntem Fleisch. Er wollte fort, zurück zu seinen Sandalen und einem schattigen Platz. Aber hier gab es keinen Schatten, außer im Zelt.

»Ich werde später noch einmal vorbeischauen«, schlug er vor. »Nehmen Sie Ihre Mahlzeiten im Speisesaal ein? Dann werden wir uns wahrscheinlich heute abend sehen. Ich werde zwar nicht allein sein, aber vielleicht möchten Sie gern einen meiner Freunde kennenlernen?«

Sie schüttelte den Kopf. »Keine Zeit. Er braucht mich. Immer.« Ihre Augen füllten sich mit Tränen. »Jede Stunde, jede Minute, *jede Sekunde*!« stieß sie mit schockierender Bitterkeit hervor. Sie spie die Worte förmlich aus und starrte sehnsüchtig auf den Pool, als wäre er unerreichbar.

Er ging weiter. »Nun, ich bin sicher, wir sehen uns später. Wahrscheinlich schon heute nachmittag. Viel Glück, Mrs . . .?«

»Ich war wie meine Mutter. Ich glaubte an den Traum. Wie alle jungen Mädchen. Wir heirateten und dachten, was für einen Spaß wir miteinander haben würden. Aber dann wurde alles anders.« Die Augen über den aufgeblähten Wangen weiteten sich. »Aber ich kann nicht mehr, so wahr mir Gott helfe.«

Sie machte Anstalten, Wintner am Weggehen zu hindern, aber zu spät. Sie blieb traurig, mit wogenden Brüsten, stehen, dann drehte sie sich müde um und ging wieder ins Zelt zurück. Wintner konnte nicht vermeiden, die formlose Masse im Inneren zu sehen, die sich abmühte, auf der Seite zu liegen; die verzerrten Gesichtszüge, die mißgestalteten Arme, mit denen er um sich schlug. Resigniert kehrte die Frau zu ihren Pflichten zurück. Sie nahm Watte und Alkohol und begann, seinen Nacken zu säubern.

Wintner holte seine Sandalen und machte sich eilends aus dem Staub.

Er hatte Mühe, dem Weg zu folgen, und eilte so schnell es ging durch die üppige Vegetation. Blutrote Bougainvilleas tropften von Laubengittern, wildwucherndes Efeu erstickte Büschel von Rittersporn und schlängelte sich begierig zum Wegesrand, um den farbigen Zement zu verschlingen und aufzulösen. Der Tisch in der Nähe der versteckten Sommerhäuser stand immer noch unbefleckt und unberührt da. Weiter unten, im botanischen Garten, waren buntscheckige Pflanzen an einen toten Punkt ihrer Symbiose angelangt. Er kam zum Aussichtsturm, der bleich, weiß wie ein Gitter aus gekreuzten Knochen war, und bemerkte, daß man das Loch ins Dach geschnitten hatte, um für einen schnell wachsenden Baum Platz zu schaffen. Im Vorrübergehen sah er, daß die arg beschnittenen Zweige bereits Anstalten machten, den leeren Kreis auszufüllen.

Ihm fiel ein, daß er das Mädchen vom Pool, selbst wenn

er es wollte, nicht anrufen konnte, denn er hatte vergessen, sie nach ihrem Namen zu fragen.

Jetzt würde er ihn nie erfahren.

Er hatte das letzte Bild des Mannes unter dem Badetuch vor Augen: das schweißbedeckte Gesicht, den Mund zu einem Verzweiflungsschrei geöffnet. Wintner lag ausgestreckt auf dem Bett und versuchte, die Erinnerung zu verdrängen, aber es gelang ihm nicht.

Der Morgen ging vorbei, der Nachmittag erlahmte, bis die Sonne auf einem Laken aus Smog zur Ruhe kam. In der ersten Stunde hatte er zweimal angerufen, dann alle zwanzig Minuten, dann alle zehn. Jedesmal brummte Joe Gillis'.Stimme dieselbe vorgefertigte Nachricht. Die ungeheure Präsenz des Schauspielers machte sich auch hier bemerkbar; selbst durch das Tonband war seine geheimnisvolle Kraft zu spüren. Als der Nachmittag verstrich, hörte Wintner auf, Nachrichten auf das Band zu sprechen.

Er bemitleidete den Mann im Zelt, aber bald fühlte auch er sich eingeengt. Die Schatten wurden länger und verkleinerten den Raum. Er fuhr mit dem Aufzug ins Vestibül, das ihm jetzt wie der feuchte Traum eines todgeweihten Dekorateurs erschienen war, handpoliert und unbewohnbar. Als er mit einer Zeitung und einem Sandwich in sein Zimmer zurückkehrte, schien sich die Decke drastisch gesenkt zu haben.

Er überlegte, ob er sich einen Wagen mieten sollte. Er hatte Gillis' Adresse. Er konnte einfach zu ihm fahren.

Warum nicht?

Er griff zum Telefonbuch.

Es klopfte an der Tür.

Zuerst erkannte er sie nicht. Sie trug Rock und Bluse. Das etwas zu große Revers zog sich bis weit über den Badeanzug und ließ sie wie ein kleines Kind wirken, das halbverborgen unter den weiten Kleidern steckte. Sie hielt sich in angemessener Distanz und blinzelte ihn unter dunklen Locken fragend an.

»Haben Sie geschlafen? Ich kann wiederkommen.«

»Nein! Nein, bitte. Ich bin froh, Sie zu sehen. Kommen Sie herein.«

»Ich habe Ihre Zimmernummer an der Rezeption erfahren.« Die junge Frau glitt sichtbar verlegen ins Zimmer. Sah sie, was mit den Wänden und der Decke passiert war? »Ich hoffe, Sie haben nichts dagegen.«

»Überhaupt nicht. Ich kann ein wenig Gesellschaft gebrauchen.« Er stellte den Handkoffer fort, schob die ungeöffneten Zeitungen beiseite und lud sie ein, sich auf dem Bett niederzulassen. »Hat sich Ihr Freund schon gemeldet?«

»Ich rufe ihn nachher an. Sie wissen ja, wie das in diesem Geschäft ist – drängen und warten.«

»Oh.«

»Kann ich Ihnen etwas anbieten? Ich glaube, irgendwo fliegt noch die Karte des Zimmerdienstes herum.«

Sie schüttelte amüsiert die Locken. »Aber ich bin froh, *Ihnen* etwas anbieten zu können.« Sie sah auf die Flasche Mac Allan Single Malt im offenen Koffer. Er hatte sie mitgebracht, um mit Gillis zu feiern. Bevor er sie davon abhalten konnte, öffnete sie den Verschluß mit einer übertriebenen Geste, die sie aus einem Film haben mochte. Wenn sie überhaupt ins Kino ging. »Möchten Sie ihn pur oder mit Wasser?« säuselte sie.

»Nein, wirklich. Ich brauche nichts.« Oder vielleicht doch? Keine schlechte Idee. Dennoch fühlte er sich seltsam schuldig. »Sie brauchen mich nicht zu bedienen. Das war meine Idee. Erinnern Sie sich?«

»Wirklich?« antwortete sie. »In Ordnung. Es macht mir Spaß.«

Er glaubte ihr. Er lehnte einen Arm gegen das Kissen und wartete.

Sie entfernte den Papierschutz von einem frischen Glas und goß eine Menge ein, die sie für zwei Fingerbreit hielt. Sie arbeitete sichtlich daran, sich richtig zu bewegen. Sie wollte, daß es wie in einer schlechten Fernsehshow aussah. Er war gerührt. Die Kleider, zum Beispiel, stimmten nicht ganz. Er fragte sich, wo sie sie her hatte. Er dachte: Sie akzeptiert alles, was man sie lehrt. Sie zwang sich wahrscheinlich dazu, an den richtigen Orten zu sein und das Richtige zu tun, wie zum Beispiel sich in diesem Hotel aufzuhalten. War es das wert? Sie meint, es wäre es. Vielleicht ist das alles, was sie weiß. Aber welchen Gewinn zieht sie daraus?

Er kippte den Scotch hinunter, während sie mit untergeschlagenem Bein am anderen Ende des Bettes saß.

»Haben Sie sich verletzt?« Er deutete auf eine kleine, kreisförmige Stelle verbrannten Fleisches am Schienbein. Er mußte sie heute morgen übersehen haben.

Sie versuchte, sie zu verstecken, aber der Rock war nicht lang genug. »Ach, das ist nichts. Nur – nur Narbengewebe.«

Dann entdeckte er ein oder zwei Zentimeter unter ihrem Schienbein einen weiteren Fleck. Sie veränderte nervös ihre Beinhaltung, wobei der Rock höher rutschte. Über ihre Waden verstreut befanden sich drei, vier und mehr von diesen unregelmäßigen, fast runden Kreisen, die aussahen, als hätte man sie ihr mit einer glühendheißen Münze ins Fleisch gebrannt. Jede Narbe bedeckte einen kleinen Hohlraum. Als wäre dort ein Abzeß oder ein Tumor gewesen, den man entfernt hatte. Sie waren gut verheilt, aber die Einkerbungen blieben.

Er hatte einen Verdacht. »Sie sind nicht am Meer aufgewachsen, nicht wahr?« fragte er.

Sie neigte fragend den Kopf.

Natürlich nicht, dachte er. Sie kam definitiv nicht aus dieser Gegend. »Mein Neffe hat so was Ähnliches. Er ist in San Diego aufgewachsen. Man nennt sie Surferknoten. Es sind Kalziumablagerungen. Er hat sie sich auch entfernen lassen.«

»Nein«, antwortete sie mit gezwungener Gleichgültigkeit. »Das sind – sind Knochenmarktransplantate. Sie hinterlassen immer einen leeren Raum.« Sie strich über die Vertiefungen. »Sie füllen sich wieder auf. Es braucht seine Zeit, aber irgendwann verheilen sie. Ich bin sicher, daß es so ist. Der Doktor meint, man kann nichts zurücklassen, wo etwas sein sollte. Bis dahin ist es nur toter Raum.«

»Verstehe.« Er achtete sorgsam darauf, keine Reaktion zu zeigen. »Tut es weh?«

»Sollte es. Aber nach einer Weile spürt man es nicht mehr. Jetzt ist es ohne Gefühl. Es wird wiederkommen. Es sei denn . . .«

Er beugte sich fasziniert vor und berührte äußerst behutsam einen Fleck. Er war weicher als alles, was er jemals berührt hatte. Das Bein verkrampfte sich, dann entspannten sich die Muskeln langsam wieder. Er spürte die winzigen seidigen Haare am Narbenrand.

Sie preßte seinen Finger leicht in die Vertiefung und lächelte zufrieden. Die Fingerspitze paßte perfekt.

Das Gefühl war überwältigend. Gleichzeitig angezogen und abgestoßen, beugte er sich zurück und lehnte sich gegen das Kopfende.

»Sie sehen müde aus«, bemerkte sie.

Er wußte, daß sie recht hatte. Er hatte nicht gut geschlafen, und der lange Tag forderte seinen Tribut. Sein Nacken schmerzte. Der Scotch hatte einen sauren Geschmack im Mund zurückgelassen, und seine Augen brannten. Er wünschte, er könnte sie schließen. Bis es Zeit war.

»Warum legen Sie Ihre Füße nicht hoch?«

»Sie liegen hoch.«

»Oh. Und warum ziehen Sie Ihre Schuhe nicht aus? Hier, ich helfe Ihnen. Möchten Sie noch einen Drink?«

»Nein.« Er merkte, wie seine Gedanken abwanderten. »Ich glaube, ich bin müde. Die ganze Warterei.«

»Ich weiß.«

Wieso? Sie konnte nicht wissen, wie man sich dabei fühlte. Er wußte nicht, was er mit ihr anfangen sollte. Sie jetzt schon herauszukomplimentieren wäre zu grob. »Schenken Sie sich auch einen ein, wenn Sie möchten.«

»Ich mag Ihre Stimme«, sagte sie. »Und Ihr Gesicht. Es ist so gütig. Sie sehen nicht wie die anderen Männer aus, die hierherkommen.«

»Danke.«

»Sind Sie sehr erfolgreich?«

»Sicher«, antwortete er. »Ich werde erfolgreich sein. Sie werden sehen.«

Sie ging um das Bett herum und hockte sich auf den Rand.

»Sie haben Ihre Zeitung noch nicht gelesen«, sagte sie, als ob sie die Hausfrauenmagazin-Version einer perfekten Hausfrau spielte. Was soll das? Geh nach Hause, dachte er, zurück in die Kleinstadt, aus der du stammst, heirate irgendeinen Kerl mit Polyesteranzug und einem regelmäßigen Einkommen. Du wirst zwar nicht viele Überraschungen erleben, aber auch keine Enttäuschungen. In der Zwischenzeit übe mit jemandem, der hält, was er verspricht. Sie würde jemanden finden, oder?

Er merkte, wie sie näherrückte. Er fühlte sich erdrückt, bewegungsunfähig. Was wollte sie von ihm? Irgendwie war alles unwirklich geworden. Er verstand es nicht. Er war zu erschöpft, zu kraftlos, um zu widerstehen. Das konnte sich natürlich ändern. Von einer Minute zur anderen. Sobald sie gegangen war. Dann wäre es an der Zeit für einen neuen Anruf.

Sie faltete die Zeitung auseinander und legte sie quer über seinen Schoß.

Er öffnete die Augen. »Sie sind sehr liebenswürdig«, begann er, »aber Sie brauchen wirklich nicht . . .«

Er las die Überschrift.

FILMGRÖSSE TOT AUFGEFUNDEN

Er riß die Zeitung hoch.

> HOLLYWOOD (UPI) Joe Gillis, seit mehr als vier Jahrzehnten einer der populärsten Stars, wurde heute in seiner Eigentumswohnung im westlichen Teil von Los Angeles tot aufgefunden. Er wurde offensichtlich Opfer eines Schlaganfalls.

»Jesus Christus«, murmelte er, »haben Sie das gesehen?«

»Nein.«

Er las wie betäubt weiter.

> Ein Sicherheitsposten entdeckte den Leichnam heute am frühen Morgen, nachdem er auf Bitten des Agenten und von Freunden des Schauspielers, die sich Sorgen machten, mit einem Nachschlüssel in die Wohnung eingedrungen war. Nach vorläufigen Berichten war der Star aus Filmklassikern wie ›Man Afire‹, ›La Carcel‹ und ›Hole in the Wall‹ schon seit einigen Tagen tot. Die Polizei teilte mit, daß die Leiche, die neben einer leeren Whiskeyflasche auf dem Boden lag, das Telefon nur

Zentimenter von seiner Hand entfernt, bereits teilweise verwest war . . .

Wintners Blick fogte dem Bericht bis zum Ende der Seite, kehrte dann zum drei Spalten breiten Foto im oberen Teil zurück und begann von neuem. Er überflog die Worte, aber sie ergaben keinen Sinn. Das konnte nur ein kranker, verdrehter Witz sein.

Er schnappte sich das Telefon und wählte 393-9058.

Im Hörer klickte es.

»*Hi*«, meldete sich eine beruhigende Stimme.

»Hi, Joe«, sagte Wintner und begann wieder zu atmen. »Hör mal, haben wir heute den ersten April? Was soll denn der ganze Quatsch im *Examiner* über . . .?«

›*Hier ist Joe Gillis. Tut mir leid, aber ich bin im Augenblick nicht erreichbar. Wenn Sie eine Nachricht hinterlassen möchten, warten Sie bitte bis zum Piepton. Ich werde Sie so bald wie möglich anrufen. Und danke für den Anruf* . . .‹

»Hallo?« rief Wintner. Der Hörer in seiner Hand begann zu zittern. Die Finger wurden kalt. Er hatte das Gefühl, als würden sie gleich absterben. Das Blut zog sich aus seiner linken Körperhälfte zurück und dröhnte in seinen Ohren. Er konnte nicht hören, ob jemand am anderen Ende abgehoben hatte. »Hallo? Ist da jemand . . .?«

Sie drückte ihm das Glas in die rechte Hand und goß ein.

Der Piepton ertönte, und als er nichts sagte, hörte man das Freizeichen wieder.

Sie legte den Hörer auf die Gabel.

»Tut mir leid, aber es ist etwas Schreckliches passiert. Ich wollte Sie fragen, ob . . .«, stieß er benommen hervor.

»Ist es so schrecklich?«

»*Was?* Können Sie sich überhaupt vorstellen, was es bedeutet?«

»Ja. Ich wußte nicht, daß *Sie* es verstehen können.«

»Warum haben Sie es mir nicht gesagt?«

»Ich bin unter anderem deswegen hierhergekommen.«

»Dann haben Sie es gelesen?«

»Nein.«

»Aber woher wußten Sie es?«

»Ich weiß, daß er tot ist.« Ihr Gesichtsausdruck war zum Aufregen gelassen. »Ich ging ins Zimmer, um mein Handtuch zu holen, und als ich zurückkam, war er – fort. Er hat so lange darauf gewartet. Wir haben alle gewartet.«

»Wovon, um Himmels willen, sprechen Sie überhaupt?«

»Von meinem Vater. Ich glaube, Sie haben ihn kennengelernt. Mutter sagte so etwas. Sie ist sehr streng zu mir. Deshalb sagte ich auch, ich wüßte es nicht genau, als Sie mich fragten, ob ich . . .«

»Wer? Meinen Sie den Mann am Pool? Wollen Sie damit sagen, er ist auch tot?«

Er kippte den Drink in einem Zug hinunter. Der Whiskey lief wie süßes Feuer die Kehle hinab, aber diesmal schmeckte er ihm kaum. Sie wischte ihm die Tropfen vom Hemd, dann goß sie sich selbst etwas ein und beobachtete ihn, während sie am Glas nippte.

Es war zuviel. Sein Kopf fiel nach hinten. Seine Muskeln schienen aus Gummi zu sein. Er hatte das Gefühl, als würden sich sein Körper, die Beine, das Bett und der Boden auflösen, während sein Verstand noch funktionierte. Wie bei Joe Gillis, dessen Anrufbeantworter noch funktionierte, als er längst nicht mehr unter den Lebenden weilte. Wie der Mann im Badezelt, dessen Körper – oder was von ihm noch übrig geblieben war – an seinem Platz blieb, während er mit aufgerissenem Mund seinen letzten, schrecklichen Anfall erlitt.

»Wir alle müssen einmal gehen«, flüsterte sie und schob sich über ihn.

Was wurde aus einem Schauspieler, nachdem sein Film

abgelaufen war? Ein anderer bekam seine Telefonnummer, man holte seine Möbel ab, und jemand anderer zog in seine Wohnung. Und dann? Wintner fühlte sich, als triebe er allein auf dem Meer.

»Und jetzt?« fragte er mit schwerer, vom Alkohol betäubter Zunge.

»Jetzt sind wir frei«, flüsterte sie. Er roch den Alkohol in ihrem Atem, sehr nah und übelkeiterregend medizinisch.

Vor seinem inneren Auge tauchte wie eine Vision der Zettel auf. Er flatterte in einem geheimnisvollen Wind. War er schuldig? Wintner sah, wie der Mann gleich einem lebenden Torso zur Öffnung, zum Licht kroch und sich verzweifelt bemühte, etwas zu sagen. Wie er eine letzte Bitte auf ein Blatt Papier kritzelte, bevor er über die Schwelle in ein anderes Land fiel. HELFEN SIE MIR, BITTE, HELFEN SIE MIR . . .

»Was wollte er?« fragte er mit erstickter Stimme, während ihr heißer Atem den schwindenden Raum um ihn herum erfüllte. »*Was*?«

»Dasselbe wie alle«, antwortete sie. »Das Problem war nur, daß Mutter zu alt war, um sich um ihn zu kümmern. Ich konnte nicht helfen. Sie hat es nicht zugelassen. Niemand konnte ihr die Last abnehmen. Es war ihr Job. Das verstehen Sie doch, oder?«

»Von jetzt an wird alles leichter«, flüsterte sie, während sie höherkletterte und es sich bequem machte. »Du wirst sehen. Es ist einfach, so einfach; das verspreche . . .«

Die Morgensonne hing wie eine brennende Münze am Himmel. Sie schien auf das Segeltuch, bis an den Seiten orangefarbene Streifen aufleuchteten.

Sie klappte das Oberteil ihres Badeanzugs herunter und legte sich mit dem Bauch auf das strahlendweiße Handtuch, die Ellbogen seitlich von sich gestreckt und die Hände unter dem Kinn gefaltet. Als er sie von oben betrachtete, sah es so aus, als wären ihre Arme unnormal kurz. Doch dann legte sie den Kopf auf die andere Seite und berührte mit einer Hand eine Stelle an ihrem Rücken.

»Hier«, sagte sie, »zwischen meinen Schultern. Hast du es, Liebling? Es fängt an, mich zu ärgern.«

So früh, dachte er. Er zog sein T-Shirt aus, hockte sich über sie und massierte das junge Fleisch. Er arbeitete in einem regelmäßigen Rhythmus, beruhigend und automatisch.

»Mmm«, stöhnte sie. »Das ist gut. Ich mag es, wie du dich um mich kümmerst.«

»Wirklich?« Meinetwegen. Im Grunde genommen war es einfach. Sehr einfach. Es gab ihm etwas zu tun, während er wartete.

Eine Bö schüttelte das Zelt. Der Wind wehte heute stärker als sonst; möglicherweise würde es Regen geben. Die Klappe flog auf. Durch die plötzliche Kälte bekam er eine Gänsehaut an den Armen.

»Kannst du meine Mutter sehen?«

Er lehnte sich zurück und spähte durch die Öffnung.

»Sie ist am Ende des Beckens, am Sprungbrett. Es sieht nicht so aus, als wäre sie schon bereit, ins Wasser zu springen.«

»Es ist schon zu lange her«, sagte die junge Frau nachdenklich. »Wahrscheinlich muß sie alles wieder neu lernen.«

Die Frau stand wie ein zu groß geratenes Kind, das Angst hat, sich die Füße naß zu machen, am Beckenrand. Sie war ganz allein, das würde es ihr erleichtern.

»Sie fängt endlich an, sich zu amüsieren«, sagte er.

»Oh, wirklich? Das hoffe ich sehr! Sie hat es verdient. Sie hat schon so lange darauf gewartet.«

»Sollen wir zu ihr gehen?«

»Heute nicht. Ich fühle mich nicht gut.«

Natürlich, dachte er. In der Ferne hörte er das Klingen von Gläsern, die gestapelt wurden. »Vielleicht trinkt sie erst etwas.«

»Mmm. Das wäre fein.«

Er hörte mit dem Massieren auf und setzte sich zurück, um Atem zu schöpfen, während es im Zelt heller wurde und die Seiten mit einer unheimlichen Intensität vibrierten. Die Fäden des Segeltuchs schimmerten wie die Äderchen einer durchsichtigen Membran, wie eine Projektion der Retina auf das Augenlid, wenn das Licht zu hell wird und man die Augen schließen muß.

Sie benutzte die Gelegenheit, um sich auf die Ellbogen zu stützten und ein paar Zentimeter nach vorne zu kriechen. Dann setzte sie die Sonnenbrille auf und hob die Klappe.

»Hey«, rief sie. »Kannst du mir einen Gefallen tun?«

Ihre an der Bar stehende Mutter drehte sich verdutzt um.

»Kannst du mir etwas zu trinken bringen?«

Die Mutter nickte und sagte etwas zur Bedienung.

»Ich könnte auch einen vertragen«, sagte Wintner.

»Und was?«

»Ist mir egal«, antwortete er. »Aber es muß ein Doppelter sein.«

Sie gab die Bestellung weiter. Dann legte sie sich wieder hin, damit er sich um sie kümmern konnte.

Was er auch tat.

Und so ging es immer weiter.

Hausbesuch

Linda Fowley bearbeitete das Gebiet gerade erst einen Tag, als sie merkte, daß sie Angst hatte.

Die Erkenntnis traf sie wie ein Schlag. Zuerst war sie verwirrt, dann den Tränen nahe und zuletzt wütend über die entsetzliche Zwangsläufigkeit des Ganzen. Denn sie erkannte in dem Gefühl die gleiche Angst, die an jenem Tag, kurz vor Ende des letzten Trimesters an der Universität, von ihr Besitz ergriffen hatte. Sie war deutlicher, aber sie unterschied sich nicht von den hundert anderen, die sie beschrieben hatte. Plötzlich konnte sie es nicht mehr ertragen, das Detail, das sie zur Verzweiflung treiben würde.

Möglicherweise hatte ein Teil von ihr die ganze Zeit gewußt, daß die Angst in ihrem Innern wuchs und sich darauf vorbereitete, zurückzukommen. Denn war nicht auch sie aus dem gleichen starren Gleichgewicht aus

Berufung und Sinnlosigkeit geboren, wie ihre Arbeit im Sozialdienst?

Nein, dachte sie wütend, diesmal werde ich nicht alles hinschmeißen. Diesmal nicht.

Damals hatte sie leichter aussteigen können. Ihr war es egal gewesen, was die Professoren oder das College von ihr dachten. Wen interessierte das? Und ihre Freunde? Sie hätten es nicht verstanden. Was für ein Glück für sie.

In den zehn Jahren, die seitdem vergangen waren, hatte sie zurückgezogen und anonym gelebt und einen stumpfsinnigen Job nach dem anderen angenommen. Einfach, weil es nichts gab, was den Einsatz lohnte. Nichts, wegen dem man sich Gedanken zu machen brauchte.

Aber der Job bei der DPSS war anders.

Das ist wichtig, hatte sie anfangs gedacht, *das ist etwas. Mich interessiert, was mit den Kindern geschieht. Wirklich. Es hat mich immer schon interessiert. Das ist mir jetzt klargeworden.* Sie waren es wirklich wert, daß man sich um sie kümmerte, nicht wahr? *Ja, ja, sie waren es. Jemand muß sich um sie kümmern. Ich tue es.*

Aber . . . da gab es noch etwas, noch etwas.

Sie versuchte nicht mehr daran zu denken.

Aber was hatte sie denn anderes erwartet, als sie um den Wechsel, fort vom Heim, hinaus an die Front, gebeten hatte? Daß sie, statt die Kinder und den Grund ihrer Probleme besser kennenzulernen, immer weniger in der Lage sein würde, etwas Sinnvolles für sie zu tun? Daß äußerst mißtrauische Pflegeeltern den ganzen Morgen lang nicht auf ihr Klopfen reagierten? Daß es den mißhandelten, vernachlässigten, davongelaufenen Kindern, die wahrscheinlich immer wieder in die Wohnanlagen zurückgebracht wurden, hinterher nicht besser ging als vor der Zeit, als sie Individualfürsorge für sie beantragt hatte?

Mit der Zeit würden sich die Dinge beruhigen. Sie würde bald die Lösung finden. Ja, das würde sie.

Sie hatte immer gewußt, daß sie versagen könnte. Davor war ihr nicht bange. Warum auch?

Dennoch hatte sie Angst.

Sie machte sich keine Gedanken über ihre Kompetenz; darüber hatte sie noch nie nachgedacht.

Ihr wurde klar, daß sie Angst davor hatte, schon bald, sehr bald nicht mehr in der Lage zu sein, sich um etwas zu kümmern.

Und das erschreckte sie.

. . . dieses Mal gab es etwas, etwas mehr; außerdem . . .

Sie spazierte dreimal um den Block.

Die Adresse, zu der sie mußte, lag am anderen Ende des Sunset, am obersten Ende eines dieser steilen terrassierten Gäßchen, über Bodybuilding- und Karrosserieläden, Restaurants, Importhändlern und Trödlern, die als Antiquitätenhändler auftraten.

Das Haus hatte sie gefunden. Es kauerte zwischen einer schiefen Reihe von Holzgerippen aus den zwanziger oder dreißiger Jahren. Überall nur Kies, blätterndes Emaille und geborstene Veranden, die langsam von den aufgeworfenen Bürgersteigen fort in die Finsternis der Eukalyptus- und Oleanderbäume versanken.

Aber sobald sie von den Zeichen auf dem Bürgersteig und den korrodierenden Messingzahlen auf die Hausnummer geschlossen hatte, schien es ihr unwahrscheinlich, daß in letzter Zeit jemand durch diese Vordertür getreten war. Sie versuchte, es sich vorzustellen, aber es gelang ihr nicht: Fortgeworfene Zeitungen und Reklamezettel waren über den Weg verstreut. Die ausgefransten Rouleaus hinter den verschlossenen Fenstern waren vergilbt, und der ausgezehrte, von der Sonne verbrannte Rasen zwischen den splitternden Bäumen und den mißgestalteten Büschen, die die unbestimmten Grenzen des Areals anzeigten, wurden von Löwenzahn und wilden Gräsern überwuchert.

So ist es also, wenn man an der Front arbeitet, dachte sie. Im Büro kann man wenigstens mit echten menschlichen Wesen verhandeln, die Augen und Stimmen und Gefühle haben, die man ansprechen kann. Aber hier – was mache ich hier eigentlich? Türen einbrechen, Notizen kritzeln, mich und meine Fragen Menschen aufzwingen, die mich wirklich und wahrhaftig hassen.

Warum auch nicht? Wer bin ich, mich in ihr Leben einzumischen, ihnen zu erzählen, wie sie ihre Kinder erziehen sollen? (Möge Gott den Pflegekindern, die jetzt ihre Kinder sind – ob es ihnen besser oder schlechter geht, sei dahingestellt –, helfen.) Wer hat es jemals gewagt, nach dem, was passiert war, Papa zu erzählen, wie er mich erziehen soll? Natürlich – und da liegt die Ironie –, hätte sich damals jemand erdreistet, stünde ich jetzt nicht mit einem Bein vor einem Heim (und das ist es; mit einem Kind darin ist es ein Heim), mit einem Aktenordner in der einen und einer Menge bürokratischem Mist in der anderen Hand. Ein sich selbst verschlingender Kreis, dachte sie. Ob man im Department of Public Social Services* je darüber nachgedacht hat? Ob ihnen eigentlich klar war, daß unsere Dienste nicht mehr benötigt würden, wenn wir in der Lage wären, unsere Jobs ordentlich zu machen?

Aber noch brauchte man sie. Vor allem die Kinder. Wenn man Papa beraten hätte, würde ich wahrscheinlich nicht hier stehen und verzweifelt versuchen, etwas wiedergutzumachen, an das ich mich nicht mehr erinnern kann.

---

* Amt für Öffentliche Sozialdienste (Anmerkung des Übersetzers)

Die Kinder brauchen jede Hilfe, die wir ihnen geben können, soviel ist sicher.

Deshalb haben sie mich nach draußen geschickt. Ich soll mich um Namen, Nummern und Leute kümmern, die nur in der Theorie zu existieren scheinen. Leute, die ich nicht einmal zu Gesicht bekomme. Was soll das bezwecken? Kann mir das vielleicht jemand verraten?

Aber ich muß da durch. Ich muß eine Möglichkeit finden.

Während sie sich vom Haus entfernte, hatte sie das Gefühl, als hätte sich ein Vorhang bewegt.

Klar doch, mokierte sie sich.

Sie stieg in ihren Wagen, den sie am Ende der Straße geparkt hatte, und fuhr den Hügel hinab. Es hatte eine geschlagene Minute gedauert, ehe der Motor ansprang, doch dann hatte es geklappt, und sie konnte Gas geben.

Sie fuhr zum Sunset zurück und kam an einer Schule, einer geschlossenen Tankstelle und einer Fernseh-Reparatur-Werkstatt vorbei, dessen verstaubte Bildröhren ihr nachzublicken schienen. Aus dem Radio tönte immer dasselbe. Sie schaltete es aus. Dann bog sie rechts ab und stellte fest, daß sie sich am Rand des Echo-Parks befand. Das Wasser wirkte unnatürlich ruhig, und am fernen Ufer hockte eine einsame Gestalt und angelte mit einer Wurfleine zwischen den treibenden Trümmern.

Ihr fiel ein, daß sie noch keine Mittagspause gemacht hatte.

Ich habe Anspruch auf eine volle Stunde, rief sie sich ins Gedächtnis. Sie können mich nicht daran hindern, jede einzelne Minute davon zu nehmen. Diesmal nicht.

Sie parkte in der leeren Straße und bahnte sich einen Weg durchs kühle Gras. Ich hätte mir etwas zum Essen mitnehmen sollen. Warum habe ich es nicht getan? Letzte Nacht war ich zu nervös zum Denken.

Sie ließ sich auf einer Bank nieder, doch die Geräusche des nahen Freeway dröhnten ihr in den Ohren. Die Wasseroberfläche schien sie noch zu verstärken. Sie stand auf, strich sich übers Kleid und machte sich auf den Weg zu einem kleinen Restaurant unbekannter Küche auf der anderen Seite des Alvarado.

Die Tür stand offen. Sobald sich ihre Augen an das Halbdunkel gewöhnt hatten, stellte sie fest, daß es leer war. Sie setzte sich hin und wartete auf die Speisekarte. Niemand kam. Ich könnte etwas zu trinken gebrauchen, dachte sie. Sie trommelte mit den Fingernägeln auf den Tisch, dann hielt sie inne und lauschte. Sie glaubte Stimmen gehört zu haben, aber hinter ihr war niemand, nur die Wand. Noch bevor jemand aus dem Schatten auftauchen konnte, stand sie auf und verließ das Lokal.

Während sie die Straße überquerte, entdeckte sie ein anderes Restaurant mit Tischen auf dem Bürgersteig und einem Fenster für den Straßenverkauf. Sie kniff die Augen zusammen, aber sie konnte die Speisekarte hinter der Theke nicht entziffern. Graffiti überzogen das Glas wie Spinnweben.

Als sie angekommen war, sah sie der junge Latino hinter der Theke erwartungsvoll an.

»Gehe ich recht in der Annahme, daß sie hier draußen keine Margaritas servieren?« fragte sie und deutete auf einen Tisch. »Oder Bier?«

Er warf ihr einen ausdruckslosen Blick zu. Ist schon gut. Man kann es ja mal versuchen, dachte sie. Ich könnte eins vertragen. Oder zwei. Sie lächelte. Es war nur Spaß – wissen Sie. Ein – dann entdeckte sie, daß die Restaurantabteilung geschlossen hatte.

Er sah sie ungeduldig an.

Aus irgendeinem Grund war es ihr wichtig, mit dem Jungen ins Gespräch zu kommen. Sie versuchte noch einmal, die über ihm hängende Speisekarte zu entziffern, aber es hatte keinen Zweck.

»Kannst du mir einen Hamburger machen?« Verstand er sie? »Hamburger? Diesen einfachen, altamerikanischen . . .«

Er zuckte desinteressiert mit den Schultern und fing an, den Grill zu säubern.

Sie ging zum Tisch.

Machte er sich über sie lustig? Egal. Warum sollte er? Sie legte den Aktenordner vor sich hin.

Mein Gott, dachte sie, jetzt habe ich doch wirklich die ganze Zeit den Ordner mitgeschleppt. Warum? Sie blätterte darin herum, schloß ihn wieder, öffnete ihn lustlos und starrte die Straße hinunter auf die dürren Palmen, die sich hoch über dem verlassenen Park senkten. Auf dem See trieb ein Pedalboot für zwei Personen langsam in ihre Richtung. Sie konnte nicht erkennen, ob sich jemand hinter dem Lenkrad befand.

Sie dachte über die offene Akte nach. Der Besuch, den sie gerade gemacht hatte – versucht hatte zu machen –, war der sechste an diesem Morgen gewesen. So wie es aussah, würde er der letzte für heute bleiben. Das alte Haus über dem Sunset. Es widerstrebt mir, es auch abzuhaken, dachte sie. Es ist mir egal, was sie im Büro denken. Wenn es sein muß, kann ich sogar einen Fragebogen fälschen. Wie sollten sie es je erfahren? Aber ich kann nicht so weitermachen, ohne etwas erreicht zu haben. Ich kann nicht.

Sie blätterte die restlichen Fälle durch. Es gab noch ein paar andere, inklusive der annullierten Akte. Warum sollte sie sich die Mühe machen, sie zu zählen? Über den letzten Fall brauchte sie sich keine Gedanken zu machen. Er war vergangene Woche annulliert worden, wie man ihr in letzter Minute mitgeteilt hatte, und nur durch einen Irrtum in ihren Stapel geraten. Sie dachte, sie hätte die Akte auf den vorderen Schreibtisch gelegt, bevor sie sich auf den Weg gemacht hatte. Für die anderen Besuche müßte sie nach Pasadena, Highland Park und Eagle Rock, wo immer das auch sein mochte. Was wahrscheinlich bedeutete, wieder quer durch die Stadt zu fahren.

Nein.

Hier endet es. Besser gesagt, hier beginnt es. Ich muß eine Entscheidung treffen. Es kann nicht so weitergehen. Ich muß da durch, egal, was es auch sein mag. Ich muß.

Wieder ärgerte sie sich über die Lage, in die man sie gebracht hatte. Nein, dachte sie, ich glaube nicht, daß sie mir die Liste mit den schweren Fällen untergeschoben haben, nicht an meinem ersten Tag im Außendienst. Oder machen sie sich einen Spaß mit mir? Funktioniert ihr kleiner Verstand so? Haben sie eine Ahnung, wie das ist? Wie eine höllische Woche in einer Studentinnen-Verbindung. Ich dachte, die Arbeit wäre wichtiger als Mitarbeiterscherze.

Sie stand auf und ging zu einer Telefonzelle, die am Rand des Bürgersteiges stand.

Ich werde sie anrufen und ihnen sagen, was ich von ihnen halte. Ich werde ihnen sagen, daß sie mir nicht das Rückgrat brechen können. Niemals. Ich werde ihnen sagen, ich hätte Mr. und Mrs. – wie war noch gleich der Name? Wintersole – einen Besuch abgestattet. Am Alta-Vista-Weg. Genau, der über dem Sunset. Ein Pflegekind: Billings, Billy. Alter: zehn. Natürlich haben sie mich reingelassen. Wir hatten eine angenehme, längere Unterhaltung. Haben Sie sonst noch jemanden, den ich heute noch sehen muß? Ja, ich bin's. Linda Fowley. Fowley, Linda. Wie bitte? Sie sind überrascht? Oh, es war eine Kleinigkeit, wirklich . . .

Das Telefon funktionierte nicht.

Der Hörer roch nach Haarwasser. Sie hielt ihn von sich fort und las die Anweisungen auf dem Kasten. WENN

KEIN FREIZEICHEN – der Rest wurde von Graffitis verdeckt.

Sie versuchte es mit einem Vierteldollar. Er kam nicht zurück. Und was jetzt? Ich brauche nicht mit ihnen zu reden. Ich pfeife auf ihren hinterhältigen Rat.

Vom Boden der Telefonzelle stieg der Geruch nach etwas Totem herauf. Sie warf die Tür hinter sich zu.

Der Hamburger war fertig.

Sie hielt ihn zwischen zwei Fingern, während sie noch einmal den Bericht des früheren Fürsorgers über Billings, Billy; Alter: zehn, durchging. Fast elf, wie sie anhand des Datums feststellte. Wurde vom Büro des Sheriffs gebracht. Soweit bekannt keine Verwandten, letzter Wohnort: Santa Mara, Kalifornien. Nach den üblichen Gerichtsverfahren wurde er den Wintersoles zugesprochen. Mittvierziger, kinderlos, mit eigenem Haus. Ein nettes Paar, dachte sie. Ich mag sie schon jetzt. Mit so einem Haus . . . aber wahrscheinlich tun sie alles, was in ihrer Macht steht. Sie versuchen es wenigstens. Und darauf kommt es an.

Sie hörte zu lesen auf und sah sich das Ding zwischen ihren Fingern genauer an. Es schmeckte wie – was? Wie etwas, was sie früher einmal in den Mund gesteckt, aber dann verdrängt hatte. Das Fleisch war in einem Öl gesotten worden, in dem man vorher etwas gebraten hatte, das auf keiner Speisekarte stand. Sie verzog das Gesicht und warf den Rest in den Mülleimer.

Der Latino schaute ihr nach, als sie über die Straße zu ihrem Wagen ging.

Sie fand den Weg nach Alta Vista mühelos wieder. In ihrem Autoradio käuten die Nachrichtenstationen Einzelheiten über einen besonders abstoßenden Mord wider. Sie schüttelte sich, stellte das Radio aus und fuhr die schmale Straße hinauf.

Nach ein paar Metern blieb der Wagen plötzlich stehen.

Sie betätigte den Anlasser, der augenblicklich absackte. Ich hätte besser aufpassen und langsamer in die Kurve gehen sollen, dachte sie. Sie drehte noch einmal den Schlüssel, aber man hörte nur ein Klicken. Die Batterie war leer.

Recht so, dachte sie.

Ihre Lippen wurden schmal, während sie den Wagen bis zum Bürgersteig rollen ließ und die Handbremse anzog. Um mich aufzuhalten, muß schon etwas mehr passieren, dachte sie.

Die Straße wand sich steil nach oben. Die rissigen Bürgersteige wurden von wildwachsenden Bäumen gesäumt. Sie seufzte. Sie meinte, vorhin ein paar Stufen gesehen zu haben.

Sie ging zum Sunset zurück und entdeckte, als sie um die Ecke bog, eine alte Betontreppe, die vom Bürgersteig bis zur Klippenspitze und den Hinterhöfen darüber führte. Sie atmete tief ein, drückte den Aktenordner an sich und stieg zügig hinauf.

Hundert Stufen später hielt sie an und hob hoffnungsvoll den Blick. Sie hatte erst die Hälfte des Weges geschafft, obwohl sie es von ihrer Warte aus nicht sicher sagen konnte. Die Treppenstufen schienen verkürzt zu sein. Weit unter ihr sausten die Wagen wie kleine Modellautos zwischen den Bäumen hindurch. Von hier oben konnte sie das ganze Schulgebäude überblicken. Es stand leer; der Zaun war mit Ketten verschlossen, um den grauen Zementhof, der in nur noch schwach sichtbare Spielfelder eingeteilt war, zu schützen. Hier durfte niemand spielen, bis sich der Zaun am Ende des Sommers wieder öffnete. Sie setzte sich hin, lehnte sich gegen eine Stufe und öffnete den Ordner.

Ein Telegramm der Bewährungsabteilung, das sie erst jetzt bemerkte, war mit einer Heftklammer am Tätigkeitsbericht festgemacht worden. Sie las es sorgfältig durch. Dann las sie es noch einmal.

Billing, Billy, war am Fünfzehnten letzter Woche von zu Hause – von seinen Pflegeeltern – fortgelaufen. Nach neuesten Unterlagen wurde er bis zu einer neuen Anhörung und nachfolgenden Ermittlungen ins Heim zurückgeschickt. Telefonkontakt erfolglos, etc.

Vielleicht sind die Pflegeeltern doch nicht so nett, dachte sie. Und genau das muß ich herausfinden.

Als sie wieder zu Atem gekommen war, setzte sie den Aufstieg fort.

Aus der anderen Richtung sah das Haus verändert aus. Älter, verwitterter. Ein verrosteter Rasenmäher voller Spinnweben stand im Hof. Sie stolperte zur Veranda und drückte zitternd auf die Klingel. Ob sie funktionierte? Wer weiß.

Der Rahmen des Fliegengitters quietschte, der staubige Maschendraht flatterte wie eine atmende Membran. Sie klopfte. Die verzogene Vordertür fühlte sich an, als würde sie sich unter ihren Knöcheln krümmen und zusammenbrechen. Sie beugte sich vor, rieb einen Kreis ins schmutzige Fenster und spähte hinein. Hinter dem zerrissenen Rouleau war es stockdunkel. An ihren Fingerspitzen klebten Ruß- und Schmutzteilchen.

Vielleicht benutzen sie diesen Teil des Hauses nicht mehr.

Ein Gang in Verandanähe führte zwischen wildwucherndem Unkraut, hängenden Ästen und Brennesselsträuchern hindurch, die Kopf und Haut traktierten. Als sie an der Rückseite des Hauses angelangt war, wurde sie sich des schmerzhaften Juckens auf der Kopfhaut und den Kratzern an den Händen bewußt.

»Ha-llo? Ist jemand zu Hause? Ich möchte nur . . .«

Der Türknauf in ihrer Hand bewegte sich.

Sie drückte dagegen. Die Tür war offen. Sie preßte das Gesicht gegen den Spalt und schaute in die Küche.

Etwas huschte davon.

»Gott sei Dank«, murmelte sie. Es ist jemand da. »Mrs. Wintersole? Darf ich hereinkommen?«

Sie öffnete die Tür und betrat den Flur.

Jemand huschte aus der Küche.

Ich habe sie erschreckt, dachte sie. Das wollte ich nicht. Ich erkläre es besser so schnell wie möglich. Es gibt kein Zurück mehr.

Sie verlagerte das Gewicht und warf einen Blick in die Küche. Etwas stimmte hier nicht. Man konnte nicht sagen, daß sie unbewohnt aussah. Und wenn, dann war dieser Zustand erst ein paar Tage alt. Die Luft war abgestanden. Sie trat ein und ließ ihren Blick durch den Raum schweifen: Schränke, Kühlschrank, Tür . . .

»Mrs. Wintersole? Dürfte ich Sie einen Augenblick sprechen? Tut mir leid, daß ich hier so eingedrungen bin. Es geht um Billy.«

. . . Tür zum nächsten Zimmer. (Niemand da. Wahrscheinlich versteckt. Soll ich reingehen?) Herd, Arbeitsplatte, Spüle. (Ja. Es stimmt. Da. Ein Glas Erdnußbutter ohne Deckel, zwei Sorten Gelee, schmutziges Besteck auf der Ablage. Als würde hier jemand nach eigenem Gusto leben.) Warte eine Minute. Noch einmal zurück. Spüle. (Vollgestopft mit Geschirr, trübes Wasser. Etwas Grünes wächst dort. Yuca.) Arbeitsplatte. (Kacheln. Ein Wandhalter für Steakmesser. Topfhalter.) Herd. (Gewürzdosen.) Tür . . .

Da war etwas. Aber was?

Sie tastete sich an der Wand entlang zum Nebenzimmer.

Vor der Türöffnung tauchte eine Gestalt auf.

Sie rang nach Luft. »Oh! Tut mir leid. Ich . . .«

»Was wollen Sie?«

Ein Junge von zehn oder elf Jahren. Er hielt sich an beiden Seiten des Türrahmens fest und schwang seinen Körper in ihre Richtung.

Sie trat ein paar Schritte zurück. »Ich wollte nur deine – Mrs. Wintersole sprechen. Der Name stimmt doch?« Natürlich stimmte er. »Ich meine . . .«

»Sie dürfen hier nicht rein.«

Er funkelte sie an.

Ich kann es ihm nicht übelnehmen. Das ist also Billy. Er muß aus dem Heim weggelaufen sein. Hat sich einfach unerlaubt von der Truppe entfernt und ist schnurstracks wieder hierher zurückmarschiert. Das war jetzt sein Zuhause. Was immer er auch für Probleme mit seinen Pflegeeltern gehabt haben mochte, er hatte sie gelöst und war wieder zurückgekehrt. Das ist gut, dachte sie. Das Heim ist nicht der geeignete Platz, um aufzuwachsen. Hier ist es besser, viel besser. Hier war das wirkliche Leben, hier gehört er hin. Das hatte er schließlich akzeptiert und war zurückgekehrt.

Er muß in den letzten Stunden fortgelaufen sein. Ich frage mich, ob sie es schon wissen. Offensichtlich war es heute morgen noch nicht bekannt gewesen. Ich werde sie anrufen und informieren müssen. Ich bin sicher, das Jugendgericht wird die freiwillige Rückkehr akzeptieren. Der Fall ist abgeschlossen. So ist es besser. Er weiß jetzt, wo er hingehört. Darüber gibt es keine Diskussion.

»Ist sie hier? Ich muß sie sprechen. Nur eine Minute, dann bin ich wieder fort. Freut mich, dich zu sehen, daß es dir gutgeht.«

Er beäugte sie mißtrauisch. »Wer sind Sie?«

Sie tastete hinter sich nach einem Stuhl. Warum erschüttert mich diese Frage so? Sie ist doch ganz einfach. »Hast du etwas dagegen, wenn ich – mich hinsetze? Ich verspreche dir auch, daß ich nicht beißen werde.« Sie versuchte zu lächeln.

Der Junge schien erleichtert zu sein. Er setzte sich ihr gegenüber. Sie tat so, als beschäftige sie sich mit dem Aktenordner.

»Sie sind doch nicht von der Polizei, oder?«

»Ich bin Miß Fowley. Du kannst mich Linda nennen. Nein, ich bin nicht von der Polizei«, antwortete sie, obwohl seine Frage geklungen hatte, als wüßte er die Antwort bereits. »Ich gehöre zu diesen Leuten, deren Job es ist, Kindern zu helfen. Kindern wie dir. Verstehst du mich?«

»Ich brauche Sie nicht.«

Natürlich, dachte sie, ich schätze, du denkst, du brauchst mich nicht. Dennoch tat ihr die Bemerkung weh. Ich kann es versuchen, wenn du mich nur läßt. Das ist alles, was ich kann.

»Mal sehen. Du bist elf Jahre. Stimmt's?«

»Zwölf.«

Sie unterdrückte ein Lächeln. Wie er will. In seinem Alter macht ein Jahr eine Menge aus. »Ist deine Mutter hier?«

»Meine Mutter ist tot.«

»Ich – ich weiß.« Sie suchte in der Akte nach Details. »Ich meine deine Pflegemutter.«

Er sah sie stirnrunzelnd an. »Sie gehen jetzt besser. Sonst . . .«

Der Rest des Satzes blieb ungesagt. Ich bin sicher, er fängt an, mich zu mögen. Aber er kämpft noch dagegen an. Ich muß ihm zeigen, daß ich ihm nichts tun werde. Ich möchte, daß er mir vertraut.

»Meinst du, sie kommt bald zurück?«

»Nein.«

Er sah sie immer noch so sonderbar an.

»Es macht mir nichts aus zu warten, wenn du nichts dagegen hast. Es ist mein Job. Glaub mir, es ist alles in Ordnung.« Wirklich? »Dir macht es doch nichts aus, oder?«

Er antwortete nicht, sondern strich sich das Haar aus der Stirn und starrte durch die Türöffnung ins Wohnzimmer. Sein Gesicht war schmutzig. Wie die Küche. Ich denke, ich werde eine Notiz über die hygienischen Zustände machen. Das Wohnzimmer war noch dunkel. Selbst zu dieser Tageszeit waren die Rouleaus noch unten. Sieht so aus, als ob sie keine gute Hausfrau wäre. Aber was machte das schon? Ich werde es in meinem Bericht nicht erwähnen. Er ist hier zu Hause. Obwohl er sich etwas unbehaglich zu fühlen scheint. Nun, er ist noch nicht lange zurück. Und ich bin hier.

»Sie wollen Sie nicht sehen«, sagte er.

»Was ist mit Mr. Wintersole? Arbeitet er?«

»Nein.« Er klang überrascht.

In der Küche hörte man es Ticken. Irgendwo bellte ein einsamer Hund, und ein großer Wagen, ein Cadillac oder eine Limousine, fuhr langsam durch die Straße.

Sie trommelte mit den Fingernägeln auf den Tisch.

»Hör zu, ich habe eine Idee. Wie wär's, wenn du mir erzähltest, was du heute gemacht hast. Und was du machen wirst, wenn ich weg bin. Oder morgen? Was hast du zum Beispiel morgen vor? Was macht dir Spaß?«

»Ich habe nicht viel Spaß. Ich warte auf meinen Freund.«

Das ist gut, dachte sie. »Dein Freund?«

Seine Kehle zog sich zusammen, seine Stimme klang angespannt. »Sie wissen Bescheid?«

»Nein. Warum erzählst du mir nichts von ihm? Es interessiert mich. Kommt er später vorbei, um mit dir zu spielen?«

»Er kann nicht. Er ist eingesperrt. Aber er wird weglaufen, wenn sie einen Ausflug machen, oder er schreibt mir einen Brief. Wir haben einen Code. Ich schreibe ihm, daß die Luft rein ist, dann wird er abhauen und zurückkommen. Was wir dann machen, weiß ich noch nicht. Ich denke, wir werden irgendwo hingehen.«

Eingesperrt. Ausflug. Sie ahnte etwas. »Ist dein Freund im Heim?«

Er drehte sich verdutzt um. »Woher wissen Sie das?«

»Ich habe mir gedacht, daß du dort ein paar neue Freunde kennenlernen würdest. Die meisten Kinder tun das. Es ist nicht schlecht, einen Freund zu haben. Das macht vieles leichter, nicht wahr? Er wird sich daran erinnern, du wirst sehen. Freunde halten, was sie versprechen.«

»Ja, das stimmt. Ich wußte gar nicht, daß Erwachsene davon eine Ahnung haben«, sagte er verwundert. »Aber wir haben uns nicht im Heim kennengelernt, sondern vorher.«

»Wo? Laß mich nachschauen.« Sie blätterte die Seiten durch. »Santa Mara. Stimmt's? Habt ihr euch dort kennengelernt?« Wie schön, dachte sie. Eine Art Beständigkeit, obwohl er in der anderen Stadt nicht sehr glücklich gewesen sein mochte. Keine *bekannten Verwandten.* Ich gründle besser nicht zu tief. Wer weiß, was . . .«

»Es war nicht besonders schön dort. Deshalb haben wir uns einen Plan ausgedacht. Er hilft mir, ich helfe ihm. Wir schworen es uns, dann sind wir weggelaufen. Auf dem Weg nach L.A. haben sie uns aufgelesen. Unser Abkommen besteht noch. Er macht seinen Teil, ich meinen. Er hat es letzte Woche getan. Danach bekam er Angst und ist weggelaufen. Ich habe meinen Teil auch erledigt. Das muß ich ihm noch sagen. Dann weiß er, daß er wieder zurückkommen kann. Was wir dann machen, weiß ich noch nicht. Schätze, wir verschwinden aus der Stadt.«

»Soll ich es ihm sagen? Ich komme auf meinem Nachhauseweg am Heim vorbei.«

»Würden Sie das tun?«

»Natürlich. Aber zuerst möchte ich noch etwas mehr über euer ›Abkommen‹ hören. Ich werde es aufschreiben und kein Wort daran verändern. Dann werden die Sozialarbeiter im Heim deinen Freund besser verstehen und ihm helfen können.«

»Sie können ihm nicht helfen.«

»Aber natürlich können sie das! Die meisten von ihnen sind wie ich«, log sie. »Sie *wollen* helfen. Manchmal ist es nicht leicht, das Richtige zu tun, wenn wir unser Gegenüber nicht verstehen. Du mußt es uns erklären. Du könntest uns helfen. Das dürfte doch nicht so schwer sein, oder? Sonst . . .«

»Erwachsene wollen nicht helfen. Sie wollen einem weh tun. Und sie wissen auch, wie. Sie schlagen uns, sperren uns ein und verraten einander nicht. Es ist, als wären sie in einem Verein. Aber wir haben jetzt unseren eigenen Verein. Billy und Chris. Und der Verein wird eine Menge Mitglieder kriegen, sobald die Kids Bescheid wissen.«

Tränen verschleierten ihren Blick und schnürten ihr den Hals zu. Sie konnte jetzt nicht sprechen.

»Sie gehen besser«, sagte der Junge.

»Ich – ich dachte, wir hätten einen Handel abgeschlossen«, brachte sie schniefend heraus. Bitte, dachte sie. Die Hilfe soll hier anfangen. Mach weiter. Die Welt ist ein gleichgültiger Ort, besonders für Jugendliche. Ich kann nicht so weitermachen. Ich mache mir genug Sorgen um sie, um etwas dagegen zu unternehmen.

»Was?«

»Wir beide, du und ich, haben einen Handel abgeschlossen. Erinnerst du dich? Du erzählst mir alles, und ich erzähle es den – den anderen Erwachsenen. Wir werden uns beraten und etwas für deinen Freund tun, das verspreche ich dir.«

»Sie sind genau wie meine Mutter«, erwiderte er eisig. »Die hat auch immer geweint, bevor sie mich schlug. Es hat keinen Zweck.«

Wie meine Mutter, dachte sie. Ich wollte immer zurückschlagen. Und eines schrecklichen Tages habe ich es getan. Ich frage mich, ob Vater Bescheid wußte? Er hat nie darüber gesprochen. Auch nicht als sie kamen, um sie mitzunehmen. Nicht mit mir. Niemals. Vielleicht wäre es besser gewesen, wenn er es getan hätte. Dann hätte ich ihm erklären können, wie und warum es passiert ist; warum ich es getan habe. Dann hätte er mich verstehen, mich lieben können. Ich frage mich, ob er mich danach noch geliebt hat. Er hat es mir nie gesagt. Ich muß wie eine Nadel in seinem Herzen gewesen sein. Es war zu spät für uns. Aber es ist noch nicht zu spät für Billy und seinen Freund Chris und die anderen, die vielen anderen. Es darf noch nicht zu spät sein.

Sie senkte die Augen und schlug mit dem Kugelschreiber auf den Aktendeckel.

»Ich werde dich bald wieder besuchen«, brachte sie heraus. Ihre Lippen wollten ihr nicht gehorchen. »Dich und deine neuen Eltern. Das verspreche ich dir. Ich bin sicher, daß es nette Leute sind. Wenn sie nicht . . .«

Er lachte. »Sie wissen überhaupt nichts, Lady.« Seine Lippen zogen sich zurück und entblößten verfärbte Zähne.

Sie stand hilflos auf und wandte sich um.

Ich muß eine Weile allein sein. Zuerst anrufen. Ich muß sie informieren. Kann ich auch noch später machen. Aber ich muß wenigstens einen Abschleppwagen bestellen. Beim Automobilclub. Wo ist das Telefon?

Sie lief blindlings ins Wohnzimmer.

Sie hörte, wie er aufsprang und wütend etwas hinter ihr her schrie. Es ist zu spät, sagte eine innere Stimme. Es ist immer zu spät. *Nein, ist es nicht. Ist es nicht!*

Das Telefon stand auf einem Gestell in der Diele. Sie nahm den Hörer von der Gabel und hielt ihn ans Ohr. In dem sonderbar düsteren und stillen Haus kam ihr der Brummton des Freizeichens entnervend schrill und durchdringend vor. Genauso wie die Nachrichten im Autoradio und im Fernsehen, die über den Doppelmord an einem Paar mittleren Alters, nur zwei Blöcke von hier entfernt, berichtet hatten. Nachrichten, die sie zu überhören versucht hatte.

Das war es, erkannte sie plötzlich, was sie verdrängt hatte. In der Nachbarschaft. Vergangene Woche. Und ich wollte nicht daran denken, weil ich wußte, daß ich hierhin mußte. Ich wußte es gestern nacht. Ich wußte es heute morgen. Ich habe es den ganzen Tag über gewußt.

Sie warf von der Diele aus einen Blick quer durchs Wohnzimmer: *Die annullierte Akte. Das war es. Sie hatte kurz hineingeschaut. Es war der andere Hausbesuch hier in der Nähe, der von der LAPD annulliert worden war, weil die Pflegeeltern ermordet worden waren und das Pflegekind, ein kleiner Junge, noch immer nicht gefunden worden war. Wie war noch sein Name? Er hieß . . .*

Von dort, wo sie stand, konnte sie nur einen kleinen Teil der Küche überblicken, aber genug, um zu erkennen, was ihr an dem Raum so seltsam, so deplaziert vorgekommen war. Was sie vorhin nicht bewußt wahrgenommen hatte, aber jetzt.

Sie sah den Gasherd und einen Teil der Wandverkleidung darüber; den Teil, an dem der Messerhalter hing. Tatsächlich schien es sich dabei um mehr als nur einen Satz Steakmesser zu handeln. An einer Seite fehlten zwei Messer. Wahrscheinlich die längsten. Und auf der Spüle lagen nur Tafelmesser. Plötzlich entdeckte sie, daß sich die Lücke vergrößert hatte, daß an dem Halter mehr als zwei Messer fehlten.

Sie drehte mit schreckgeweiteten Augen den Kopf zur Seite. Dann drückte sie immer wieder auf die Gabel, doch es meldete sich niemand, um sie zu verbinden.

Nur ein paar Zentimeter von ihr entfernt befand sich eine Tür. Als sie sich an ihr vorbei in eine Nische drängte, ging sie auf.

Sie griff nach hinten und verrückte das Telefon, während sie in das dunkle Zimmer spähte. Ein Schlafzimmer. Ein ungemachtes Bett. Seins? Nein, warte. Ein großes Bett mit einem Kleiderstapel darauf. Nein, kein Kleiderstapel, sondern eine Gestalt, die mit abgewandtem Gesicht auf der Seite lag. Und da war noch etwas. Neben ihr, zur Wand gerollt, lag eine zweite schlafende Gestalt. Mr. und Mrs. Wintersole, dachte sie entsetzt. Tut mir leid, ich . . .

Dann gewöhnten sich ihre Augen an die Dunkelheit.

Sie schliefen nicht. Aus ihren Rücken ragten zwei gebogene Fleischermesser.

Sie schlug entsetzt die Hände vor den Mund und schmeckte das Blut der Kratzwunden.

Von hinten näherten sich Schritte. Kleine, flinke, verstohlene Schritte.

Sie drehte sich um. Wollte sich umdrehen. Er ist es, dachte sie; es ist sein . . . nein, er darf sie nicht sehen! Schütz ihn. Du kannst es. Sag es. Sag es jetzt. Laß es heraus. Alles. Nach so langer . . .

»Laß mich dir helfen! Billy, ich liebe dich! Alle lieben dich! Es wird alles gut werden, nur laß mich dir helfen, bitte. Um der Liebe Gottes willen, weise mich nicht ab . . .«

Sie vollendete die Drehung. Er stand auf Zehenspitzen hinter ihr. Eine schreckliche Wut verzerrte seine Gesichtszüge.

»Ich heiße nicht Billy«, zischte er. »Ich habe Ihnen gesagt, Sie sollen gehen, aber Sie haben nicht auf mich gehört. Haben Sie es noch immer nicht kapiert? Billy wohnte hier. Ich habe zwei Blöcke weiter gewohnt. Mein Name ist Chris. Merken Sie sich das!«

Seine Arme krümmten sich im Zwielicht und hielten einen Augenblick inne, bevor sie sich abwärts bogen. In seinen Fäusten hatte er zwei Klingen; ein scharfgeschliffenes, gezacktes Steakmesser und einen Fleischspieß, deren Spitzen funkelten, als er sie ihr mit geübter Präzision in die Brust stieß.

Diese Geschichte wurde in Zusammenarbeit mit CC Palaski geschrieben.

Der Olympialäufer

Während sie fuhr, dachte sie: Ungefähr um diese Zeit wäre ich fertig und würde wieder zurück ins Bett kriechen.

Wenn Lori und Elisabeth, gesättigt und angezogen, aus der Tür und auf dem Weg zum Schulbus wären, gäbe es für eine Weile nichts mehr zu tun. Geoff setzte Erin auf dem Weg zur Arbeit immer am Mitfahrertreffpunkt ab; niemand von ihnen brauchte oder wollte morgens Caseys Hilfe. Dadurch gewann sie eine kostbare Stunde für sich selbst, bevor der Trubel mit den Nachbarn und dem Gärtner und der Wäsche und der Post und der Bank und dem Markt und den Putzfrauen und dem Stellenvermittlungsbüro und den Juristen wieder losging . . .

Nein, die beiden letzteren waren erst später, nachdem Geoff sie verlassen hatte und Erin davongelaufen war, dazu gekommen. Seitdem war das Leben komplizierter geworden, und sie hatte keine Zeit mehr, unter die Bettdecke zu schlüpfen. Wie kam sie eigentlich auf diese Gedanken?

»Wußtest du eigentlich«, fragte Lori auf dem Rücksitz, »daß im Sommer der Fingernagel deines Zeigefingers fünfzig Prozent schneller wächst?«

Casey zuckte zusammen. Sie packte das Lenkrad fester, blinzelte und wurde sich wieder bewußt, wo sie war. Sie sah das Meer, das Sicherheitsgeländer, den Wagen, der zu nahe an den gelblichen Klippen kurvte. Keine Zeit zum Träumen. Hier war das wirkliche Leben. Sie starrte auf den schmalen Weg – der linke Vorderreifen fuhr über die gestrichelte Linie – und versuchte sich daran zu erinnern, wie sie hierhergekommen war. Es dauerte ein paar Sekunden, bis es ihr wieder einfiel. Es schien unmöglich, ein böser Traum. Sie klappte den Sonnenschutz herunter, um dem gnadenlos blendenden Licht zu entgehen, und sah in den Rückspiegel, um sich zu versichern, daß Lori noch da war.

»Mom? Hörst du mir überhaupt zu?«

»Natürlich, Baby. Schneller als was?«

»Äh, das steht nicht hier.«

Der Wagen behielt seine Geschwindigkeit bei, als sie die Kontrolle wiedererlangt hatte. Das Meer hob sich und senkte sich wieder auf das glatte Laken aus reinster, tiefster Bläue unter einer blendenden Morgensonne. In diesem Augenblick rollte etwas von den Klippen auf den Highway herunter. Erschrocken riß sie das Steuer herum, um ihm auszuweichen. Als die Reifen darüber hinwegfuhren, hörte sie ein leises Geräusch, wie das Klopfen von Knöcheln gegen die Unterbodenversiegelung. Sie drehte das Seitenfenster herunter, um zu sehen, was sie überfahren hatte, aber sie konnte nichts erkennen.

»Was war das?«

»Nichts, Baby. Ein loser Stein.«

»Bist du sicher?«

Als sie in die Kurve einbog, gelang es ihr, durch den Rückspiegel noch einen letzten Blick auf einen winzigen Sandsteinhügel zu werfen. »Ja, ich bin mir sicher. Ich hatte schon Angst, es wäre ein Tier. Eins von denen, die über die Straße laufen und sobald ein Auto kommt wie angewurzelt stehenbleiben. Wie heißen sie noch? Erinnerst du dich, Ich habe dir eine Geschichte davon vorgelesen. Als du noch klein warst.«

»Gürteltiere?«

»Ich glaube nicht, daß es hier in der Gegend welche gibt.«

»Äh, weißt du eigentlich, daß Gürteltiere die einzigen Tiere sind, die Lepra bekommen können?«

»Nein, das wußte ich nicht. Vielen Dank.« Sie verbarg ihre Belustigung vor ihrer Tochter, die es seit kurzem nicht mehr ertragen konnte, wenn man sie neckte. »Hast du Hunger?«

»Ich bin auf Diät«, antwortete sie unwirsch. »Kannst du das Radio einstellen? Seit wir L.A. verlassen haben, hast du es nicht einmal angemacht.«

»Natürlich. Du brauchst nur zu fragen. Aber höflich.«

Casey schaltete das Radio ein, aber aus dem Lautsprecher drangen nur statische Geräusche. Ein Klang wie das Rauschen einer Brandung füllte den Wagen. Sie drückte der Reihe nach auf alle Knöpfe, aber hier draußen, fern von zu Hause, half die Programmierung der Sender nicht mehr. Sie drehte den Knopf bis zum Anschlag und hörte Stimmen unbekannter Discjockeys, die letzte Fortsetzung von Dr. Gene Scotts gleichsam religiösem Marathon und schließlich noch Nachrichten. Im Augenblick war es Zeit für eine weitere Unterbrechung: In einer Minute wurden mehr Informationen über die Olympischen Spiele zusammengestellt, als der menschliche Verstand aufnehmen konnte. Casey konnte sich des Gedankens nicht erwehren, daß alle Sender, egal welchen sie auch einstellte, versuchten, ihr etwas zu verkaufen. Sie glaubte nicht, daß sie etwas davon wollte. Sie gähnte, um einen klaren Kopf zu bekommen.

»Hast du meine Bänder mitgenommen?« fragte Lori. Sie kramte in der Kiste unter ihrem Sitz herum und gab ihr eine übel zugerichtete Kassette. »Hier. Spiel die B-Seite.«

Casey seufzte. »Wie du wünschst.« Sie hatte entschieden, diesen Trip nicht zu einem Alptraum für sie beide werden zu lassen. Ein wenig Musik – beruhigte sie sich, würde niemandem schaden und sie wachhalten

Der Highway wand sich höher; eine endlose Folterqual unter einem trügerisch wolkenlosen Himmel. Das Terrain erlaubte keine weite Sicht; ein paar Mal hatte sie Visionen von offenem Land und hoffte schon, daß sich die Landschaft verändert hatte, aber diese Ausblicke waren zu sporadisch, um eine genauere Einschätzung zu ermöglichen. Lori legte das ›Dynamite‹-Magazin beiseite und wandte ihre Aufmerksamkeit wieder dem *Buch des ungewöhnlichen Wissens* zu, dem millionenfach verkauftem Taschenbuch, das Casey wegen Zeitmangels bis heute noch nicht gelesen hatte. Nach Loris Auszügen zu urteilen, glaubte Casey nicht, daß sie es jemals lesen würde. Sie fand es stupide, eine Liste mit Fakten zu lesen, die ihr Leben nicht im mindesten betrafen oder ihr weiterhelfen konnten. In Wahrheit kam sie sich nach der Lektüre solcher Bücher nur noch unwissender vor. Wie damals im College, als eine Kristallformation unter dem Mikroskop sie so verwirrt hatte, daß sie glaubte, auf eine fremdartige Landschaft zu blicken.

Sie legte den Nacken auf die Kopfstütze und wartete auf das nächste Straßenschild. Sie fuhr diese Strecke zum ersten Mal. Himmel und Meer wichen zurück, und der Strand schien gefährlich weit weg zu sein. Der Highway schien über der Küste zu schweben. Sie zwang sich dazu, den Blick auf das Armaturenbrett zu richten, und legte die Kassette ein.

Es dauerte nicht lange, bis sie den nasalen Gesang eines berühmten Popsängers erkannte, der für seine gewagte Kleidung bekannt war, die ihm noch vor anderthalb Jahrzehnten die Ächtung aller Fernsehsender eingebracht hätte. Als Antwort auf die Anforderungen eines launenhaften Marktes war er unlängst in der Aufmachung eines romantischen Schnulzensängers wieder in Erscheinung getreten. Die neue Person war fadenscheinig und überzeugte niemanden, der sich an mehr als den Stil der letzten Saison erinnern konnte, aber ihre zehnjährige Tochter schien das nicht zu bemerken.

Casey fühlte sich unbehaglich. Die Stimme klang falsch, als schlüge man auf Aluminium. Der Text war eine stilisierte Überhöhung der Liebe zwischen Mann und Frau, von diesen Dingen hatte der Sänger offenbar nicht die geringste Ahnung. Er ist auf dem falschen Dampfer, dachte Casey. Oder nicht? Vielleicht hat er recht, wenn er sich auf diese Weise darüber lustig macht. War es Selbstbetrug? War seine Übertreibung wirklich so pervers, wie es schien? Oder inszenierte er die perfekte Satire? Aber was machte das schon. Geht es in diesem Lied denn um etwas, fragte sie sich, was im Leben zählt? Sie drehte die Lautstärke so weit wie möglich herunter und versuchte, nicht zuzuhören.

»Es ist bald Zeit fürs Mittagessen«, sagte sie, als das Band zu Ende war. »Nach ein paar Kilometern müßte ein Anderson's Pea-Soup-Restaurant auftauchen. Wenigstens glaube ich das auf einem der Schilder gelesen zu haben. Warum hilfst du mir nicht und hältst auch danach Ausschau?«

»Ich habe es dir doch schon einmal gesagt, Mom, ich bin auf Diät. Du hörst mir gar nicht zu.«

Schon gut, dachte Casey, okay. Ich geb's auf. Ich habe

noch nie etwas gut genug gemacht, um jemanden über längere Zeit hinweg zufriedenzustellen. Warum sollte es heute anders sein? Sie lehnte sich zurück, kniff die Augen wegen der blendenden Sonne zusammen und fuhr weiter.

»Warum warten wir nicht damit und essen nachher mit Erin? Wollten wir sie nicht zum Mittagessen ausführen? Das Essen dort muß furchtbar sein.«

»Ja. Nein. Nicht zum Mittagessen, Baby. Das schaffen wir nicht mehr rechtzeitig. Wir haben noch nicht einmal die Hälfte der Strecke hinter uns.«

»Aber sie kommt doch mit uns *zurück*, nicht wahr? Nach Hause, meine ich?«

»Was für ein Zuhause?« fragte Casey mißmutig.

»Was soll das heißen? Dad hat dir das Haus gelassen, stimmt's? Wir haben einen Platz zum Wohnen. Also, wovon sprichst du eigentlich?«

»Von euch«, erwiderte Casey. »Er hat es euch gelassen, dir und deiner Schwester. Aber nur weil das Gericht es so entschieden hat. Mir hat er nichts gelassen. Hast du das verstanden, junge Lady?«

»Und das Auto? Er hat dir doch das Auto vermacht. Okay, *uns*, Lizzy und Erin. Ich bin jetzt alt genug, um mir immer, wenn ich Lust habe, den Wagen auszuborgen. Und dann schickt er noch zweimal im Monat einen Scheck. Es hätte sehr viel schlimmer kommen können. Worüber beschwerst du dich eigentlich?«

Mir fehlt die Zeit, in der ich früher im Bett zu liegen pflegte, halb verschlafen und halb wach, und auf das Summen des Weckers wartete. Die Zeit, in der ich nicht wußte, was wirklich ist und was nicht. Darüber beschwer' ich mich. Und das nicht erst seit heute. Das ist mit mir los.

Endlich wurden die Klippen flacher und öffneten sich zu einer seichten Bucht am Pismo-Strand, wo die Strahlen der hochstehenden Sonne diffus durch die letzten Schwaden des Morgennebels blinzelten. Casey verließ den Highway und suchte nach einem Parkplatz. Um Ufer sah sie junge Leute mit Surfbrettern und Walkmen neben Rentnern mit luftdurchlässigen Olympiakappen und Shorts. Jede Gruppe kämpfte um ihren rechtmäßigen Platz am Rande des Kontinents, an der letzten Westgrenze. Bis jetzt konnte man nur von einer gezwungenen Koexistenz sprechen, die nicht bis in alle Ewigkeiten halten würde.

»Hier gefällt es mir nicht«, quengelte Lori.

»Und warum nicht?«

»Es erinnert mich an alte Leute.«

»Und was ist so schlimm daran? Du warst immer gerne bei Oma und Opa. Wie wir alle. Die Schaukeln im Hinterhof . . .«

»Wer?«

»Du und deine Schwestern.«

»Wir nicht, Mama. Du mußt jemand anderes im Kopf haben.«

Sie zuckte zusammen, als ihr klar wurde, daß Lori recht hatte. Caseys Eltern hatten das Haus, in dem sie aufgewachsen war – das Haus mit den Schaukeln –, verkauft und sich in einem Wohnwagenpark in Küstennähe niedergelassen, bevor Lori und Elisabeth geboren worden waren. Erin war damals noch ein Baby gewesen.

»Wir halten doch nicht an, um sie zu besuchen, oder?« fragte Lori. »Ich dachte, wir hätten es eilig.«

»Habe ich ein Wort davon verlauten lassen, daß wir Großmutter und Großvater einen Besuch abstatten?« Casey hatte keine Lust zu kämpfen. Sie war viel zu erschöpft, um sich auf einen Streit einzulassen. »Okay. Und wo möchtest *du* hin, auch wenn du schon nichts essen willst? Denn ich kriege garantiert Hunger, bevor wir in Lockewood eintreffen.«

»Ins Pink Virgin Inn«, antwortete Lori und schaute in ihr Buch. »Hier steht, es wäre eine der exotischsten Attraktionen Kaliforniens. Hier steht, daß man es gesehen haben muß.«

Casey schauderte bei dem Gedanken. Sie erinnerte sich nur zu gut an das Pink Virgin Inn. Es war in der Tat exotisch, genauso exotisch wie das Winchester Mystery House und das Hearst Castle. Ein überaus kitschiges Monument, von der Witwe eines Multimillionärs als Erinnerung an ihre unsterbliche Liebe erbaut. Geoff hatte sie vor vierzehn Jahren für eine Nacht ihrer Flitterwochen dorthin eingeladen. Eine Nacht hatte gereicht. Am Morgen waren sie Arm in Arm über den rosafarbenen ausgelegten Teppich, an rosafarbenen Quarzrepliken von Michelangelos *David* (samt rosafarbenem Feigenblatt) und Rodins *Kuß* vorbei ins Freie spaziert, wo die feuchten rosafarbenen Ränder eines herzförmigen Swimming-pools wie die Lippen einer unanständig entblößten, geheimen Öffnung schimmerten. Damals war ihr alles süß und lauschig, fast rührend erschienen; aber wenn sie jetzt daran zurückdachte, wurde ihr klar, daß Geoff ihre Ehe schon damals zu einem Witz gemacht hatte. Nein, das Pink Virgin Inn überließ man besser den anderen, schmählich fehlgeleiteten Paaren auf dem Weg zu oder von einer überstürzten Heirat in Reno; oder man benutzte es als Schutzwall gegen fliegende Untertassen. Wenn die Außerirdischen nur eine Spur ästhetischen Empfindens besäßen, würden sie einen Blick darauf werfen, davonstürzen und Kalifornien den Eingeborenen überlassen.

»Es ist zu weit weg«, sagte Casey betont sachlich. »Es liegt ein ziemliches Stück landeinwärts. Wir haben nicht genug Zeit.«

»Stimmt, *Mom.*« Lori betonte das zweite Wort wie einen Fluch.

»Oh, schau mal, die Boote«, rief Casey überschwenglich aus, während sie eine Promenade herunterfuhr, die durch geparkte Touristenkutschen verstopft war. »So viele Boote. Und die Fischer. Sind das da Gelbschwänze? Lori, leg dein Buch zur Seite und hör mir zu. Du könntest noch etwas lernen.«

Lori sog empört die Luft ein.

Nachdem sie die Stadt hinter sich gelassen hatten, erstreckte sich das Meer vor ihnen fast in Augenhöhe; allzeit bereit, sich über den Asphalt zu ergießen und bei dem Versuch, die Sanddünen auf der anderen Seite noch weiter abzuknabbern, ihren Wagen zu verschlingen. Casey fuhr weiter, ohne einen weiteren Vorschlag gemacht zu haben; wenn Lori partout keinen Spaß an der Reise haben wollte, so war das ihr Problem. Sie hatten noch einen weiten Weg vor sich, und Caseys Magen zog sich bei der Aussicht, die Anlage erst nach Anbruch der Dunkelheit zu erreichen, schmerzhaft zusammen. Und noch etwas beunruhigte sie. Während sie über eine Landstraße raste und dann wieder auf die der Küste folgenden Route 1 einbog, fielen ihr ihre Eltern wieder ein, und dieses Thema setzte gemischte Gefühle in ihr frei.

In den vergangenen Jahren hatte Casey ihre Mutter und ihren Vater nur selten besucht, vielleicht zweimal mit der ganzen Familie, als die Mädchen noch klein waren; aber auch früher, als die Eltern noch das große Haus hatten, war sie nicht gerade häufig gekommen. Umgekehrt hatten sich ihre Eltern auch nicht oft bei ihr in L.A. blicken lassen, obwohl genug Zimmer zur Verfügung standen. Es hatte an Geoff gelegen. Oder etwa nicht? Da er selbst aus einer zerbrochenen Familie stammte, hatte er sich in der traditionellen Familienszenerie unwohl gefühlt. Sie hatte sich gesagt, daß es nicht sein Fehler war.

Als die Streitereien anfingen, gab sie sich die Schuld. Sie war überzeugt, ihn in irgendeiner Weise gekränkt zu haben. Wenigstens hatte er ihr dieses Gefühl vermittelt. Nachdem er sie vor aller Augen einmal zu häufig in Verlegenheit gebracht hatte, kam sie zu dem Ergebnis, daß es das Ganze nicht wert sei. Ihre Eltern würden es verstehen. Sie mußten es einfach begreifen.

Ja, Casey war sich sicher gewesen, daß sie es verstehen würden. Sie führte ihr eigenes Leben, sie hatte einen Ehemann und Kinder, die ihre Zeit völlig in Anspruch nahmen. Die Wahrheit war, die Eltern hatten nicht mitkriegen sollen, daß ihre Ehe keineswegs so rosig war. Hatten sie sie nicht anständig erzogen? Die Besuche wurden immer seltener, bis jeder Besuch ein unerträgliches Gewicht bekam, so daß sie vor Nervosität jedesmal völlig außer sich geriet. Und dennoch schienen sie Verständnis zu haben.

Das machte es noch schlimmer. Als Casey schließlich allein zu ihren Eltern fuhr, wurde es von Mal zu Mal schwieriger, sie davon zu überzeugen, daß alles in Ordnung war. Sie stellten kaum fragen und gingen auf Distanz, damit es nicht so aussah, als wollten sie sich in ihre Angelegenheiten mischen. Schließlich waren sie so weit weg, daß sie sich wie die Erinnerung an ein vergangenes Leben auflösten. Als kein Thema mehr da war, über das man miteinander reden konnte, wurde die Entfremdung zwischen ihnen unüberbrückbar. Und doch hatten sich ihre Eltern niemals darüber beschwert. Sie aber trug die Schuld wie eine Wunde und wartete und hoffte darauf, daß die Zeit sie heilen möge. Aber so weit war es nie gekommen. Und jetzt war es zu spät. Wie sollte sie ihren Eltern beibringen, daß ihr Mann sie verlassen hatte und daß ihre Erstgeborene von zu Hause weggelaufen war? Sie würden sagen, es wäre ihre Schuld.

Genau wie Geoff. Meistens glaubte sie es selbst. Das hatte er ihr beigebracht.

Sie würden nie erfahren, wie nahe sie ihnen heute gewesen war oder daß sie diese Fahrt gemacht hatte. Und das war noch trauriger als alles andere.

Sie verließ den Highway an der Morro Bay und fand einen Parkplatz hinter dem Dorn's Restaurant. Ihr war nicht nach Essen zumute, aber sie hatte schließlich eine Tochter zu ernähren. Der Eingang des Lokals war patriotisch mit Flaggen dekoriert. Es wurde auch ein Spezialmenü zu Ehren der Olympiateilnehmer angeboten. Ein Fernsehsender berichtete von den Vorbereitungen zu den 1500- und 5000-Meter-Endläufen der Männer. Sie hörte nicht hin. Als sie beide an einem Fenstertisch saßen, Butter auf die duftenden Brötchen strichen und nach draußen schauten, wo die Segelboote wie Vögel ins glitzernde Wasser tauchten, versuchte sie sich zum ersten Mal an diesem Morgen zu entspannen.

Es war angenehm hier. Die Gespräche an den Tischen, die Stimmen der anderen Reisenden, die in diesem sicheren Hafen Schutz gefunden hatten, klangen freundlich. Aber worüber hätte sie mit ihnen reden sollen? Sie und Lori waren wahrscheinlich die einzigen Gäste, die die Berichte von den Spielen in Los Angeles nicht verfolgten, und es gab keinen Grund, weshalb sich die anderen für ihre Probleme interessieren sollten. Sie bestellte eine Suppe mit Muscheln und Gemüse und ein Croissant – wenn sie Glück hatte, würde Lori sich daran beteiligen – und wandte ihre Aufmerksamkeit wieder dem überwältigenden Panorama zu, das durch den aufsteigenden Nebel schimmerte. Eine Möwenschar flog am Fenster vorbei, die Flügel zu Herzspitzen geformt, und ließ sich müßig auf dem Dock nieder, um sich an der Mittagssonne zu wärmen.

»Wußtest du eigentlich«, fragte Lori, während sie ein

weiteres Butterpäckchen öffnete, »daß vierzehn Prozent aller Seemöwen in der Karibik homosexuell sind?«

»Nicht so laut«, sagte Casey. »Wir sind hier nicht in der Karibik.«

»Red kein Scheiß, Sherlock!« antwortete Lori.

Das ältliche Paar am Nebentisch blickte stirnrunzelnd von seinen Fruchtbechern auf.

Casey packte Loris Arm. »Wage es nicht noch einmal, so mit mir zu sprechen«, zischte sie. Unter der Tischplatte drückte sie Loris Handgelenk. »Hast du mich verstanden?«

Lori stöhnte entnervt auf.

Casey warf ihr einen langen Blick zu, sah die ungezähmten Haare über den Augen, die neue Überheblichkeit in den Mundwinkeln. Lori war eine verblüffend gute Imitation ihrer großen Schwester, und Casey war dabei, auch sie zu verlieren. Würde sie genau wie Erin anfangen, die Schule zu schwänzen und davonlaufen, wenn ihr klar wurde, daß ihr Vater niemals zurückkehren würde? Versteckte sie Drogen in ihrem Zimmer? Tief im Innern wußte Casey, daß sie ihrer Tochter keine Schuld geben konnte.

»Du weißt«, fuhr sie besänftigend fort, »daß es für mich nicht leicht war, die Familie zusammenzuhalten. Du solltest versuchen, es zu verstehen. Du bist jetzt ein großes Mädchen.«

»Und was ist mit Doug?« fragte Lori. »Du mußt doch nicht die Unnachgiebige spielen, nur weil Dad fort ist.«

Sie dachte an den Mann, den sie vor ein paar Monaten kennengelernt hatte, als es ihr nicht gutgegangen war. Ja, er war zu einem Teil ihres Lebens geworden. Aber für wie lange?

»Was bringt dich zu der Annahme, daß er noch bei uns bleiben will, wenn er erst einmal herausgefunden hat, was für nichtsnutzige Töchter ich habe?«

Im gleichen Augenblick bereute sie das Gesagte. Es

stimmte nicht. Ihre Töchter benahmen sich geradezu vorbildlich, wenn Doug sie besuchte. Sie bewunderten ihn. Und sie waren auch wunderbar, wenn er nicht da war. Lori hatte in den Wochen, nachdem Geoff die Familie verlassen hatte, das Frühstück gemacht und Elizabeth zur Schule gebracht. Casey bemerkte Loris schockierten Gesichtsausdruck.

»Tut mir leid«, entschuldigte sie sich. »Ich habe es nicht so gemeint.«

»Es liegt an dir, Mom. Ist dir das immer noch nicht klar? Was meinst du, weshalb Dad uns verlassen hat? Nicht wegen mir oder Erin oder Lizzy. Wir wollten nicht, daß er geht. Er liebt *uns*. Er hat Lizzy für dieses Wochenende zu sich genommen, oder?«

»Ich sagte, es tut mir leid«, stieß Casey hervor. Sie fühlte, daß sie von den anderen Gästen angestarrt wurden. »Lori, bitte, tu mir das nicht an. Mach mir keine Szene.«

»Okay, Mom. Das ist das einzige, worüber du dir Sorgen machst. Daß jemand denken könnte, du wärst keine gute Mutter.«

Casey versuchte sich zu beherrschen.

»Was willst du jetzt tun? Mich schlagen? Warum tust du es nicht? Warum machst du es nicht wie Dad? Komm schon!«

Casey hob die zitternde Hand, als die Kellnerin an ihrem Tisch auftauchte.

»Wer hat die Limonade bestellt?«

Lori legte den Kopf auf die Arme.

»Es ist gut«, antwortete Casey mit einem aufgesetzten Lächeln. »Streichen Sie den Kaffee.« Sie räusperte sich. »Können Sie mir bitte sagen, wie ich zur Damentoilette komme?«

Die Gespräche ringsherum waren verstummt. Es war ruhig. Wie die Ruhe nach einer schrecklichen Explosion.

Casey konnte fühlen, daß alle Gäste sie anstarrten. Tassen schienen mitten in der Bewegung eingefroren zu sein, Tafelsilber funkelte im Sonnenschein. Sie schob den Stuhl zurück, stand unsicher auf und verließ den Tisch.

Sie stützte sich auf das Waschbecken, bis ihr Magen sich beruhigt hatte. Als jemand hereinkam, frischte Casey rasch ihr Make-up auf und machte sich auf den Rückweg.

Sie kam an einem Wandtelefon vorbei, blieb stehen und lauschte den sich belebenden Geräuschen im Speiseraum. Die Kellnerin kam auf dem Weg in die Küche an ihr vorbei. Ich muß wie ein Narr aussehen, wenn ich hier so herumstehe, dachte Casey. Sie wühlte in ihrer Handtasche herum, und ihre Finger schlossen sich um eine einzelne Münze, die ganz unten lag.

Spontan warf sie sie in den Schlitz und wählte Dougs Nummer.

Als sich die Vermittlung meldete, wühlte sie tiefer, aber sie konnte das passende Kleingeld nicht auftreiben.

»Werfen Sie bitte fünfundachtzig Cent für die ersten Minuten ein.«

Die Nummer war schon angewählt. Die Vermittlung würde die Verbindung so lange unterbrechen, bis sie bezahlt hätte. Währenddessen könnte Doug bereits aufgehängt haben. Sie könnte ein R-Gespräch anmelden. Ihm war es egal. Er hatte sie gebeten, zwischendurch anzurufen und ihm zu sagen, ob es ihr gutging.

»Hallo?« Seine Stimme.

»Einen Augenblick, Sir. Ma'am, würden Sie bitte . . .«

Sie hängte wortlos ein.

Was soll's. Was konnte Doug schon tun? Er war ein lieber, netter Mann, sympathisch und begierig darauf, sie zufriedenzustellen – zu begierig, dachte sie. Sie war sich nicht sicher, ob sie ihm trauen konnte. Geoff war wenigstens ungestüm und entschlossen gewesen.

Sie holte sich die eingeworfene Münze zurück und suchte, einem plötzlichen Impuls folgend, in der Handtasche nach ihrem Adreßbuch.

Wie hatte sie es nur vergessen können?

Es war schon so lange her, seit sie ihre Eltern zuletzt angerufen hatte, daß ihr die Telefonnummer nicht mehr einfiel. Sie blätterte im Telefonbuch und fuhr mit dem Finger über die Spalten. Diesmal würde es nur ein Ortsgespräch werden.

Eine künstliche Stimme informierte sie darüber, daß die von ihr gewählte Nummer nicht mehr existierte.

Das mußte ein Irrtum sein. Sie rief die Vermittlung an, dann die telefonische Auskunft, aber unter dem Namen der Eltern war keine Nummer aufgeführt. Das bedeutete, daß sie sich eine Geheimnummer zugelegt hatten. Warum? Damit man sie nicht mehr mit seltsamen Anrufen belästigte, dachte sie. Wie diesem.

Wieder zurück an den Tisch zu Lori, die die Sandwichhälfte nicht angerührt hatte, legte Casey einen Zehn-Dollar-Schein neben die Rechnung und verließ das Lokal, ohne auf das Wechselgeld zu warten.

Sie überquerte den Parkplatz, stieg in den Wagen und starrte auf die Bucht und den gewaltigen Morro Rock, der jetzt, nachdem die Sonne hinter einer Nebelbank verschwunden war, im Schatten lag. Die Segelboote neigten sich zwischen schaumgekrönten Wellen und verschwanden im Dunkeln.

Lori glitt auf den Rücksitz und schleuderte die Magazine zu Boden. »Danke, Mom«, sagte sie. »Weißt du, ich wünschte, du wärst nicht so gemein. Es ist nicht meine Schuld . . .«

»Ich weiß.«

Aber wen soll ich sonst dafür verantwortlich machen? dachte sie.

Auf dem Weg landeinwärts spielte Casey mit dem Gedanken, einen Umweg zu machen, um ihre Eltern zu besuchen. Sie erkannte, daß sie es schon die ganze Zeit über vorgehabt hatte, es sich nur nicht hatte eingestehen wollen. Bis jetzt. Aber dann dachte sie: Vielleicht sind sie nach Süden gefahren, zu den Olympischen Spielen. Dad hat sich immer schon für Sport interessiert. Sie haben mich nur nicht wissen lassen, daß sie in L.A. sind, um mich nicht aufzuregen und sich nicht aufzudrängen.

Als sie an der Küste entlanggefahren war, hatten sie sich wahrscheinlich getroffen, ohne es zu merken.

Sie sahen das Schild, das sie nach Lockewood führte, als die Sonne im Meer zu versinken begann. Die Berge im Osten ragten dunkel und schroff empor, und Lori hörte mit dem Lesen auf. Das Licht wurde schwächer, und die Fahrt im schwankenden Auto hatte die Buchstaben vor ihren Augen wie Insekten tanzen lassen. Sie beschloß, nicht mehr hinauszuschauen. Die Bergausläufer waren jetzt keine auf der Seite liegenden Elefanten mehr, sondern eine finstere Grenze, dunkler als das Zwielicht.

»Sind wir schon da?« fragte Lori.

»Wenn das Schild stimmt«, antwortete ihre Mutter. »Ich sehe keine andere Straße . . .«

»Warum schaltest du nicht die Scheinwerfer an?« meinte Lori unwirsch.

»Das wollte ich gerade machen.« Casey schaltete das Licht an, und sie sahen einen Maschendrahtzaun und ein weiteres Schild, auf dem stand: *Nur für Befugte – Zutritt verboten.*

»Na, großartig, Mom. Und was machen wir jetzt? Wenden und zurückfahren? Wirklich eine ausgezeichnete Idee, Erin hierherzuschicken. *Echt.*«

Casey holte ihre Brille heraus und kurbelte das Fenster herunter. »Ich habe sie nicht hierher geschickt. Sie ist davongelaufen. Nachdem man sie aufgelesen hat, habe ich ihnen nur mitgeteilt, sie könnten sie eine Weile dabehalten. Bis sie wieder in Ordnung ist.«

Lori antwortete nicht. Ihr Hals tat weh, und ihre Augen brannten. Es mußte an der kalten Luft liegen. Sie rieb sich die Arme, um die Gänsehaut zu vertreiben.

Ihre Mutter drückte auf die Hupe, und ein Mann in Joggingschuhen kam zum Vorschein. Er sah wie ein Lagerleiter aus. Als Casey ihm durchs offene Seitenfenster ihren Namen zurief, begann er am Vorhängeschloß herumzuspielen. Er schloß die Kette auf, öffnete das Tor, und Casey fuhr ohne ein Wort des Dankes hindurch.

Die staubige Straße schien nachzugeben und zu schwanken, als würde die Erde im Inneren der Hügel beben. Casey hielt mit beiden Händen das Steuer umklammert. Nach einer Weile erreichten sie ein weiteres, diesmal offenes Tor. Dann sahen sie die gelben Lichter, die von einer Gruppe niedriger Gebäude ausgingen. Der Wagen bockte, als sich der Boden unter ihm aufbäumte, und rumpelte. Dann tauchte hinter ihnen ein großes Licht auf. Es war so hell, daß Mom den Blick vom Spiegel wenden und auf die Bremse treten mußte.

Sie hörten ein Geräusch wie das Trompeten eines Elefanten. Es war so laut, daß Lori Angst hatte, niedergetrampelt zu werden. Mom war wieder hellwach, riß das Steuer herum und trat auf das Gaspedal. Der Wagen brach seitlich aus und blieb zwischen einer Baumgruppe stehen, während ein Bus, ähnlich dem, mit dem Lori zur Schule fuhr, über die Straße und durch das Tor raste. Lori hörte schreiende Kinder.

»He, alles in Ordnung?«

Ein Mädchen in einem rot-weiß-blauen T-Shirt, das alt

genug war, um ins College zu gehen, kam auf sie zugerannt. Es versuchte, die Wagentür zu öffnen, aber der Knopf war unten.

»Tut mir wirklich leid! Sie haben heute einen Ausflug gemacht und sind noch völlig aus dem Häuschen. Der Fahrer hatte es eilig. Er mußte rechtzeitig mit ihnen zurück sein.«

»Sie müssen wirklich etwas wegen dieser Straße unternehmen«, antwortete Casey, setzte die Brille ab und strich sich übers Haar. »Können Sie mir bitte sagen, wo ich Erin finden kann?«

»Wen?«

»Ich bin Erins Mutter. Ich habe gestern angerufen. Es ist in Ordnung.«

Die junge Frau beugte sich vor, um sich Casey genauer anzusehen. »Ist es eines von den älteren Mädchen?«

Casey fixierte sie mit stählernem Blick. »Sie ist dreizehn.« Sie sagte es so, als hätte man sie beleidigt.

Es war immer so. Zuerst war sie überaus freundlich, dann schlug die Stimmung wegen einer Lappalie um, und sie wurde kalt und hart. So hatte sie es früher mit jedem gemacht, auch bei Männern, mit denen es nett angefangen hatte. Lori hatte keine Ahnung, woran es diesmal lag. Sie ließ Mom Mom sein und bewegte sich vor.

»Hi! Erin ist meine Schwester. Wir wollten sie abholen.«

»Besuchen«, verbesserte Casey.

»Oh, hi«, sagte das Mädchen. »Ich habe dich gar nicht gesehen. Wie geht's?«

Lori zog den Türknopf heraus, und man half ihr aus dem Wagen. Als der Sozialarbeiter, der ihnen das erste Tor geöffnet hatte, näher kam und Anstalten machte, Casey aus dem Wagen zu helfen, stieg sie rasch aus und nahm Lori bei der Hand.

»Bleib bei mir«, sagte sie.

»Soll ich mir Ihren Wagen einmal ansehen?« fragte er. »Die Kupplungsstange könnte verbogen sein.«

»Vielen Dank. Ich werde mich selber darum kümmern«, antwortete Casey.

Währenddessen waren alle Kinder ausgestiegen. Lori und ihre Mutter sahen zu, wie sie aus dem Bus kletterten, aber sie konnten Erin nicht entdecken. Weitere Sozialarbeiter tauchten auf und zählten die Kinder durch. Einer blies auf einer Pfeife, damit die Jungen und Mädchen sich in Reih und Glied aufstellten.

»Sagten Sie, daß alle Kinder in diesem Bus sind?« fragte Casey die junge Sozialarbeiterin.

»Sehen Sie Ihre Tochter nicht?«

Der junge Mann sagte: »Sie müßte dabei sein.«

»Hören Sie zu«, sagte Casey. »Wir haben einen langen Weg hinter uns. Es ist spät. Wenn Sie nichts dagegen haben, würde ich gerne meine Tochter sehen – und zwar sofort.«

Die Sozialarbeiter berieten sich über einem Klemmbrett.

»Sie muß in dem anderen Bus sein«, sagte die Frau.

»In was für einen anderen Bus?«

»Ist sie ein Spezialfall?«

»Ich möchte mit Ihrem Vorgesetzten sprechen«, sagte Casey.

»Sie meinen, den Verantwortlichen?« Die junge Frau verlagerte ihr Gewicht und sah auf die Uhr. »Das ist ein wenig problematisch. Sehen Sie, der Rest des Stabes hat vermutlich gerade Schichtende. Die nächste Schicht kommt nicht vor zwanzig Uhr.«

»Wollen Sie mir damit sagen, daß im Augenblick kein Verantwortlicher hier ist?«

»Lassen Sie mich sehen . . .«

»Im Speisesaal«, schlug der junge Mann vor.

»Nun, ich schätze, ich kann ihn holen lassen, wenn es ein

Notfall ist. Andererseits, wenn Sie sich noch ein paar Minuten gedulden würden . . .«

»Ist das der andere Bus?« fragte Lori.

Sie drehten sich um, als ein großer gelber Schultransporter vor ihnen zu Stehen kam.

Das erste Kind hinkte, und seine Hände zitterten stark. Das zweite sabberte und brauchte sehr lange zum Aussteigen. Lori stellte fest, daß mit jedem Kind, das aus dem Bus stieg, etwas nicht stimmte. Sie hatten entweder verkrüppelte Beine oder einen Buckel, oder aber ihre Köpfe bewegten sich nicht normal.

»Was für eine Einrichtung *ist* das hier überhaupt?« fragte Casey.

»Oh, wir sind hier ein DPSS«*, antwortete der junge Mann. Er trat vor, um bei den Rollstühlen zu helfen. »Wir sind strikt zu Schutz, Verwahrung und Unterbringung angehalten. Aber seit der Gouverneur den Sozialeinrichtungen das Geld gekürzt hat, sind auch eine Menge Körperbehinderte und Drogenrehabilitierte dabei, die von den Jugendämtern eingewiesen werden. Sie sollten uns besser keine mehr schicken. Bei uns schlafen sie schon zu sechst in einem Zimmer.«

»Meine Erin gehört nicht hierher«, sagte Casey zu ihm.

»Man weiß nie«, antwortete er.

Als letztes stiegen drei stämmige, übergewichtige, mondgesichtige Kinder aus. Sie hielten sich an den Händen, lachten, streckten einander die Zungen heraus und waren glücklich wie Babys. Lori lächelte sie an und winkte ihnen zu. Gar nicht so übel, ein Spezialfall zu sein, dachte sie. Eigentlich hatten sie es sogar besser. Jede Menge Spaß. Und keine Probleme.

---

* Department of Public Social Services. Amt für Öffentliche Sozialdienste (Anm. d. Übers.)

»Nun?«

»Verzeihung?«

»Ma'am? War sie nicht dabei?« Als Mutter die Lippen spitzte und das Kinn vorstreckte, sagte er: »Ich werde die Liste durchgehen. Wenn Sie sich setzen wollen, es steht eine Bank neben dem Büro.« Als er gerade aufbrechen wollte, kam ihm eine neue Idee. »Warum essen Sie nicht mit uns? Ich werde die Küche fragen, ob sie zwei Extraportionen machen kann.«

»Nein, danke.«

»*Mom* . . .!« sagte Lori, als er fort war.

»Sei still«, befahl Casey. »Wir brauchen keine Gefälligkeiten von ihnen.«

Lori knurrte der Magen. »Was hast du damit gemeint, als du sagtest, wir kämen nur zu Besuch?«

»Was?«

»Ich sagte, wir kämen, um Erin zu holen, und du sagtest . . .«

Casey seufzte. »Ich versuche abzuwägen, was für sie besser ist. Das ist nicht leicht.«

»Was das beste für dich ist, meinst du.«

Bevor ihre Mutter etwas erwidern konnte, ging Lori zum Spielplatz und setzte sich auf eine der Schaukeln.

Sie liebte diese Tageszeit, wenn die geschäftigen Stunden hinter einem lagen, der Nebel sank und die Luft klarer wurde. Der Himmel über den Bäumen hatte die Farbe der Tiefsee angenommen, und der Abendstern zeigte sich am Horizont. Es war Venus. Das hatte sie in ihrem Buch gelesen.

Der ganze Ärger, der sich während der langen Fahrt in ihr aufgestaut hatte, verließ sie wie ein langer Seufzer und wehte mit dem Wind, der durch die Bäume rauschte, davon. Jetzt war sie leer und allein. Sie sah die Umrisse der Spielgeräte. Dinge, die sie an ihrem letzten Schultag hinter sich gelassen hatte. Sie war überrascht, wie klein sie ihr vorkamen, und fragte sich, wie diese kleinen Spielzeuge überhaupt ihr Gewicht hatten ertragen können.

Der Wind wehte stärker und sang in den Ketten der Schaukel. Lori hielt sie stramm, dennoch vibrierten sie unter ihrem Griff. Dann begannen sie zu rasseln. Sie konnte es nicht stoppen.

Sie erkannte, daß es nicht am Wind lag. Sie war nicht allein. Etwas war frei und lief hier herum.

Sie starrte auf die langen Schatten, die Rutschbahn, Karussell und Dschungelbrücke warfen. Bewegten sie sich?

Sie sah ihre wartende Mutter, die in gelbes Licht getaucht war, das aus dem Bürofenster fiel. Das Stampfen kam näher. Hörte ihre Mutter es nicht?

Dann sah Lori die Umrisse eines Läufers, dessen Arme und Beine wie die angewinkelten Anhängsel einer monströsen Spinne krampfartig zuckten. Er rannte an ihr vorbei und verschwand in der Dunkelheit.

Lori stand unsicher auf. Die Ketten in ihren Händen waren eiskalt.

»Zweiundvierzig, dreiundvierzig, siebenundfünfzig, neunundneunzig . . .«

»Hallo?« sagte sie ängstlich. »Ist da jemand?«

»Muß weiterzählen«, rief er über den hämmernden Rhythmus hinweg. »Habe ich den Rekord gebrochen?«

»Ich – ich weiß nicht.«

Während er das Feld umkreiste, kam er einem Pfosten gefährlich nah. Wenn er mit dem Fuß dagegen stieß, würde er das Gleichgewicht verlieren und hinfallen, wahrscheinlich genau gegen die Affenstangen. Es war viel zu dunkel zum Laufen. Bemerkte er das nicht?

»Wer bist du?« fragte sie.

»Ich bin der 1500-Meter-Läufer. Und was bist du?«

»Ich bin nichts«, antwortete Lori. »Warum tust du das?«

auftauchen. Sie tauchen immer wieder auf. Sag deiner Mom, sie soll sich keine Sorgen machen.«

Er ging weiter.

»He, wo ist deine Mutter jetzt?«

»Da hinten, glaube ich.« Sie deutete mit dem Kopf in die Dunkelheit.

»Was will sie wegen der Kupplungsstange unternehmen? Wenn sie möchte, gebe ich ihr die Nummer einer Reparaturwerkstatt in der Stadt. Ist sie im Automobilclub?«

»Mmm, ich werde sie fragen.«

Es war zu dunkel, um vom Rand des Spielplatzes aus etwas erkennen zu können. Als sie näher kam, hörte sie den plattfüßigen Olympialäufer starten. Er konnte das Trainieren offenbar nicht sein lassen.

Ob sie Freunde geworden waren? Selbst wenn dem so wäre, sollte sich Lori eine gute Geschichte einfallen lassen, um ihre Mutter nicht allzusehr zu deprimieren. Als sie noch klein war, hatte ihre Mutter ihr immer Geschichten vorgelesen, um die Angst zu vertreiben. Jetzt war Lori an der Reihe. Sie hoffte, daß es helfen würde.

Sie versuchte sich an etwas Interessantes aus dem *Buch des ungewöhnlichen Wissens* zu erinnern. An die Scheidungsrate, zum Beispiel. Sie lag jetzt bei einundfünfzigkommasieben Prozent. Ob Mom das wußte? Wahrscheinlich. Und wie wäre es damit, daß Haare nach dem Tod weiterwuchsen? Wenn das stimmte, dachte sie, wie kann man jemals sicher sein, ob jemand schon tot ist oder noch lebt? Wie lang muß man warten, fragte sie sich, bis man Sicherheit hat?

»Mom?«

Sie ließ den Läufer vorüber, bevor sie den Weg verließ. Sie bewegte sich vorsichtig weiter, bis sie die Schaukeln vor sich sah, die sich gegen das Bürofenster abhoben. Sie waren leer, aber eine von ihnen schwang noch. Mom?

In diesem Augenblick wurde das stetige, herzschlagähnliche Geräusch laufender Füße, das durch die Gebäude verstärkt wurde, plötzlich durch einen dumpfen Schlag unterbrochen, dem ein Zusammenprall von Fleisch und Eisen folgte. Lori hatte die Vision eines strauchelnden Wildpferdes, das in die Knie bricht, so, wie man es in Cowboyfilmen sah. Dann hörte sie ein Treten und Prügeln und ein schrecklich hohes Wimmern.

»*Mom*?«

Lori stürmte los. Ihr Herz klopfte bis zum Hals.

Jemand im Büro schien die Geräusche ebenfalls gehört zu haben, denn die Außenlichter gingen an. Und dann sah sie es.

Der Läufer lag neben den Affenstangen und hielt ein Bein gegen den Körper gepreßt. Unterhalb des Knies ragte ein Stück Knochen hervor. Das Gesicht des Jungen war schmerzverzerrt, der Mund stand weit offen. Loris Mutter hatte sich über ihn gebeugt.

»Was machst du da, Mom?«

Casey sah auf. Ihre Augen funkelten wild. Sie erkannte Lori und hielt die Fäuste bei sich. Dann ließ sie die Arme herunterbaumeln und setzte sich. Sie starrte auf ihre Hände, als gehörten sie jemand anderem, und preßte sie vors Gesicht. Als sie sie wieder herunternahm, hatte sie den selben maskenhaften Gesichtsausdruck wie immer.

»Jetzt ist alles wieder gut«, sagte sie. Ihre Gesichtszüge veränderten sich fortwährend, wurden starr, entgleisten. Sie hatte sich nicht mehr unter Kontrolle.

Lori wandte sich dem Jungen zu. »Was ist passiert? Bist du schwer verletzt?«

»Schwer . . .!« weinte er, und seine Tränen fielen gleich einem Tautropfen ins Gras. »Ge-ge-gestolpert . . .«

Lori drehte sich zu ihrer Mutter. »Was hast du *getan*?«

»Ich fragte ihn, ob er mir helfen könnte, Erin zu finden«, antwortete Casey. »Und er ist einfach weggelaufen. Das ist alles, was sie können. Sie können es gar nicht erwarten, wegzulaufen. Aber jetzt ist es vorbei. Komm mit mir, Baby.«

»Nein, Mom, da irrst du dich. Ich bin nicht mehr dein Baby.« Lori begann zu weinen. Es war das erste Mal, seit Dad sie verlassen hatte. »Verstehst du denn nicht?« schluchzte sie. »Wir gehen nirgendwo mehr hin!«

Einige Sozialarbeiter kamen aus dem Büro und kümmerten sich um den Jungen, während Loris Mutter ihnen erzählte, was passiert war. Sie nickten ernst. Niemand diskutierte mit ihr. Warum auch? Ihr Wort stand gegen das des Jungen. Doch Mom erzählte die ganze Geschichte noch einmal, um sicherzugehen. Als sie mit ihnen ging, ließen ihre Füße seltsame Zickzackmuster auf dem Boden zurück, als wüßten sie nicht, wohin sie gingen.

Lori wartete in der Dunkelheit, im Gras sitzend, und weinte und weinte. Sie hatte Angst, sie könnte nie mehr damit aufhören. Und daß sie es nie erfahren würde.

Blut und Küsse

Sie hatte sich gesagt, daß es niemals soweit kommen würde, während sie jenseits aller Hoffnung gehofft hatte, daß es soweit käme. Jetzt war sie nicht länger sicher, was Illusion und was Wirklichkeit war.

»*Chris*? Bist du noch da?« Es war Rip, der Bote, der lange genug herumgelungert hatte, um Verantwortlicher Leiter für besondere Projekte zu werden. Was immer das auch heißen mochte. Er blieb an der Tür stehen, drehte sich auf einem Bein und hob das andere, um Knöchel über Knie zu kreuzen. Die eindrucksvolle Pose eines pausierenden Tänzers oder das schelmische Manöver eines Läufers, der so tat, als sei er schon so weit voraus, daß er sich nicht mehr beeilen mußte. Sie konnte sich nicht entscheiden. Sie betrachtete ihn geistesabwesend und tat amüsiert, als er sie fragte: »Gehst du denn nicht auf die Party heute abend?«

»Interessiert es dich denn, ob ich auf die Party gehe?«

»Natürlich.« Er bedachte sie mit einem jungenhaften Grinsen, als hätte er für einen Augenblick vergessen, daß er schon 35 war. »Die Rundfunkanstalten werden auch dort sein.« Er warf einen Blick über den Flur, dann kam er herein und flüsterte: »Hast du gehört, mit was wir Milo überraschen werden?«

»Laß mich raten«, sagte sie. »Eine Bauchtänzerin? Nein, das war an seinem Geburtstag. Ein Go-Go-Knabe von Chippendales?«

Rip unterdrückte ein Lachen. »Du willst mich wohl auf den Arm nehmen. Er kommt frühestens nach der dritten Saison wieder aus seinem Büro.«

»Wer weiß.« Das möchtest du wohl gern, dachte sie. Ich könnte dir einiges über Milo erzählen, wenn du es wirklich wissen möchtest. Aber wahrscheinlich würdest du es nicht glauben, denn es paßt nicht in deinen Spielplan. Milo, der Hosenjäger. Träum weiter. »Ich geb's auf«, sagte sie. »Was ist es?«

Rip schloß die Tür hinter sich. »Wir haben diese Bimbofrau von der zentralen Rollenvermittlung angeheuert. Sie wird kurz vor zwölf hereinstürzen und kreischen, daß sie Milos Wagen total ruiniert hätte. Du kennst doch den weißen 450 SL? Es täte ihr ja so leid und sie würde auch für alles aufkommen, *wenn ihre Versicherung nicht abgelaufen wäre.* Milo dreht natürlich durch. Sie schleppt ihn ins Schlafzimmer, wo das Telefon steht, sucht nach der Nummer, bricht zusammen, reißt sich die Kleider vom Leib und bietet sich ihm an – alles auf einmal. Überraschung! Ein Strip-o-Gramm. Schönen Valentinstag! Dann stürmen wir herein. Hast du eine Kamera, Chrissie?«

»Ich werde meine 3-D mitbringen.«

»Wie bitte?«

»Wir sehen uns, R. Aber jetzt muß ich den Entwurf ins

Reine tippen.« Um welche Zeit es wohl anfangen mag? fragte sie sich.

»Du meinst die ›Zombies‹? Ich dachte, es wäre alles klar.«

»Ist es auch. Aber Milo hatte noch ein paar von seinen Last-Minute-Vorschlägen. Nichts Gravierendes. Er möchte es nur morgen früh auf dem Tisch haben.«

»Großartig«, antwortete Rip, der mit den Gedanken schon woanders war. »Nun, dann arbeite nicht zu viel.«

Wenn nicht ich, dachte sie, wer sonst?

»Und, Chrissie?«

»Ja?«

»Mach dir einen schönen Abend, allein oder zu zweit. Denk immer dran, *Don't Open the Door* ist auf dem Weg nach oben – wir haben es geschafft! Äh, dank deiner Episode, natürlich. ›Queen of the Zombies‹ wird uns über die Spitze hinauskatapultieren!«

»Vielen Dank, daß du mich daran erinnert hast, R.«

Und nenn mich nie mehr Chrissie, dachte sie, als er durch die Tür verschwand.

Ich habe es getan, du hast es getan, sie haben es getan, wir haben es getan . . . Ich möchte nur ein einziges Mal Milo oder jemanden anderen in dieser Produktionsgesellschaft richtig arbeiten sehen: Besprechungen mit den Drehbuchschreibern, Geschichten zu extrahieren und sie nachts umzuschreiben, das ist einiges mehr, als dem Sender ein Konzept vorzulegen . . . Ich hätte eine Sekretärin einstellen sollen. Dann würde ich wenigstens besser schlafen.

Aber wo stünden sie dann? Und wo stünde *sie*? Noch immer in Fresno, dachte sie. Bei meinen Eltern. Statt hier, wo sie hinter den Kulissen herumflitzte, um die Ersatzfamilie zusammenzuhalten. Wenn ich für jedes Mal, wo ich Milos strammen, kleinen Arsch gerettet habe, einen Dollar kriegen würde . . .

Mit Geschichten wie dieser, dachte sie, und blätterte durch die Seiten.

Endlich habe ich die richtige gefunden. Ich mußte gar nicht lange suchen. Dieses Mal war auf wunderbare Weise sofort alles klar gewesen. Ich mußte sie nur ein bißchen aufpeppen und M zur Präsentation übergeben. Die perfekte Episode, um in die zweite Saison zu starten. Sagen sie. Ich habe es so hingebogen, daß sie denken, es wäre meine. Und es hat funktioniert. Soll ich dieses Büro einer Abstraktion opfern? Wer ist Roger Ryman? Bei den vielen Veränderungen, die ich vorgenommen habe, wird es bei den Aufnahmen nicht wiederzuerkennen sein. Ich werde darauf achten. Sie werden mich das Drehbuch schreiben lassen . . . Wer sollte es sonst tun? Und dann kriege ich das Lob, die Mitgliedschaft in der Innung . . . Wer von uns ist der Klügere? Wahrscheinlich lebt Ryman irgendwo abseits des Getriebes ein ehrenwertes Leben. Er wird es niemals zu Gesicht bekommen. Ich wette, er hat noch nicht einmal Kabelanschluß.

Aber was ist, wenn es einer seiner Freunde sieht?

Vergiß es, Chrissie. *Chris.* Du machst dich selbst verrückt.

Du wolltest es so haben, dann steh auch dazu.

Sie nahm das letzte Blatt der letzten Korrektur, inklusive Milos heutigen Vorschlägen, aus der Schreibmaschine und las den Entwurf noch einmal durch:

KÖNIGIN DER ZOMBIES
von
Christine Cross

1. EIN 24 STUNDEN LANG GEÖFFNETER SUPERMARKT – NACHT

Drei Uhr morgens. Der Supermarkt wird von lebenden Toten belagert.

Zombiekäufer nähern sich der *Obst- und Gemüseabteilung,* wo sich der NACHTMANAGER und eine KONTROLLEURIN, seine Freundin, hinter dem Kopfsalat versteckt haben. Er versucht mit ihr zu fliehen, bevor sie entdeckt werden. Die Zombies wollen mehr als Obst und Gemüse.

Er schafft es bis zur Sprechanlage, schnappt sich das Mikrophon und gibt, um sie abzulenken, durch, es gäbe Leber im Sonderangebot. Die Zombies schlurfen zur *Fleischabteilung.*

Er läßt die Kontrolleurin zur Eingangstür kriechen – aber es drängen sich noch mehr Zombies durch die Tür. Sie wechselt den Kurs, schlängelt sich durch die Gänge und gerät in die *Fleischabteilung,* wo sich die Zombies an der Leber verlustieren.

Ein einsamer Zombie taucht am Ende der Gefriertruhe auf. Es ist kein Fleisch mehr da. Er drückt mit ruckartigen Bewegungen auf die Klingel. Niemand reagiert. Er klettert über die Theke, schnappt sich den dort versteckten METZGER, hebt ihn hoch, stößt ihm die Hand in den Unterleib und reißt seine Leber heraus.

Während der Freßorgie wird die KONTROLLEURIN mit Blut und Eingeweiden bespritzt. Sie schreit.

»SCHNITT!«

Wir sehen, daß in einem Supermarkt ein Film gedreht wird. Das Mädchen, das die KONTROLLEURIN spielt, hört nicht auf zu schreien. Während die Zombies ihre Maske abnehmen, läuft sie aufgelöst aus den Kulissen.

»Großartig!« sagte der REGISSEUR zu seinem FX-Mann. »Nur beim nächsten Mal etwas mehr Blut, Marty. Okay?«

Er geht nach draußen, um das Mädchen zu suchen.

2. DRAUSSEN

Der REGISSEUR tröstet sie auf dem Parkplatz. Sie möchte ihn zufriedenstellen. Sie weiß, daß sie ihm nicht das gibt, was er braucht, aber es geht über ihre Kräfte. Sie ist kurz vor einem Zusammenbruch. Am liebsten würde sie in einen Bus steigen und nach Indiana zurückfahren.

Der REGISSEUR braucht sie. Sie wird die Königin der Zombies. Er schickt sie ins Holiday Inn zurück. Ein heißes Bad, ein wenig Ruhe – was kann er sonst noch für sie tun? Wenn es sein muß, wird er das Ganze später noch einmal privat mit ihr durchgehen.

Sie legt die Blätter beiseite. Perfekt, genauso wie der Rest. Jetzt fängt es an, spannend zu werden. Straffe die Story, dachte sie. Ich hätte Lust, sofort mit dem Skript anzufangen, aber leider muß Milo diesen Entwurf dem Sender zur Genehmigung vorlegen. Eine Formalität. Ich könnte mich daran setzen – ich habe überhaupt keine Lust, auf diese verfluchte Party zu gehen. Dann wäre ich noch vor dem Termin fertig . . . Vielleicht erkennen sie dann endlich, wie wichtig ich für diesen Betrieb bin. Und möglicherweise bringt es Milo auf die Idee, daß er einen Co-Produzenten braucht. Warum nicht?

Ob er noch in seinem Büro war? Sie könnte ihn besuchen, sich für den Abend entschuldigen und erklären, daß sie nach Hause ginge, um zu arbeiten. Das würde ihn bestimmt beeindrucken. Oder nicht?

Sie heftete die Seiten zusammen und griff nach ihrer Tasche.

Im Flur roch es nach Desinfektionsmitteln. In der Ferne hörte man das Klappern von Papierkörben. Die Putzfrau ging von einem Zimmer ins nächste, wischte anderer Leute Schmutz weg und brachte die Dinge wieder in Ordnung.

Als Chris am Empfang vorbeikam, entdeckte sie den Wagen mit Besen und Reinigungsmittel hinter einer halbgeöffneten Tür, und dahinter, durch das Fenster von Rips Büro, sah sie die Skyline, die von der täglich schmutziger werdenden Luft verdüstert wurde. Es war später, als sie gedacht hatte.

»Gute Nacht«, rief sie.

Die Putzfrau richtete sich auf, wischte die groben Hände an der Uniform ab und ließ die Arme hängen, die Handflächen sichtbar, als fürchte sie, des Stehlens verdächtigt zu werden. Sie hatte ein langweiliges, ausdrucksloses Gesicht.

»Ich wünsche Ihnen einen schönen – schönen Urlaub«, fuhr Chris fort. Nun, eigentlich war es kein Urlaub. Verstand diese Frau überhaupt Englisch?

Bevor sie weiter ging, kreuzten sich ihre Blicke. Der Blick der anderen war ruhig und passiv, jenseits aller Hoffnung und dennoch seltsam friedlich. Das ausdruckslose Gesicht zeigte eine Spur von Mißtrauen. Chris fühlte sich unbehaglich, wie ein Teenager, der in einem fremden Schlafzimmer herumschnüffelte. Der Blick der Putzfrau wirkte fast mitleidig. Warum? Sie senkte den Blick und ging weiter.

Sie klopfte an Milos Tür und trat ein, ohne eine Antwort abzuwarten.

Das Büro war leer. Er hatte sich natürlich nicht die Mühe gemacht, ihr ›Gute Nacht‹ zu sagen. Warum sollte er auch? Er hatte es noch nie getan. Das würde sich ändern. Sie hatte ihr Büro erst seit drei Tagen, aber es brauchte eine Weile, bis das jedem klar wurde. Die Dinge um sie herum würden sich noch früh genug ändern.

Sie sah die üblichen Zeichen eines übereilten Aufbruchs: eine Reihe leerer Coladosen, eine herausgezogene Schublade, die als Fußstütze diente, einen Stapel Notizzettel, die wie unausgefüllte Rezepte neben dem Telefon lagen, ein

Rattennest aus Papieren, das schwankend am Schreibtischrand stand.

Aber sie fand den Anblick eher rührend als abstoßend. Er brauchte jemanden, der Ordnung in sein Leben brachte, der auch nachts noch saubermachte. Er schaffte es nicht allein. Es war nicht seine Schuld, es war seine Natur . . . Sie kam sich vor wie eine Schwester, die seine Hausarbeit korrigierte, während er schlief, wie eine Freundin, die ihm die Antworten für den großen Test zusteckte, wie eine Mutter, die dafür sorgte, daß er sich die Haare kämmte, bevor er zur Schule ging. Sie wußte, daß sie weder das eine noch das andere war, aber schon bald würde er ihren wahren Wert erkennen. Die Tage, wo man sie als Selbstverständlichkeit angesehen hatte, waren gezählt.

Sie lächelte, als sie durch das Zimmer ging und den korrigierten Entwurf triumphierend auf die gläserne Schreibtischplatte legte, wo er bis zum Morgen auf ihn warten würde. Er konnte ihn nicht übersehen.

Sie stapelte die Notizzettel und legte die Seiten genau zwischen den überquellenden Aschenbecher und den Rändern, die seine Kaffeetasse hinterlassen hatte. Sie stellte den Briefbeschwerer auf die Blätter, um sie zu fixieren, legte einen Federhalter an jede Seite, um sie einzurahmen, und machte Anstalten, zu gehen.

Der Putzwagen kam klappernd aus Rips Büro und war auf dem Weg zu ihr.

Was ist, wenn die Putzfrau die Sachen wieder durcheinanderbrachte, und die Blätter im untersten Teil des falschen Stapels landeten?

Chris müßte ihr sagen, daß sie den Schreibtisch nicht anrühren solle.

Aber wenn sie sich der Frau nicht verständlich machen konnte?

Sie seufzte und leerte den Aschenbecher aus, warf die

Dosen in den Abfalleimer, wischte über die Glasplatte und stellte den Rest seiner Artefakte in eine Reihe, so daß auf dem Schreibtisch nichts mehr angerührt werden mußte. Als sie den Notizblock unter das Telefon schob und sich bereit machte, zu verschwinden, bevor sie jemand überraschte, gab das Telefon einen Ton von sich, der wahrscheinlich durch die Bewegung ausgelöst worden war. Sie blinzelte verwirrt.

Und sah, was auf dem obersten Blatt des Blocks geschrieben stand.

Es war Milos vertrautes Gekritzel. Die letzte Notiz des heutigen Tages. Sie konnte sie mühelos entziffern:

BILL S. SOLL DREHBUCH ZU ›KÖNIGIN DER ZOMBIES‹ SCHREIBEN! WER IST SEIN AGENT?

Sie starrte auf die Notiz.

Dann stemmte sie die Hände in die Hüften, verlagerte ihr Gewicht zuerst auf den einen, dann auf den anderen Fuß, schaute aus dem Fenster und sah nichts als Dunkelheit, und las es noch einmal, bevor ihre Augen zu brennen begannen. Die Bedeutung der Notiz war unmißverständlich.

Milo hatte schon jemanden für das Skript.

Sie war aus dem Rennen.

Sie hatte nie daran teilgenommen.

Sie konnte froh sein, wenn man sie mit einem halbherzigen Lob abspeiste. Nein, wahrscheinlich käme es noch nicht einmal dazu.

Plötzlich fiel es ihr wie Schuppen von den Augen.

Sie sah im Geiste schon den Namen des anderen Schreibers auf dem Bildschirm erscheinen. Oder vielleicht stand auch nur Milos Name dort. Das war schon einmal vorgekommen.

Und jetzt geht es weiter, dachte sie. Gott, es geht immer weiter.

Und ich habe es nicht kommen sehen.

Sie würde keinen Protest anmelden, denn das würde zu einem Schlichtungsverfahren führen, in dem der Name des wahren Autors, dessen Werk sie sich angeeignet hatte, herauskommen könnte.

Man hat mich benutzt, dachte sie. Wieder einmal.

Aber dieses Mal werde ich mich nicht mit dem Knochen zufriedengeben, den sie mir hingeworfen haben. Diesmal nicht.

Dieses Mal endet es hier.

Sie nahm den Aschenbecher und schmiß ihn quer durchs Zimmer. Er krachte in den gerahmten LeRoy-Nieman-Druck an der gegenüberliegenden Wand. Dann griff sie sich die Blätter und spazierte aus dem Büro. In ihren Schuhsohlen steckten Glasscherben und gaben ein knirschendes Geräusch von sich.

Die Putzfrau trat verwirrt beiseite.

»Diesmal nicht«, erklärte Chris mit Zornestränen in den Augen. »*Comprende*? Ich – tut mir leid. Entschuldigen Sie . . .«

Ich habe einen Fehler gemacht. Einen schrecklichen, schrecklichen Fehler.

Ich oder jemand anders.

Als sie wieder in ihrem Büro war, wühlte sie sich durch den Aktenordner, bis sie den Originalentwurf fand, der ihr von einem Unbekannten Namens Roger R. Ryman zugeschickt worden war. Er hatte sowohl seine Privat- als auch die Nummer seiner Arbeitsstelle auf das Titelblatt geschrieben.

Sie riß den Hörer von der Gabel und brach sich beim Wählen einen Fingernagel ab.

Zuerst wußte er mit ihrem Namen nichts anzufangen. Aber als sie die Zauberworte *Don't Open the Door* sagte, erinnerte er sich an die Serie und seinen Entwurf und wäre fast durchs Telefon gekrochen, um ihr das Gesicht zu lecken.

Selbstverständlich würde er sich jederzeit, an jedem Ort mit ihr treffen.

Sie gab ihm Milos Adresse.

Er fand es gar nicht seltsam, als sie ihn fragte, ob er Lust hätte, sich auf einer Valentinstag-Party mit ihr zu treffen.

3. IM HOLIDAY INN

Sie ruft tränenüberströmt zu Hause an. Sie will gerade ins Bett gehen, als der REGISSEUR hereinkommt.

Alles wird wieder gut. Du schaffst es, beruhigt er sie. Er will persönlich mit ihr arbeiten. Er übernimmt den Part des Zombies, berührt sie, packt sie, umarmt sie. Sie reagiert verzweifelt, vergißt das Drehbuch. Sie braucht ihn. Und glaubt, daß er sie braucht.

4. SPÄTER

Sie ruft wieder zu Hause an – aber jetzt erzählt sie etwas anderes. Ja, es geht ihr gut. Sie glaubt, daß sie es schaffen wird.

»Und, Mama, weißt du was? Ich habe einen Mann kennengelernt. Nicht irgendeinen Mann. Er ist wunderbar, so gütig. Er interessiert sich wirklich dafür, was mit mir geschieht . . .«

Großartig, dachte sie. Die Frage ist nur: Welcher ist es?

Körper aller Größen und Form strömten an ihr vorbei, alle kostümiert: mit herzförmigen Hüten, Kleidern mit Pfeilen, Schuhen im Knuddel-Design, kitschigen T-Shirts, emaillierten Nadeln, gemusterten Stirnbändern, pastellfarbenen Jogginganzügen aus dem Beverly Center, Ersatzlager der Melrose Avenue. In den Ecken verbargen sich Teddybären mit *billets-doux* am Lätzchen. Metallisch glänzende Ballons stiegen wie Luftblasen an die Oberfläche eines Aquariums, zur Decke. Sie schnappte nach Luft, als unbekannte Menschen, deren Kragen und Zähne im ultravioletten Licht leuchteten, an ihr vorbeiströmten, und suchte nach einer Öffnung, bevor die Musik wieder zu spielen anfing und sie erneut eingekreist würde. Während sie sich gegen den Menschenstrom zur nächsten Tür durchkämpfte, versuchte etwas wie eine Krebsschere nach ihren Oberschenkeln zu schnappen, während die Bären im Schatten mit ihren glänzendschwarzen Haifischaugen die Köpfe zu bewegen und ihr Fortkommen zu beobachten schienen.

Ein neues Lied hämmerte los, ›Waiting Out the Eighties‹ von den Coup de Villes, während sich langhalsige Männer mit gepflegten Schnurrbärten um das üppige Büffet in der Küche scharten. Sie hatte es fast geschafft, als sie eine riesige, fast aufgegessene Pastete bemerkte, deren durchgeschnittener Deckel an die Flügel einer fliegenden Taube erinnerte. Der Rest der Pastete brach zusammen und offenbarte ihr trübes, lebriges Inneres. Die Männer steckten *hors d'œuvres* hinein und rissen Witze, während auf ihrer fliehenden Stirn ein dünner Film Trainingsschweiß schimmerte. Sie erkannte den Anführer der aufgekratzten Truppe.

»Rip . . .«

Er packte sie bei den Schultern und hielt sie auf Armeslänge von sich fort, bis er seinen Witz beendet hatte, als hätte sie ihn bei einem Vorsprechtermin gestört. Als er seinen Spaß beendet hatte, warf er den Kopf zurück und lachte laut. Zu laut. Sein Adamsapfel zuckte. Dann wandte er sich ihr zu.

»Chrissie. Schätzchen.« Er zog sie näher. »Mark, ich möchte dir unseren neuen Story-Editor vorstellen.«

»Rip, hast du . . .?«

»Nein, ich weiß nicht, wo Milo sich herumtreibt. Aber ich wette, er führt nichts Gutes im Schilde.« Er zeigte nach oben. »Versuch es mal oben.«

»Rip, falls jemand nach mir fragen sollte . . .«

»Wenn ich an deiner Stelle wäre, meine Liebe . . .« Rip zwinkerte ihr zu, ». . . würde ich ihn jetzt nicht stören.«

Ich bin allein, dachte sie. Ich war immer allein. Der Rest ist eine Illusion.

»Mach dir keine Sorgen.« Sie nahm sich ein Glas Champagner, leerte es in einem Zuge, sagte: »Wir sehen uns um Mitternacht«, und machte sich auf den Weg zur Treppe.

Von oben drang eine Geräuschkakophonie auf sie ein. Vielleicht fand sie dort, wonach sie suchte. Es war schon spät, und sie mußte alles an Ort und Stelle bringen, ehe das Feuerwerk begann.

5. SCHMINKRAUM – AM NÄCHSTEN TAG

Sie sitzt im Sessel und bekommt von ihrer neuen Familie die Streicheleinheiten, die sie braucht. Der MASKENBILDNER ist freundlich und einfühlsam. Sie mag ihre richtige Familie zurückgelassen haben, aber wenigstens hat sie das Gefühl, irgendwohin zu gehören.

Sobald sie den Sessel verlassen hat, schlagen MASKENBILDNER und CREW einen anderen Ton an. Das arme Kind wird zu einer Strafe. Sie ist zu nervös, angespannt und wahnsinnig labil. Aber es ist zu spät, um sie zu ersetzen. Die Zeit läuft davon.

6. IN DEN KULISSEN

Sie bricht wieder zusammen. Der REGISSEUR versucht, die Szene noch einmal mit ihr durchzugehen, aber es klappt nicht. Sie ist zu unsicher. Nach der zwölften Aufnahme bittet sie ihn, ihr noch eine Chance zu geben.

»Erklär es mir so wie gestern nacht. Ich möchte doch nur, daß es gut wird.«

»Das möchte ich auch«, antwortet er.

Die dunkle Treppe war nicht leicht zu bewältigen. Chris eilte an spöttischen Gesichtern vorbei. Junge Männer ohne Koteletten und nachlässig elegante Frauen schleppten sich mit aufgesetztem Lächeln und verbissener Zielstrebigkeit wie Marketender über die Treppe. Ihre Hand stieß gegen etwas Kaltes, Glattes. Es war ein herzförmiges Kissen, ein stummes Angebot, das von jemandem unbestimmbaren Geschlechtes getragen wurde. Sie schreckte zurück und hielt sich an die Wand, während sie sich einen Weg durch aufgeweichte Papierteller bahnte. Unter einem Rest von Kartoffelsalat und welken Hühnerflügeln sah sie das Bild zweier Turteltauben.

»Entschuldigung«, sagte sie.

»Entschuldigen *Sie*«, sagte die Person mit dem Kissen. »Sind Sie es?«

»Das hoffe ich«, erwiderte sie, wandte den Blick ab und eilte weiter. Dann erst registrierte sie seine Worte und die männliche Stimme. Sie hielt inne und sah sich um.

»Bitte entschuldigen Sie«, sagte sie, »aber . . .«

Unten zuckte ein nostalgisches Sechziger-Jahre-Strobelicht über den Köpfen der Tanzenden hinweg und machte sie so anonym wie eine Ersatzcrew.

Sie fühlte sich in Verhaltensmustern gefangen, die vor Jahrzehnten angelegt worden waren, und das würde sich erst ändern, wenn sie etwas dagegen unternahm. Jetzt war nicht die Zeit zu zögern. Sie erinnerte sich an die Worte, die ihr Vater zu ihr gesagt hatte, bevor er wegging. *Wenn du sitzt, sitze. Wenn du stehst, dann stehe. Aber wackle nicht herum.* Während der letzten Stunden waren sie ihr wieder eingefallen, aber erst jetzt verstand sie den Sinn.

Wo war er? Die Zeit lief davon.

Sie warf einen prüfenden Blick auf die Köpfe der Menschen unter ihr, aber der Mann mit dem Kissen war nicht dabei.

Voller Panik eilte sie die Treppe hinunter. Er durfte nicht verschwunden sein.

Etwas Glänzendes versuchte sie von der gegenüberliegenden Seite des Treppenhauses aus zu berühren.

»Sie sind es«, sagte der Mann mit dem Satinkissen. »Ich weiß es.«

»Gott sei Dank.«

Sie schob ihn die Treppe hoch. Ein dunkler Flur, der nur von Strahlen gedämpften Lichts aus den Schlafzimmern durchbrochen wurde, erstreckte sich vor ihnen. Sie wußte nicht mehr, welches davon Milos war, aber sie wußte, daß sie es vor dem festgesetzten Termin finden mußte. Von unten hörte sie aufgeregtes Gekreische. Ob das von Rip angeheuerte Mädchen schon eingetroffen war?

»Kommen Sie mit«, sagte sie. »Wir müssen miteinander reden.«

7. IM SPEISESAAL DES HOTELS

Der REGISSEUR speist mit dem PRODUZENTEN, der ihn bedrängt, termingemäß fertig zu werden. Der REGISSEUR kann es schaffen. Er hat es schon einmal geschafft. Die letzte Szene wird ein Hammer werden.

In dieser Szene wird der Freund des MÄDCHENS, der NACHTMANAGER des Supermarkts, Soldaten zu einem Friedhof führen, um sie gewaltsam zu befreien. Es wird eine Menge Pyrotechnik geben.

Das Mädchen erscheint im Speisesaal. Sie setzt sich hin, ohne eingeladen zu sein, und erwartet, daß man sie mit offenen Armen empfängt, da sie, wie sie meint, jetzt ein Teil des Lebens des REGISSEURS ist. Sie wartet auf seine Begrüßung. Aber er starrt sie nur an. Er nimmt sie beiseite und gibt ihr ungehalten zu verstehen, sie solle endlich erwachsen werden. Das sei das wirkliche Leben.

8. FX-WOHNWAGEN

Der REGISSEUR bittet seinen FX-MANN um Hilfe. Das MÄDCHEN hält den ganzen Betrieb auf. Es kann nicht so weitergehen. Der Film ist wichtiger als alles andere.

Welche Szenen fehlen noch? Sie gehen zu den Storyboards: nur die brennenden Zombies. Der NACHTMANAGER leitet den Angriff auf den Friedhof und schießt die Zombie-Attrappen hinter den Grabsteinen ab. Dann fällt die Nationalgarde ein – und der Freund des Mädchens schleicht sich vorsichtig an den Sprengladungen vorbei. Nachdem die Attrappen explodiert sind, verbrennt er den Rest mit einem Flammenscheinwerfer.

Alles, was sie vom MÄDCHEN brauchen, ist eine

Nahaufnahme, wie sie von einem Gewehrschuß getroffen wird: den entsetzten Gesichtsausdruck, als sie wieder zu Bewußtsein kommt, ihren Geliebten erkennt und im selben Moment getötet wird. Schnitt. Dann eine explodierende Attrappe.

Gibt es eine Möglichkeit, um sie herum zu drehen? Lange Einstellungen, eine bessere Attrappe, mehr Blut, mehr Effekte, um sie zu verdecken? Für die anderen Zombies werden Attrappen abgeschossen, aber sie wird wegen der Reaktion gebraucht – sie ist die Königin der Zombies.

MARTY ist immer einen Schritt voraus. Wieder einmal rettet er den Hintern des REGISSEURS. Diesmal hat er bereits einen Alginatabguß des MÄDCHENS machen und einen vollständigen Gummikörper herstellen lassen, lebensecht bis ins kleinste Detail. Er ist mehr als eine Attrappe – man könnte ihn, falls nötig, als Double verwenden. Sie können den Film jetzt mit oder ohne MÄDCHEN zu Ende drehen.

Du bist ein Genie, sagt der REGISSEUR. Das wird ein blutiges Meisterwerk, abgesehen von den Schauspielern. Die machen doch nur Trouble.

Sie führte ihn den Gang hinunter. Aus dem ersten Schlafzimmer drang fröhliches Gekicher, aus dem zweiten ausgelassenes Geschnatter. Durch die geöffnete Tür konnte sie einen Blick auf eine bleiche Hand mit einem Rasiermesser werfen, die über einem waagerechten Spiegel in der Luft herumfuhrwerkte. Die dritte Tür war geschlossen. Am Türknopf hing ein eilig fabriziertes Schild: PRIVAT – ZUTRITT VERBOTEN! Wahrscheinlich Rips Werk, dachte sie.

Sie zerrte den Mann mit dem Herzen in das angrenzende Badezimmer. Die Verbindungstür war angelehnt; im Schlafzimmer verbreitete eine kleine Lampe gedämpftes Licht. Das reichte. »Hier sind wir ungestört . . .«

Er blieb unsicher mitten im Bad stehen. »Ich habe auf Sie gewartet«, sagte er.

»Ich weiß. Ich habe auch gewartet«, antwortete sie und hörte, wie sich vom Flur her Gelächter und Schritte näherten.

»Entdeckt«, sagte er.

»Nein.« Sie schloß die Tür. »Wir nicht.«

Sie lehnte sich gegen die Tür, machte die Augen zu und wartete darauf, daß der Raum aufhörte, sich zu drehen, damit sie endlich ihren Spruch loswerden konnte. Als sie die Augen wieder öffnete, war er näher herangerückt.

Er sah sie fragend an.

»Sie kennen meinen Plan noch nicht«, sagte sie. »Lassen Sie mich ihn erklären.«

»Das brauchen Sie nicht«, antwortete er. »Ich glaube, ich verstehe.«

»Wie das?«

»Ich habe es Ihnen doch gesagt. Ich warte schon so lange.«

»Bitte verzeihen Sie. Ich wollte nicht grob werden. Es ist alles so schnell gegangen . . .«

»Nehmen Sie's nicht so schwer«, beruhigte er sie. Er zog sich zurück, um ihr Platz zum Atmen zu lassen, und setzte sich auf den Wannenrand. »Es macht mir nichts aus, noch ein bißchen länger zu warten.« Der Widerschein der Kacheln funkelte in seinen Augen.

Gut, dachte sie. Er ist bereit.

»Wenn es nicht zu lange dauert.«

Die Schritte und das Lachen kamen näher.

9. IN DEN KULISSEN

Das MÄDCHEN trifft ein, Notizen in der Hand. Sie ist begierig darauf, den REGISSEUR zufriedenzustellen.

Aber er sitzt nicht in seinem Sessel. Außerdem ist da noch – eine andere Frau.

Die FRAU DES REGISSEURS. Die Crew hat sich um sie geschart, lacht und schwelgt in Erinnerungen. Die FRAU steht im Mittelpunkt der Aufmerksamkeit. Das MÄDCHEN fühlt sich deplaziert.

Sie entdeckt den REGISSEUR und sagt ihm die Meinung. Daß er Menschen benutzt. Daß er sich um nichts anderes kümmert als um Blut, Blut und noch mehr Blut. Warum hat er sie verführt? Sie wird es aller Welt erzählen und mit seiner Frau anfangen.

Er sagt ihr, wie das Leben ist. »Sie weiß es schon.« Er braucht das MÄDCHEN nicht mehr. Die Beziehung ist nur noch eine leere Hülle.

Die FRAU beobachtet, wie das MÄDCHEN aus den Kulissen stürzt. Wie süß und unschuldig es aussieht. »Ich hoffe, sie nimmt es nicht allzu tragisch. Ich habe immer . . . Aber jetzt führen wir zwei getrennte Leben. Ich habe schon vor langer Zeit erfahren müssen, daß dies hier seine wirkliche Welt ist – das Filmemachen. Dafür lebt er. Wirkliches Fleisch und Blut kann da nicht mithalten. Er ist mit seiner Illusion verheiratet . . .«

10. FRIEDHOF – DIE LETZTE NACHT

Die Crew arbeitet fieberhaft daran, alles für den Höhepunkt klarzumachen.

Der REGISSEUR bleibt zurück; der Rest der Crew ist nach Hause gegangen. Um vier Uhr morgens hat er jedes

Detail durchgecheckt. Die Zombie-Attrappen sind hinter den Grabsteinen aufgebockt, die Ölkannen für den Rauch stehen bereit, die Kreuze neigen sich im richtigen Winkel. Es bleibt nichts mehr zu tun als im Morgengrauen ›Action‹ zu rufen. Jetzt wird er sich in seinem Wohnwagen erst einmal für ein Stündchen aufs Ohr hauen.

»Es dauert nicht lange«, flüsterte sie, als die Schritte vorbei waren.

Er schüttelte traurig den Kopf. »Es hat lange, so lange gedauert«, sagte er schließlich. »Ich hatte fast die Hoffnung aufgegeben. Aber Sie sind es, nicht wahr? Ja. Sie sind es.«

»Ich bin es«, bestätigte sie. »Nun hören . . .«

Er winkte mit dem gefüllten Herzen. »Ich habe das die ganze Zeit auf der Suche nach der richtigen Person, der ich es geben könnte, bei mir getragen.« Er machte ein Geräusch, das sowohl ein Lachen als auch ein Seufzen sein konnte. »Aber niemand wollte es haben.«

»Das hätten Sie nicht zu machen brauchen«, sagte sie. Ein Erkennungszeichen? Sie konnte sich nicht daran erinnern, eine diesbezügliche Bemerkung am Telefon gemacht zu haben. Eine gute Idee. Damit hätte sie ihn eher ausfindig machen können. Oder war es ein Geschenk? »Was ist es?«

Er stand auf und kam näher, während er es ihr entgegenstreckte. »Wie sieht es denn aus? Ich wollte es verschenken, aber keine wollte es haben. Warum? Aber jetzt sind Sie . . .«

»Ja, natürlich. Wir haben nicht mehr viel Zeit. Ich weiß nicht, wo ich anfangen soll. Sie werden sich sicher schon gefragt haben, wieso ich Sie hierhergebracht habe.«

»Das interessiert mich nicht.«

»Das sollte Sie aber interessieren! Das versuche ich Ihnen klarzumachen. Ich sehe eine Menge Leute . . .«

»Ich auch«, unterbrach er sie. »Besser gesagt, ich habe sie gesehen. Das ist jetzt vorbei.«

Unbemerkt war er näher gerückt und nur noch einen Zentimeter von ihr entfernt. Sie konnte sein im Schatten liegendes Gesicht nicht erkennen, er hätte jedermann sein können. Auf der Treppe hatte sie ihn kurz gesehen: freundliche Gesichtszüge, gequälte Augen, Galgenvogelphysiognomie. Wegen letzter fühlte sie sich unbehaglich. Sie zwang sich dazu, weiterzumachen. Sie mußte die Dinge richtigstellen. Es war noch nicht zu spät.

Bevor sie weitersprechen konnte, stützte er sich mit den Händen rechts und links von ihrem Kopf ab und beugte sich vor, um sie zu küssen.

Zuerst war sie zu verblüfft, um Widerstand zu leisten. Dann dachte sie: O Gott, aber doch nicht jetzt. Und dann: Was mag er sich gedacht haben, als ich ihn anrief und hierher einlud . . .?

»Warten Sie«, stieß sie hervor und wandte sich ab.

Aber er drückte sie an sich und preßte seinen Mund auf ihren.

In diesem Augenblick versuchte jemand, sich Eintritt zu verschaffen. Ihre Vorderzähne berührten die seinen, und es war, als kratzten Fingernägel über eine Tafel.

»Entschuldigung«, murmelte jemand auf dem Flur.

Sie drückte die Hände gegen seine Brust. »Nein«, sagte sie, »bitte, ich glaube, Sie haben mich falsch verstanden. Darum geht es nicht.«

»Um *was* geht es dann?«

»Würdet ihr euch da drinnen bitte beeilen?« tönte es vom Flur.

Sie war erschüttert, verwirrt. Aber das konnte sie sich jetzt nicht leisten. Die Uhr tickte.

»Hier entlang«, sagte sie und zog ihn durch die Verbindungstür in das Schlafzimmer.

»Ich wünschte, du würdest dich endlich entscheiden.«

»Hören Sie zu«, begann sie. »Mein Name ist . . .«

»Interessiert mich nicht.«

»Sie haben mir eine Story geschickt. Stimmt's? Ich habe sie dem Produzenten gezeigt. Sie gefällt ihm. So sehr, daß er sie für die nächste Saison möchte. *Aber ich will sie nicht kaufen.* Oh, Entschuldigung, ich glaube, ich habe mich nicht klar ausgedrückt. Ich werde es Ihnen später genauer erklären. Morgen früh gehen Sie als erstes zur WGA-Manuskript-Registratur und reichen alles ein, was Sie haben – vorläufige Entwürfe, Notizen, alles.«

»Und warum?«

»Ich versuche, Ihnen zu helfen! Man will Ihre Geschichte stehlen! Wenn Milo kommt, möchte ich, daß Sie ihm sagen, wer Sie sind.«

Sie nahm die Blätter der Originalversion aus der Handtasche.

»Ich mußte Sie einfach warnen. Was immer er Ihnen sagen mag, bleiben Sie standhaft. Jetzt wird jeden Augenblick die Hölle losbrechen. Ich möchte, daß Sie wissen, daß ich voll hinter Ihnen stehe. Die Sache muß geklärt werden. Vielleicht werden Sie mich am Ende hassen. Wer weiß. Aber ich habe es wenigstens versucht. Es tut mir wirklich leid. Bitte glauben Sie mir.«

Sie atmete tief ein und wünschte, ihr Herz würde sich beruhigen. Im nur wenige Schritte entfernten Badezimmer verschloß jemand die Tür.

Im Schlafzimmer war es ruhig, das Licht leuchtete kalt. Auf dem Nachttisch floß der Inhalt einer Lavalampe zusammen, erhitzte sich und trennte sich wieder. Endlos. Ihr Mund schmerzte. Jemand ließ Wasser laufen.

»Wovon, wenn ich fragen darf, redest du eigentlich?« fragte der Mann.

»Ich versuche Ihnen klarzumachen, daß ich auf Ihrer Seite stehe«, antwortete sie. »Egal, was passiert.«

Er sah sie ungeduldig an.

»Entscheide dich endlich.«

11. AM WOHNWAGEN

Auf dem Friedhof spukt es – er spürt, daß er verfolgt wird. Er will gerade in den Wohnwagen steigen, als ein Ghoul erscheint. Es ist das MÄDCHEN mit einem geisterhaften Make-up.

Er versucht, sie loszuwerden, da er sie nicht mehr braucht. Aber diesmal ist sie anders. Nicht mehr weinend und bedürftig, sondern übermütig wie ein junger Hund. Sie möchte es ihm recht machen. Sie ist bereit, und sie wird perfekt sein. Sie hat sich etwas ganz Besonderes für den Augenblick ihres Todes ausgedacht. Es ist ihre Idee, und sie ist sicher, daß es ihm gefallen wird. Sie möchte es zuerst mit ihm ausprobieren.

Sie scheint die Realität akzeptiert zu haben. Sie wünscht sich mehr als alles andere, daß der Film gut wird. Genauso wie er. Nur darauf kommt es an. Das hat sie jetzt erkannt.

»Du hast mir eine Menge beigebracht. Mehr als du ahnst. Jetzt möchte ich dir etwas davon zurückgeben – etwas, das du dir wirklich wünschst. Und ich auch.«

12. IM WOHNWAGEN

In ihrem Gesicht spiegeln sich alle Gefühlsregungen, während er den Part ihres Geliebten spielt. Sie kreischt aufs Stichwort. Fast perfekt. Sie möchte es mit dem

Gewehr versuchen. Sie hat es mitgebracht. Es ist mit wächsernen Blutkugeln geladen. Sie hat an alles gedacht.

»Du möchtest doch, daß es echt aussieht?« Sie drängt ihm die Requisitenwaffe auf. »Wir müssen es richtig machen. Ich möchte, daß du siehst, wieviel ich dir zu geben bereit bin. Laß uns weitermachen. Diesmal bekommst du alles, was du möchtest. Das verspreche ich dir.«

Er zögert, doch dann macht er weiter. Sobald sie zu schreien beginnt, feuert er. Am Ende, als das Blut hervorspritzt und sie an der Wand entlang zu Boden sinkt, ist ihr Blick friedlich.

»Jesus, das war großartig! Was für ein Bild! Wenn wir eine Kamera gehabt hätten . . .« Er beugt sich über sie und rüttelt sie. »Schnitt. Das ist es. Du hast es endlich begriffen. Hey, was ist . . .?«

Er berührt die Wunde. *Sie ist echt.* In einer Kammer des Gewehres hat eine scharfe Patrone gesteckt. Sie hatte alles geplant.

Er reinigt hastig den Wohnwagen, um alle Spuren zu beseitigen – niemand würde ihm die Wahrheit abnehmen.

Aber was sollte er mit der Leiche machen?

Ein verzweifelter Plan. Er würde die Attrappe durch den Leichnam ersetzen und ihn wie die anderen Attrappen hinter einem Grabstein aufbahren. So würde das Beweisstück erst zur Hölle geschickt und dann zu Asche verbrannt werden. Sobald der Flammenwerfer mit dem Gummi-Make-up in Berührung käme, würde sie wie Napalm brennen. Es würde nichts mehr von ihr übrigbleiben.

Er würde sie eigenhändig in Position stellen. Niemand wird etwas merken.

»Ich tue Ihnen einen Gefallen«, erzählte sie ihm. »Wenigstens versuche ich es. Wenn Sie mich gewähren lassen.«

»Bist du diejenige?« wiederholte er drängender. »Ja. Ich meine, nein.« Sie entzog sich seinem Griff. »Ich meine . . .«

»Aber du hast gesagt, du wärst es.« Er schwenkte das herzförmige Kissen.

»Aber nicht wie Sie meinen«, antwortete sie. »Hier geht es um Wichtigeres. Verstehen Sie das nicht?«

»Ich hätte es wissen sollen. Du bist nicht die, für die ich dich hielt.«

»Doch!«

»Was denn nun?« zischte er wütend.

»Nur – nur nicht so, wie Sie meinen!«

Er machte Anstalten, zu gehen.

»Es ist sehr wichtig für mich«, sagte sie.

»Für dich!« grollte er. »Darauf läuft es immer hinaus.«

»Und für Sie! Was ist mit Ihnen los? Haben Sie eigentlich ein einziges Wort von dem, was ich gesagt habe, verstanden? Können Sie nicht . . .?«

Er starrte sie von oben herab an und schlug ihr mit dem Kissen leicht gegen die Brust. »Es ist immer dasselbe. Du bist genau wie alle anderen.« Dann schlug er richtig zu. »Und immer bin ich Schuld. Nicht wahr?«

»Wovon sprechen Sie?«

»Wovon sprichst *du*?« Er starrte ihr wütend ins Gesicht.

Ihre Kopfhaut juckte. Wer ist dieser Mann? dachte sie. Ich habe noch einen Fehler gemacht, den größten von allen.

»W-wer sind Sie?« fragte sie.

»Wer bist *du*«, antwortete er, »um mich das zu fragen? Für wen hältst du dich eigentlich?«

Als er sich auf sie stürzte, versuchte sie auszuweichen.

Als er sich auf sie stürzte, versuchte sie auszuweichen. Lebenslange Enttäuschung schürte seine Wut. Er packte sie, schleuderte sie gegen die Tür und preßte seinen Körper gegen ihren. Dann hielt er ihr das Kissen unters Kinn und zwang sie, den Kopf nach hinten zu legen. Es war überhaupt nicht weich, sondern hatte ein gefährlich hartes Inneres. Es war gar kein Kissen, sondern eine nobel verzierte Bonbonniere.

Er hob die Packung höher. Sie sah das rote Herz über sich schweben, bereit, zuzuschlagen, den Satinbezug, zerrissen, verschmutzt, aber immer noch von einem tiefen Karmesinrot, wie sein Gesicht und die Falten, die sich über Jahre hinweg dort angesammelt hatten, wie Linien auf einer Straßenkarte. Rot wie das Blut, das von seiner verletzten Lippe tropfte. Sie hatte keine Ahnung, wer er war. Er hätte jedermann sein können.

Er war verrückt.

Plötzlich rüttelte jemand an der Tür, die ihr ins Kreuz gerammt wurde, als derjenige versuchte, sich Einlaß zu verschaffen. Sie fiel in seine Arme.

»Äh? Oh, Entschuldigung.« Milos Stimme drang durch den Türspalt, hinter ihm hörte man jemanden hysterisch und theatralisch weinen. »Kommen Sie mit. Am Ende des Flurs gibt es noch ein anderes Telefon.«

»Warte!«

»Viel Spaß . . .«

Der Mann vor ihr zögerte. Im gleichen Augenblick sprang sie zur Tür. Er hielt sie fest. Sie drehte sich um, schnappte sich das Herz, das schwerer war, als sie gedacht hatte, und hieb damit auf ihn ein. Als er sie nicht loslassen wollte, schlug sie ihm mit dem Karton immer wieder ins Gesicht. Sie hörte einen dumpfen Klang wie brechende Knochen. Die Packung brach auseinander, und Unmengen von Süßigkeiten, vertrocknet und steinhart, flogen durchs

Zimmer. Er ging in die Knie, schaute sie verwirrt an und kippte nach vorn.

Dann waren plötzlich Leute im Zimmer. Rip führte sie an. Fröhliches Flüstern verwandelte sich in erschrecktes Keuchen.

»*Was haben Sie getan?*« fragte jemand.

»Ich habe nichts getan! Er . . . er war . . .«

»Er war was? Was hat er getan?« Eine hochgewachsene Frau kam, um sie zu trösten. Sie strich ihr übers Haar, sah die gequetschten Lippen, die abgerissenen Knöpfe, den wilden Blick. »Es ist alles wieder gut. Hat er versucht, dich zu vergewaltigen? Ich kenne diese Typen. Der Bastard.«

»Wer ist der Kerl?« fragte jemand. »Wer hat ihn eingeladen?«

»Ich werde einen Doktor rufen.«

»Es war Notwehr«, sagte die Frau und drückte Chris fest an sich, zu fest. »Rede mit niemandem darüber. Verstehst du mich? Du hattest keine andere Wahl. Wer weiß, was er mit dir gemacht hätte, wenn er die Möglichkeit gehabt hätte. Etwas viel Schlimmeres. Das ist dir doch klar?«

Chris hatte sie noch nie gesehen. Auch an die anderen Gesichter konnte sie sich nicht erinnern.

Sie machte sich frei und eilte die Treppe hinunter.

Unten, im leeren Wohnzimmer, lief keine Musik mehr. Nur ein einsamer junger Mann war geblieben. Er erhob sich unsicher.

»Entschuldigen Sie bitte«, sagte er, »aber kennen Sie eine Christine Cross?«

Sie starrte ihn stumm an. Sie wußte nicht, was sie sagen sollte.

»Wenn Sie sie sehen, würden Sie ihr bitte ausrichten, daß ich sie gesucht habe? Ich heiße Roger. Wir wollten uns hier treffen. Hey, stimmt irgend etwas nicht? Ist das Blut an Ihnen . . .?«

Ohne anzuhalten, rannte sie nach draußen. Das getrocknete Blut an ihren Lippen, ihres oder das des anderen schmeckte salzig.

13. MORGENGRAUEN

Alles ist fertig: das Licht, das durch den Nebel fällt, die gekippten Kreuze. Die Zombies sind wie Zielscheiben aufgebockt.

Der REGISSEUR befielt MARTY, extra starke Sprengladungen zu verwenden. Er will nichts mehr sehen, wenn sich der Rauch verzogen hat, nicht einmal das Tierblut und die Gedärme in den Attrappen.

»Action!«

Der NACHTMANAGER, ihr Freund, rennt wie ein Soldat durch ein Minenfeld. Die Attrappen werden eine nach der anderen erschossen, in die Luft gesprengt und verbrannt. Alle, außer dem MÄDCHEN. Sie wird für die letzte Einstellung gebraucht. Wo ist sie eigentlich? Die Nahaufnahme muß noch gemacht werden.

Wir brauchen sie nicht, sagt der REGISSEUR, und winkt Marty zu. Sie ist nicht in den Kulissen? Wer weiß, wo sie sich rumtreibt – wahrscheinlich in einem Bus nach Indiana. Wen kümmert's? Das ist mein Film, und ich sage, daß wir sie nicht brauchen. Wir haben eine perfekte Attrappe. Blas sie weg – jetzt.

»Action!«

Der NACHTMANAGER nähert sich ihr feuerbereit. Doch bevor er schießen kann, rollt ihr Kopf zur Seite.

»Warte«, ruf das Skriptgirl. »Ihr Kopf ist nicht mehr in der richtigen Position.«

»Ich werde ihn festmachen«, sagt MARTY.

»Nein!« Der REGISSEUR kann nicht zulassen, daß

jemand sie berührt – man würde entdecken, daß es sich um eine richtige Leiche handelt. Er muß es selbst tun.

»Paß auf, wo du hintrittst«, schreit Marty.

Der REGISSEUR schlängelt sich vorsichtig zu ihrem Grabstein. Er versucht ihr nicht ins Gesicht zu sehen, während er den Kopf justiert. Er tritt zurück.

Fertig?

»Halt«, sagt MARTY. Blut rinnt aus ihrem Mund. Die Einstellung stimmt nicht ganz.

»Kann so bleiben«, sagt der REGISSEUR. Er schnappt sich das Gewehr, um die Blutpatronen selber abzuschießen. Doch bevor er den Abzug betätigen kann, rollt ihr Kopf bei dem Versuch, hochzukommen, wieder zur Seite. Sie lebt!

Er schießt einmal. Und noch einmal. Aber diesmal ist es keine scharfe Munition. Sie öffnete die Augen und schaut ihn an, wie er dort steht im Augenblick ihres Triumphes. Sie lächelt.

»Stirb«, flüstert er, »stirb . . .!«

Sie hebt die Arme wie ein Zombie, als wolle sie ihn umarmen.

Er stürzt sich auf sie, die Hände schließen sich um ihren Hals, um das Werk zu vollenden. Ihre Arme umklammern ihn, und sie drückt ihn in einem letzten Todeskrampf an sich. Dabei kommen die Drähte an ihrem Körper in Kontakt und zünden die Sprengladungen. Sie fliegen gemeinsam in die Luft, im Blut vermählt bis in alle Ewigkeit.

Es ist die letzte Aufnahme, die beste des ganzen Filmes.

ENDE